國學典藏

牡丹亭

【明】汤显祖 著
【清】陈同 谈则 钱宜 合评
李保民 点校

上海古籍出版社

图书在版编目(CIP)数据

牡丹亭 / (明)汤显祖著；(清)陈同，谈则，钱宜合评；李保民点校. —上海：上海古籍出版社，2016.7（2025.3重印）

(国学典藏)

ISBN 978-7-5325-8069-9

Ⅰ.①牡… Ⅱ.①汤… ②陈… ③谈… ④钱… ⑤李… Ⅲ.①传奇剧(戏曲)—剧本—中国—明代 Ⅳ.①I237.2

中国版本图书馆 CIP 数据核字(2016)第 083434 号

国学典藏

牡丹亭

[明]汤显祖　著

[清]陈同　谈则　钱宜　合评

李保民　点校

上 海 古 籍 出 版 社出版、发行

(上海市闵行区号景路159弄1-5号A座5F　邮政编码201101)

(1)网址:www.guji.com.cn

(2)E-mail:guji1@guji.com.cn

(3)易文网网址:www.ewen.co

江阴市机关印刷服务有限公司印刷

开本 890×1240　1/32　印张 6.625　插页 5　字数 154,000

2016 年 7 月第 1 版　2025年 3 月第 10 次印刷

印数 52,901—63,900

ISBN 978-7-5325-8069-9

I·3052　定价：32.00 元

如有质量问题，请与承印公司联系

前 言

李保民

汤显祖，字义仍，号海若、若士、清远道人。江西临川人。一生仕途蹭蹬，二十一岁考取举人，三十三岁考中进士，先后出任过南京太常寺博士、礼部主事、广东徐闻典史，终官于浙江遂昌知县。他阅尽官场的腐败和社会的黑暗，嫉恶如仇，洁身自好。他以磅礴的才情、深厚的学养，在文学苑囿里辛勤地耕耘，为后人留下了卷帙浩繁、丰富多彩的文学创作，共写下五种戏剧，两千多首诗歌，近二百篇文、赋，外加四百余通尺牍。其中戏剧五种除《紫箫记》未完成外，《紫钗记》《牡丹亭》《南柯记》《邯郸记》合称“临川四梦”，广为人知，尤以《牡丹亭》在戏剧舞台上，数百年来盛演不衰，享誉中外。

汤显祖是明代最负盛名的戏剧家，他创作的《牡丹亭》，故事情节离奇曲折，感人至深。剧中描写了女主人公杜丽娘由爱生情，由情生病，由病至死，死而复生，终于与心上人柳梦梅结合在一起的悲喜遭遇。杜丽娘是一个贯穿全剧的中心人物，在她的身上，我们真切地感受到为了挣脱封建枷锁的羁绊而不屈不挠斗争的光辉的女性形象。她所践行的至情，可以超越生生死死，可以惊天地而泣鬼神。诚如作者所云：“如丽娘者，乃可谓之有情人耳。情不知所起，一往而深。生者可以死，死者可以生。生而不可与死，死而不可复生，非情之至也。”（《牡丹亭题辞》）这是汤显祖对杜丽娘品性最高的赞誉，他把杜丽娘看作是世间有情人到达至情至爱境界的化身。从剧情来看,杜丽娘是一个喜欢天然、热爱生活、渴望身心自由、追求幸福美满爱情的少女。但是在现实生活中,她饱受封建礼教摧残,长期被禁锢在深闺这一狭窄天地间,纵然过着锦衣玉食、养尊处优的富家小姐生活,却没有恋爱自由,一举一动都丝毫不能逾越封建礼教所制定的繁文缛节,长期备受精神折磨,孤独空虚,抑郁苦闷。然而一旦她接触到美丽的大自然,沐浴在明媚的春光中,青春的觉醒,人性的萌动,迅速地催生了她对自由幸福和美好爱情的热烈的追求与渴望。她感叹:“吾生于宦族,长在名门,年已及笄,不得早成佳配,诚为虚度青春,光阴如过隙耳。可惜妾身颜色如花,岂料命如一叶乎!”(《惊梦》)她呐喊:“这般花花草草由人恋,生生死死随人愿,便酸酸楚楚无人怨!”(《寻梦》)诸如此类的话,无不道出了杜丽娘对青春、生命、自由和爱情的向往,对封建礼教的束缚表现出强烈的愤懑。

明代是封建时代程朱理学占据主导地位的时代,贞操节烈、三从四德的封建说教弥漫在社会的各个角落。杜丽娘对理想和爱情的追求,以及鲜明的叛逆精神,在现实生活中显然不为根深蒂固的封建势力所容许。在冷酷的封建礼教深重的压迫下,杜丽娘终因抑郁成疾,一病不起,凄惨地死于对理想的坚持,对爱情的渴望。但是死并不能阻止、泯灭她的理想,她的鬼魂在梅花观与梦中的情人柳梦梅不期而遇,于是真诚热烈地表露爱情,大胆主动地与之结合在一起,赢得两情相悦,从而订下了“生同室,死同穴”的海誓山盟。随着剧情的进一步发展,她冲破重重的障碍,从阴间起死回生,绝不甘心做封建礼教的牺牲品。她在与保守的父亲杜宝面对面的冲突斗争中,坚持不妥协,最终与柳梦梅结为夫妻,共同沐浴在美好幸福的爱河之中。

汤显祖以奇特的构思,精心描绘了一个在现实世界中根本无法实现的爱情故事。在杜丽娘的身上，寄托了作者对饱受封建礼教摧残的青年妇女极大的同情和人文关怀，热切地期盼她们能摆脱封建桎梏下不幸的生活和命运，尖锐地揭露了封建礼教的罪恶。杜丽娘的死而复生，对于唤醒千千万万的妇女起来勇敢地反对封建传统，争取自由幸福的生活，无疑具有巨大的鼓舞人心的力量。

《牡丹亭》全剧五十五出，内容离奇复杂，结构紧凑严密，人物众多，各具面目。场面灵活变换，波澜起伏，前呼后应，不断地将戏剧情节推向高潮。剧中的表演或悲或喜，或文场或武戏，紧紧围绕着杜丽娘的心理变化、生死遭遇而展开，突出地表现了反对封建伦理道德的主题。此外，作者还借助《牡丹亭》的剧情发展，从侧面抨击没落腐朽的封建政治。在《耽试》一出里，主考官苗舜宾仅仅因为能辨别外国宝物，就被钦定来京典试。他自己说："一见真宝，眼睛火出，说起文字，俺眼里从来没有。"如此胸无翰墨的玩客，竟然担当选拔国家人才的重任，可见封建科举制度腐败到何等严重的程度。在《围释》一出里，面对乱兵围攻，安抚使杜宝无计御敌，只有使出贿通叛将李全之妻"讨金娘娘"来招降折寇，暴露出封建官吏昏聩无能，朝廷用人严重失察。

《牡丹亭》一经问世后，即不胫而走，轰动四方，影响之大，以至于"家传户诵，几令《西厢》减价"（沈德符《顾曲杂言》）。剧中杜丽娘的形象，引得后世无数青年妇女为之感动，泪洒襟前，留下了许多令人伤感的逸闻轶事。扬州女子金凤钿酷爱《牡丹亭》，诵读成癖，写信给作者，有"愿为才子妇"之句。临死遗言："我死，须以《牡丹亭》曲殉。"（邹弢《三借庐笔谈》）娄江女子俞二娘"酷嗜其词，肠断而死"（朱彝尊《静志居诗话》）。杭州女伶商小玲，因演出《牡丹亭》伤心而亡。（焦循《剧说》）而西湖女子冯小青题诗云："冷雨幽窗不可听，挑灯闲看《牡丹亭》。人间亦有痴于我，岂独伤心是小青！"它不仅由杜丽娘的遭遇引发自身相类似的身世相怜之感，更道出了《牡丹亭》广泛的社会影响和青年妇女所遭受的精神摧残。

在《牡丹亭》流行的明清两代，一直不断有人对它进行改编或修订，同时也不断有女性评点。如广为人知的俞娘，聪颖婉慧，读罢《牡丹亭》，情不能已，“饱研丹砂，密圈旁注，往往自写所见，出人意表”（张大复《梅花草堂集》）。清代著名学者吴人的未婚妻陈同、妻子谈则、续娶妻钱宜，皆酷爱《牡丹亭》，留下了一段可歌可泣的评点佳话。陈同将婚而殁，箧中残存评点《牡丹亭》上卷，密行细字，纸上若有斑斑泪痕。吴人后娶妻子谈则见陈同所评，视如珍宝，暇日仿其意补评下卷，秘不示人。不料未尽其役，因病而死，直到吴人最后一位妻子钱宜，继续参评，方才完成，并不惜变卖金钏筹资雕版行世。

三妇站在女性的角度赏玩评点《牡丹亭》，细致入微，或诠疏文义，品鉴佳构，或解说名理，抒发情怀。不仅可以帮助读者深入理解《牡丹亭》的思想内容和艺术特色，而且鲜明地反映出当时闺阁妇女的生活态度。三妇将批评的笔触直接指向现实社会中的种种弊病，尤为不易。

今年适逢汤显祖逝世四百周年，为纪念这位东方“剧坛伟人”（日本青木正儿《中国近世戏曲史》），重新整理出版《牡丹亭》这部不朽的爱情剧作，自有缅怀其人之意。而三妇合评本《牡丹亭》出自女性之手，在诸评本中尤能反映妇女切身的感受，是一个较有特色的本子。因此，我们以康熙刻本三妇合评《牡丹亭》为底本，并以同治清芬阁刻本参校，在保持原貌的基础上，对讹误错漏之处作了必要的订正，以期给读者提供一部较为完善的全新的读本。

2016 年 5 月于海上

目　录

下　卷

附　录

牡丹亭还魂记题辞

天下女子有情，有如杜丽娘者乎？梦其人即病，病即弥连，至手画形容，传于世而后死；死三年矣，复能冥漠中求得其所梦者而生。如丽娘者，乃可谓之有情人耳。情不知所起，一往而深。生者可以死，死者可以生。生而不可与死，死而不可复生，非情之至也。梦中之情，何必非真？天下岂少梦中之人邪！必因荐枕而成亲，待挂冠而为密者，皆形骸之论也。传杜太守事者，仿佛晋武都守李仲文、广州守冯孝将儿女事，予稍为更而演之。至于杜守收拷柳生，亦如汉睢阳王收拷谭生也。嗟夫！人世之事，非人世所可尽。自非通人，恒以理相格耳！第云理之所必无，安知情之所必有邪？万历戊子秋，临川清远道人汤显祖题。

牡丹亭还魂记色目　以各色所扮登场先后为次

末　扮开场　陈最良　父老　花神　通事　钱十五　报子　军　文官　公差　军校

生　扮柳梦梅　父老　赵大　军　报子　中军官

外　扮杜宝　皂卒　李猴儿　舟子　老枢密　贼兵　马夫

老旦　扮甄氏　公人　采桑人　嶼僧　孙心　文官　商人　贼兵　番兵　报子　中军官　将军　军校　堂候官

旦　扮杜丽娘　采桑人

贴　扮春香　门子　皂卒　吏　小道姑　商人　军　办官　通事　王大姐　军校　堂候官

丑　扮门子　皂隶　韩子才　县吏　公人　牧童　采茶人　花郎　府差　杨妈妈　院公　番鬼　左右　鬼　徒弟　疙童　驿丞　报子　军　武官　店主　将军　军校　狱卒

净　扮家童　皂隶　田夫　采茶人　郭驼　番王　石道姑　李全　苗舜宾　判官　报子　武官　狱官　将官

上　卷

标　目

【蝶恋花】(末上)忙处抛人闲处住。百计思量,没个为欢处。白日消磨肠断句,世间只有情难诉。　　玉茗堂前朝复暮,红烛迎人,俊得江山助。但是相思莫相负,牡丹亭上三生路。闲中日月,惟以思量作消遣耳。

情不独儿女也,惟儿女之情最难告人,故千古忘情人必于此处看破。然看破而至于相负,则又不及情矣。

钱曰:儿女英雄同一情也。项羽帐中之饮,两唤奈何,正是难诉处。

吴曰:"有女怀春,吉士诱之。"

【汉宫春】杜宝黄堂,生丽娘小姐,爱踏春阳。世境本空,凡事多从爱起。如丽娘因游春而感梦,因梦而写真、而死、而复生。许多公案,皆爱踏春阳之一念误之也。感梦书生折柳,竟为情伤。写真留记,葬梅花道院凄凉。三年上,有梦梅柳子,于此赋高唐。果尔回生定配,赴临安取试,寇起淮扬。正把杜公围困,小姐惊惶。教柳郎行探,反遭疑激恼平章。风流况,施刑正苦,报中状元郎。

杜小姐梦写丹青记,陈教授说下梨花枪。

柳秀才偷载回生女,杜平章刁打状元郎。

言　怀

【真珠帘】(生上)河东旧族,柳氏名门最。论星宿,连张带鬼。几叶到寒儒,受雨打风吹。漫说书生能富贵,颜如玉和黄金那里。贫薄把人灰,且养就这浩然之气。一部痴缘,开手却写得浩浩落落,方是状元身分,不同轻薄儿也。

此曲点缀柳姓,与下曲刻画柳梅,皆非漫设。以因缘从姓名上得来,正须一为写发。

〔鹧鸪天〕刮尽鲸鳌背上霜,寒儒偏喜住炎方。凭依造化三分福,绍接诗书一脉香。能凿壁,会悬梁,偷天妙手绣文章。必须斫得蟾宫桂,始信人间玉斧长。小生姓柳,名梦梅,原名春卿,系唐朝柳州司马柳子厚之后,留家岭南。凡用氏谱方名,皆驾虚为曲白点染处。父亲朝散之职,母亲县君之封。(叹介)所恨俺自小孤单,生事微渺。喜的是今日成人长大,二十过头,智慧聪明,三场得手。只是未遭时势,不免饥寒。赖有始祖带下郭橐驼,柳州衙舍栽接花果。此书前后以花树作连缀,故先以橐驼种树引起。橐驼遗下一个驼孙,也跟随俺广州种树,相依过活。虽然如此,不是男儿结果之场。每日情思昏昏,忽然半月之前,做下一梦。淡淡数笔述梦,便足与后文丽娘入梦,有详略之妙。梦到一园梅花树下,立着个美人,不长不短,如送如迎。说道:"柳生,柳生,遇俺方有姻缘之分,发迹之期。"因此改名梦梅,春卿为字。正是:"梦短梦长俱是梦,年来年去是何年!"柳生此梦,丽娘不知也;后丽娘之梦,柳生不知也。各自有情,各自做梦,各不自以为梦,各遂得真。

【九回肠】虽则俺改名换字,偶尔一梦,改名换字,生出无数痴情。柳生已先于梦中着意矣！悄魂儿未卜先知。定佳期盼煞蟾宫桂，柳梦梅不卖查梨。还则怕嫦娥妒色花颓气，等的俺梅子酸心柳皱眉，浑如醉。无萤凿遍了邻家壁，甚东墙不许人窥！有一日春光暗度黄金柳，雪意冲开了白玉梅。那时节走马在章台内，丝儿翠，笼定个百花魁。钱曰：柳因梦改名，杜因梦感病，皆以梦为真也。才以为真，便果是真，如郑人以蕉覆鹿，本梦也，顺涂歌之，国人以为真，果于蕉间得鹿矣。

虽然这般说，有个朋友韩子才，是韩昌黎之后，寄居赵佗王台。只寄居赵佗王台，煞甚凄凉。他虽是香火秀才，却有些谈吐，不免随喜一会。钱曰：随喜字非漫下，必赵佗王台已废为僧寺也。

门前梅柳烂春晖，张窈窕钱曰：或作姜窈窕。　梦见君王觉后疑。王昌龄

心似百花开未得，曹　松　托身须上万年枝。韩　偓

训　女

【满庭芳】(外上)西蜀名儒，以名儒自命，便见一生古执。南安太守，几番廊庙江湖。紫袍金带，功业未全无。华发不堪回首。意抽簪万里桥西，还只怕君恩未许，五马欲踟蹰。

“一生名宦守南安，莫作寻常太守看。到来只饮官中水，归去惟看屋外山。”自家南安太守杜宝，表字子充，乃唐朝工部杜子美之后。流落巴蜀，年过五旬。想廿岁登科，三年出守，清名惠政，播在人间。内有夫人甄氏，是魏朝甄皇后嫡派。此家峨嵋山，见世出贤德。夫人单生小女，才貌端妍，唤名丽娘，未议婚配。看起自来淑女，无不

知书。今日政有余闲,不免请出夫人商议此事。正是:"中郎学富单传女,伯道官贫更少儿。"

【绕地游】(老旦上)甄妃洛浦,嫡派来西蜀,封大郡南安杜母。

(见介)(外)"老拜名邦无甚德,(老旦)妾沾封诰有何功?(外)春来闺阁闲多少?(老旦)也长向花阴课女工。"(外)女工一事,想女儿精巧过人,看来古今贤淑,多晓诗书。他日嫁一书生,不枉了谈吐相称。你意下如何?(老旦)但凭尊意。夫人答语甚缓,直写出阿母娇惜女儿,又欲其知书,又怜其读书,许多委曲心事。

【前腔】(贴持酒台随旦上)娇莺欲语,眼见春如许。寸草心,怎报的春光一二!写丽娘似有情似无情,全与后文感触相照。

(见介)爹娘万福。(外)孩儿,后面捧着酒肴,是何主意?(旦)今日春光明媚,爹娘宽坐后堂,女孩儿敢进春觞以祝眉寿。(外笑介)生受你。

【玉山颓】(旦送酒介)爹娘万福,女孩儿无限欢娱。坐高堂百岁春光,进美酒一家天禄。祝萱花椿树,虽则是子生迟暮,子生迟暮,在丽娘言下,欲慰其父。然却提起一段伤心矣。守得见这蟠桃熟。(合)且提壶,花间竹下,长引着凤凰雏。

(外)春香,酌小姐一杯。

【前腔】吾家杜甫,为漂零老愧妻孥。(泪介)夫人,我比子美公公更可怜也。他还有念老夫诗句男儿,俺则有学母氏画眉娇女。(老旦)相公休焦,倘然招得好女婿,与儿子一般。(外笑介)可一般呢! 夫人大似妒妇语,几不知承祧为何事矣。杜老之笑说,喜招婿也,笑夫人也。说一般则不合理,说不一般则又伤情,故但作疑词。(老旦)做门楣古语,为甚的这叨叨絮絮,才到的中年路。(合前)

(外)女孩儿,把台盏收去。(旦下介)(外)叫春香。俺问你小姐终日绣房,有何生活?(贴)绣房中则是绣。(外)绣的许多?(贴)绣了打绵。(外)什么绵?(贴)睡眠。(外)好哩! 夫人,你才说"长向花阴课女工",却纵容女孩儿闲眠,反映后文闲眠感梦。是何家教? 叫女孩儿。(旦上)爹爹有何分付?(外)适问春香,你白日睡眠,是何道理? 假如刺绣余闲,有架上图书,可以寓目。他日到人家,知书知礼,父母光辉。这都是你娘亲失教也。钱曰:归罪夫人,极是。世上慈母纵女不教,甚至逾闲者正复不少。故《易》于父母,皆称严君也。

【玉胞肚】宦囊清苦,也不曾诗书误儒。你好些时做客为儿,有一日把家当户。是为爹的疏散不儿拘,道的个为娘是女模。爹娘分说,意在专责夫人。

【前腔】(老旦)眼前儿女,俺为娘心劳体劬。娇养他掌上明珠,出落的人中美玉。儿呵,爹三分说话你自心模,难道八字梳头做目呼。

【前腔】(旦)黄堂父母,倚骄痴惯习如愚。刚打的秋千画图,闲榻着鸳鸯绣谱。从今后茶余饭饱破工夫,玉镜台前插架书。

(老旦)虽然如此,要个女先生讲解才好。请先生是正意,却从阿母娇惜深心写出。又将女先生一跌，文情委曲入妙。(外)不能勾。

【前腔】后堂公所，请先生则是黉门腐儒。(老旦)女儿呵，怎读遍的孔子诗书，但略识周公礼数。书难遍读，礼数略识，夫人终是娇惜女儿。(合)不枉了银娘玉姐，只做纺砖儿，谢女班姬女校书。

(外)请先生不难，则要好生馆待。

【尾声】说与你夫人爱女休禽犊，馆明师茶饭须清楚。你看俺治国齐家，也则是数卷书。结与诗书不误句，遥应齐家二句，又与训女相关。

往年何事乞西宾？柳宗元　主领春风只在君。王　建
伯道暮年无嗣子，苗　发　女中谁是卫夫人？刘禹锡

腐　叹

【双劝酒】(末扮老儒上)灯窗苦吟，寒酸撒吞。科场苦禁，蹉跎直恁！可怜辜负看书心，杜老云："也不曾诗书误儒。"陈生云："可怜辜负看书心。"炎人自炎，凉人自凉，最可叹息。吼儿病年来进侵。

"咳嗽病多疏酒盏，村童俸薄减厨烟。钱曰：酒盏可疏，厨烟不可减也。讽此令人黯然，为贫士妇者，大是不易。争知天上无人住，吊下春愁鹤发仙。"自家南安府儒学生员陈最良，表字伯粹。祖父行医。小子自幼习儒，十二岁进学，超增补廪。观场一十五次，不幸前任宗师，考居劣等停廪。观场一十五次，共四十五年。加十二进学，两年停廪，正是五

十九岁。兼且两年失馆，因考劣而失馆，闲中写出人情。衣食单薄，这些后生都顺口叫我“陈绝粮”。因我医、卜、地理，所事皆知，又改我表字做“百杂碎”。明年是第六个旬头，也不想甚的了。有个祖父药店，药店为还魂汤伏案。依然开张在此。儒变医，菜变虀，这都不在话下。昨日听见本府杜太守，有个小姐，要请先生，好些奔竞的钻去。他可为甚的？乡邦好说话，一也；通关节，二也；撞太岁，三也；穿他门子管家，改窜文卷，四也；别处吹嘘进身，五也；下头官见怕他，六也；家里骗人，七也。为此七事，没了头要去。钱曰：七事骂尽世情。他们都不知官衙可是好踏的！况且女学生一发难教，轻不得，重不得。傥然间体面有些不臻，啼不得，笑不得。似我老人家罢了。闲闲叙说，却都是热中语，引起下段在有意无意之间。正是：“有书遮老眼，不妨无药散闲愁。”(丑扮老门子上)“天下秀才穷到底，学中门子老成精。”(见介)陈斋长报喜。(末)何喜？(丑)杜太爷要请个先生教小姐，我去掌教老爹处禀上了你，禀荐穷儒，直自难得。钱曰：未必果禀也。小人讨好之语，每每知此。太爷有请帖在此。(末)人之患，在好为人师。(丑)是人之饭，有得你吃哩。(末)这等便行。“这等便行”，四字绝倒。何其吃饭之心急也！(行介)

【洞仙歌】(末)咱头巾破了修，靴头绽了兜。(丑)你坐老斋头，衫襟没了后头。(合)砚水嗽净口，去承官饭溲，剔牙杖敢虀臭。此曲在衣服上细细摹写，盖陈生不能更衣而出，不免顾影自惭，门子随后，因见其襟衫零落也。

【前腔】(丑)咱门儿寻事头，你斋长干罢休？(末)要我谢酬，知那里留不留。“留不留”一答，非仅推托谢酬，直恐其“寻事头”耳。是老生慎密处。(合)不论端阳九，但逢出府游，则捻着衫儿袖。

(丑)望见府门了。

世间荣落本逡巡，李商隐　谁采髭须白似银？曹　唐
风流太守容闲坐，朱庆馀　便有无边求福人。韩　愈

延　师

【浣沙溪】(外引贴扮门子，丑扮皂隶上)山色好，讼庭稀。朝看飞鸟暮飞回。印床花落帘垂地。

“杜母高风不可攀，甘棠游憩在南安。虽然为政多阴德，尚少阶前玉树兰。”我杜宝与夫人商议，要寻个老儒，教训女孩儿。昨日府学开送一名廪生陈最良，年可六旬，从来饱学。一来可以教授小女，二来可以陪伴老夫。今日放了衙参，分付安排礼酒，叫门子伺候。(众应下)

【前腔】(末儒巾蓝衫上)须抖擞，要权奇。衣冠欠整老而衰，养浩然分庭还抗礼。酸寒老景，聊以分庭抗礼解嘲。此“养浩然”，是惭愧自释语，与柳生不同。

(丑禀介)陈斋长到门。(外)就请衙内相见。(丑唱门介)南安府学生员进。(末进见介)生员陈最良禀拜。(拜介)(末)“广学开书院，(外)崇儒引席珍。(末)献酬樽俎列，(外)宾主位班陈。”叫左右，陈斋长在此清叙，着门役散回，家丁伺候。(众应下)(净扮家童上)(外)久闻先生饱学，敢问尊年有几？祖上可也习儒？(末)容禀。

【锁南枝】将耳顺，望古稀，儒冠误人双鬓丝。(外)近来？

(末)君子要知医,知医,为后来诊脉作地。悬壶旧家世。(外)原来世医。还有他长?(末)凡杂作,可试为;但诸家,略通的。此段先将陪伴老夫意叙在前,非泛作寒温语也。

(外)这等一发有用。

【前腔】闻名久,识面初,果然大邦生大儒。(末)不敢。(外)有女颇知书,先生长训诂。(末)当得。则怕做不得小姐之师。(外)那女学士,你做的班大姑。今日选良辰,教他拜师傅。

(外)院子,敲云板,请小姐出来。

【前腔】(旦引贴上)添眉翠,摇佩珠,绣屏中生成士女图。莲步鲤庭趋,儒门旧家数。(贴)先生来了怎好?(旦)少不得去。"少不得去",是见道语,亦似英雄语。丫头,那贤达女,都是些古镜模。你便略知书,也做好奴仆。

(净报介)小姐到。(见介)(外)我儿过来。"玉不琢,不成器。人不学,不知道。"今日吉辰,来拜了先生。(旦拜介)学生自愧蒲柳之姿,敢烦桃李之教。(末)愚老恭承捧珠之爱,谬加琢玉之功。(外)春香丫头,向陈师父叩头。着他伴读。(贴叩头介)(末)敢问小姐所读何书?(外)男、女《四书》,他都成诵了。则看些经旨罢。《易》以道阴阳,义理深奥;《书》以道政事,与妇女没相干;《春秋》、《礼记》,又是孤经;不习孤经,已有蟾宫贵客相傍意。则《毛诗》开首便是后妃之德,四个字儿顺口,且是学生家传,习《诗经》罢。其余书史尽有,则可惜他是个女儿。

【前腔】我年过半,性喜书,牙签插架三万余。(叹介)伯道恐无儿，中郎有谁付？蓦然感怀，只作淡语叹惜，惟恐伤女情也。故下即云："他要看的书尽看。"钱曰：杜诗"年过半百不称意"，此剪裁用之，坊刻作"将半"，便不成语，且与前"白年过五旬"不合。先生，他要看的书尽看。有不臻的所在，打这丫头。(贴)哎哟！(外)冠儿下，他做个女秘书。小梅香，要防护。反照后文春香引逗游园。

(末)谨领。(外)春香伴小姐进衙，我陪先生酒去。(旦)"酒是先生馔，女为君子儒。"借字用古，是此记巧思独擅。(下)(外)请先生后花园饮酒。后花园先于此处一逗，正见与学堂相近。

门馆无私白日闲，薛　能　百年粗粝腐儒餐。杜　甫
左家弄玉惟娇女，柳宗元　花里寻师到杏坛。钱　起

怅　眺

【番卜算】(丑上)家世大唐年，寄籍潮阳县。越王台上海连天，可是鹏程便？

"榕树梢头访古台，下看甲子海门开。越王歌舞今何在？时有鹧鸪飞去来。"自家韩子才，俺公公唐朝韩退之，为上了《破佛骨表》，贬落潮州。一出门，蓝关雪阻，马不能前。先祖心里暗暗道，第一程采头罢了。正苦中间，忽然有个湘子侄儿，乃下八洞神仙，蓝缕相见。俺退之公公一发心里不快。呵融冻笔，题一首诗在蓝关草驿之上。末二句单指着湘子说道："知汝远来应有意，好收吾骨瘴江边。"湘子袖了这诗，长笑一声，腾空而去。后来退之公公果然瘴死潮州，那湘子恰在云端看见，想起前诗，按下云头，收其骨殖。到得衙中，四顾无人，单单则有湘子原妻一个在衙。四目相视，把湘子一点凡心顿起，当时生下一支，留在水潮，传了宗祀。小生乃其嫡派苗裔

也，为遥遥华胄者，姑妄言之。嘲耶？谑耶？因乱流来广城。官府念是先贤之后，表请敕封小生为昌黎祠香火秀才，寄居赵佗王台上。香火秀才，故家世叙得明白。若柳生，则"留家岭南"一句可了。正是："虽然乞相寒儒，却是仙风道骨。"呀！蚤一位朋友来也。

【前腔】(生上)经史腹便便，昼梦人还倦。"昼梦"字承"言怀"一段白来。欲寻高耸看云烟，海色光平面。

(见介)(丑)是柳春卿，甚风儿吹的老兄来？(生)偶尔孤游上此台。(丑)这台上风光尽可矣。(生)则无奈登临不快哉！(丑)小弟此间受用也。(生)小弟想起来，到是不读书的人受用。(丑)谁？(生)赵佗王便是。柳生答语为赵佗而发，意甚愤而言甚骤。韩生即以"谁"字骤诘，盖惟恐其，侵己也。细想此时香火秀才真有咄咄逼人之恐，只一"谁"字描神已尽。

【锁寒窗】祖龙飞、鹿走中原，尉佗呵，他倚定着摩崖半壁天。称孤道寡，是他英雄本然。白占了江山，猛起些宫殿。似吾侪读尽万卷书，可有半块土么？那半部上山河不见。(合)由天，那攀今吊古也徒然，荒台古树寒烟。

(丑)小弟看兄气象言谈，似有无聊之叹。先祖昌黎公有云："不患有司之不明，只患文章之不精；不患有司之不公，只患经书之不通。"开口不离先祖，是香火本色，且能引起下两祖相较一段。老兄，还只怕工夫有不到处。(生)这话休提。比如我公公柳子厚，与你公公韩退之，他都是饱学才子，却也时运不济。你公公错题了《佛骨表》，贬职潮阳。我公公则为在朝阳殿，与王叔文丞相下棋，惊了圣驾，直贬做柳州司马。都是边海烟瘴地方。柳与丞相下棋，韩取奉朝廷，虽后人不能讳。为人为文，可不慎哉！那时两公一路而来，旅舍之中挑灯细论。从同行生出意义。你公公说道："子厚，子厚，我和你两人文章三六九比势：我有《王泥水传》，你便有《梓人传》；我有《毛中书传》，你便有《郭驼子传》；我有《祭鳄鱼文》，你便有《捕蛇者说》。这也罢了。则我进《平淮西碑》，取奉朝廷，你却又进个平淮西的雅。一篇一篇，你都放俺不过，恰如今贬窜烟方，也合着一处。岂非时乎？运乎？命乎？”韩兄，这长远的事休提了。假如俺和你论如常，难道便应这等寒落？因何俺公公造下一篇《乞巧文》，到俺二十八代元孙，再不曾乞得一些巧来？便是你公公立意做下《送穷文》，到老兄二十几辈了，还不曾送的个穷去，算来都则为时运二字所亏。即于对举古题中将《乞巧》、《送穷》，另作一层畅发，合到自己身上。（丑）是也，春卿兄。

【前腔】你费家资制买书田，怎知他卖向明时不值钱。虽然如此，你看赵佗王当时，也有个秀才陆贾，拜为奉使中大夫到此。赵佗王多少尊重他。一转便暗击动干谒之意。他归朝燕，黄金累千。那时汉高皇厌见读书之人，但有个带儒巾的，都拿来溺尿。这陆贾秀才，端然带了四方巾，深衣大摆，去见汉高皇。抒写感怀，即从赵佗王、陆贾生情，妙在本地风光。高皇望见，便迎着骂道：“你老子用马上得天下，何用诗书？”那陆生有趣，不多应他，只回他一句：“陛下马上取天下，能以马上治之乎？”高皇听了，呀然一笑，说道：“便依你说，不管什么文字，念与寡人听之。”陆生不慌不忙，袖里取出一卷文字，恰是平日灯窗下纂集的《新语》一十三篇，高声奏上。那高皇才听了一篇，龙颜大喜。后来一篇一篇，都喝采称善。立封他做个关内侯。那一日好不气象！休道汉高皇，便是那两班文武，见者皆呼万岁。一言掷地，万岁呼天。（生叹介）则俺连篇累牍无人见。才子英雄失路，千古同慨。柳生一叹，想见其半日听言，神往不觉，恍然自失光景。（合前）

（丑）再问春卿，在家何以为生？（生）寄食园公。（丑）依小弟说，不如干谒些须，可图前进。此折止为香山干谒作引，却从对答中转出，不觉其突。(生)你不知，今人少趣哩。(丑)老兄可知？有个钦差识宝中郎苗老先生，到是个知趣人儿。今秋任满，例于香山嶴多宝寺中赛宝。那时一往何如？(生)领教。

应念愁中恨索居，段成式　青云器业我全疏。李商隐
越王自指高台笑，皮日休　刘项原来不读书。章　碣

闺　塾

(末上)"吟余改抹前春句，饭后寻思午晌茶。蚁上案头沿砚水，蜂穿窗眼咂瓶花。"闲人事情，亦是塾师案头真景。我陈最良杜衙设帐，杜小姐家传《毛诗》，极承老夫人馆待。应前好生馆待。今日早膳已过，我且把毛注潜玩一遍。(念介)"关关雎鸠，在河之洲。窈窕淑女，君子好逑。"好者好也，逑者逑也。(看介)这早晚了，还不见女学生进馆，却也娇养的紧。待我敲三声云板。(敲云板介)春香，请小姐上书。

【绕地游】(旦引贴捧书上)素妆才罢，缓步书堂下。对净几明窗潇洒。(贴)《昔氏贤文》，把人禁杀，恁时节则好教鹦哥唤茶。唤茶，睡起时也。言每常此时只好初睡起耳。

(见介)(旦)先生万福。(贴)先生少怪。(末)凡为女子，鸡初鸣，咸盥漱栉笄，问安于父母。日出之后，各供其事。如今女学生以读书为事，须要早起。(旦)以后不敢了。(贴)知道了。今夜不睡，三更时分，请先生上书。写春香憨劣，处处发笑。钱曰：《琵琶》末多谑语，《拜月》贴有谐言。或疑此二色非花面而作诨，正不知古法也。(末)昨日上的《毛诗》，可温习？(旦)温习了，则待讲解。(末)你念来。(旦念书介)"关关雎鸠，在

河之洲。窈窕淑女，君子好逑”。(末)听讲。“关关雎鸠”，雎鸠是个鸟，关关鸟声也。(贴)怎样声儿？(末学鸠声)(贴学鸠声诨介)(末)此鸟性喜幽静，在河之洲。(贴)是了。不是昨日是前日，不是今年是去年，俺衙内关着个斑鸠儿，被小姐放去，一去去在何知州家。春香一次说诗，实是妙悟。(末)胡说，这是兴。(贴)兴个甚的那？(末)兴者起也。起那下头窈窕淑女，是幽闲女子，有那等君子好好的来求他。(贴)为甚好好的求他？(末)多嘴哩。(旦)师父，依注解书，学生自会。但把《诗经》大意，教演一番。

【掉角儿】(末)论《六经》，《诗经》最葩，闺门内许多风雅。父闺门内论诗，极合，不然《三百篇》从何说起。有指证，姜源产哇；不嫉妒，后妃贤达。更有那咏鸡鸣，伤燕羽，泣江皋，思汉广，洗净铅华。有风有化，宜室宜家。(旦)这经文偌多？(末)《诗》三百，一言以蔽之，没多些，只“无邪”两字，付与儿家。“无邪”句包含多少下文在内。妙！妙！

(末)书讲了。春香取文房四宝来模字。(贴下取上)纸、笔、墨、砚在此。(末)这甚么墨？(旦)丫头错拿了，这是螺子黛，画眉的。写陈老迂腐绝伦，凡事少见多怪，大率类此。(末)这甚么笔？(旦作笑介)这便是画眉细笔。(末)俺从不曾见。拿去，拿去！这是甚么纸？(旦)薛涛笺。(末)也拿去，只拿那蔡伦造的来。这是甚么砚？是一个是两个？(旦)鸳鸯砚。(末)许多眼？(旦)泪眼。(末)哭什么子？一发换了来。(贴背介)好个标老儿！待换去。(下换上)这可好？(末看介)着。(旦)学生自会临书。春香还劳把笔。(末)看你临。(旦写字介)(末看惊介)我从不曾见这样好字。这甚么格？(旦)是卫夫人传下美女簪花之格。(贴)待我写个奴婢学夫人。羊欣书如婢学夫人，用得恰好。(旦)还早哩。(贴)先生，学生领出恭牌。(下)(旦)敢问师母尊年？(末)目下平头六十。(旦)

学生待绣对鞋儿上寿，请个样儿。(末)生受了。依《孟子》上样儿，做个"不知足而为屦"罢了。(旦)还不见春香来。(末)要唤他么？(末叫三度介)(贴上)害淋的。(旦作恼介)劣丫头那里来？(贴笑介)溺尿去来。原来有座大花园，花明柳绿，好耍子哩。(末)哎也，不攻书，花园去。待俺取荆条来。(贴)荆条个甚么？此段大有关目，非科诨也。盖春香不瞧园，丽娘何由游春？不游春，那得感梦？一部情缘，隐隐从微处逗起。

【前腔】女郎行、那里应文科判衙？止不过识字儿书涂嫩鸦。(起介)(末)古人读书，有囊萤的趁月亮的。(贴)待映月，耀蟾蜍眼花；待囊萤，把虫蚁儿活支杀。(末)悬梁刺股呢？(贴)比似你悬了梁，损头发；刺了股，添疤纳。有甚光华！钱曰：挑白生出好辞后，《冥判》赞笔数花都是此法。(内叫卖花介)(贴)小姐，你听一声声卖花，把读书声差。(末)又引逗小姐哩，待俺当真打一下。(末做打介)(贴闪介)你待打、打这哇哇，桃李门墙，险把负荆人唬煞。

(贴抢荆条投地介)(旦)死丫头，唐突了师父，快跪下。(贴跪介)(旦)师父看他初犯，容学生责认一遭儿。丽娘责认春香，便已心许其言，只无奈先生在前耳。故后陈老一去，即问花园也。

【前腔】手不许把秋千索拿，脚不许把花园路踏。(贴)则瞧罢。(旦)还嘴。这招风嘴，把香头来绰疤；招花眼，把绣针儿签瞎。(贴)瞎了中甚用？(旦)则要你守砚台，跟书案，伴"诗云"，陪"子曰"，没的争差。(贴)争差些罢。(旦挦贴发介)则问你几丝儿头发，几条背花？敢也怕些些，夫人堂上那些家法。

(贴)再不敢了。不伏先生伏小姐，不怕小姐怕夫人。写憨丫头，真如活现。(旦)可知道？(末)也罢，松这一遭儿。起来。(贴起介)(末)

【尾声】女弟子则争个不求闻达，和男学生一般儿教法。你们工课完了，方可回衙。咱和公相陪话去。照映前折“陪伴老夫”句，极细。且借此语走下场，以便诘问游园一段。(合)怎孤负的这一弄明窗新绛纱。

(末下)(贴作从背后指末骂介)村老牛，痴老狗，一些趣也不知。(旦作扯介)死丫头，“一日为师，终身为父”，他打不的你？俺且问你那花园在那里？观此一问，知小姐一向心也都在花园上。然闻卖花声而不动情者，直村牛痴狗耳。(贴做不说)春香不说，为前责认语也。(旦笑问介)(贴指介)兀那不是！(旦)可有什么景致？(贴)景致么，有亭台六七座，秋千一两架。绕的流觞曲水，面着太湖山石。名花异草，委实华丽。(旦)原来有这等一个所在，且回衙去。

也曾飞絮谢家庭，李山甫　欲化西园蝶未成。张　泌
无限春愁莫相问，赵　嘏　绿阴终借暂时行。张　祜

劝　农

【夜游朝】(外引净扮皂隶，贴扮门子上)何处行春开五马？采邠风物候浓华。竹宇闻鸠，朱幡引鹿，且留憩甘棠之下。《劝农》公出，止为小姐放心游园之地。

〔古调笑〕“时节时节，过了春三二月。乍晴膏雨烟浓，太守春深劝农。农重农重，缓理征徭词讼。”俺南安府在江广之间，春事颇早。想俺为太守的，深居府堂，那远乡僻坞，有抛荒游懒的，何由得知？昨已分付该县置买花酒，待本府亲自劝农。想已齐备。(丑扮县吏上)“承行无令吏，带办有农民。”禀爷爷，劝农花酒，俱已齐备。(外)分付

起行。近乡之处，不许多人啰唣。(众应，喝道起行介)(外)正是："为乘阳气行春令，不是闲游玩物华。"(众下)

【前腔】(生末扮父老上)白发年来公事寡。听儿童笑语喧哗。太守巡游，春风满马。敢借着这务农宣化。

俺等乃是南安府清乐乡中老父。恭喜本府杜太爷，管治三年，慈祥端正，弊绝风清。凡各村乡约保甲，义仓社学，无不举行。极是地方有福。现今亲自各乡劝农，不免官亭伺候。那只候们扛抬花酒到来也。

【普贤歌】(丑、老旦扮公人，扛酒提花上)俺天生的快手贼无过。衙舍里消消没的睃，扛酒去前坡。(做跌介)几乎破了哥，摔破了花花你赖不的我。

(生、末)列位只候哥到来。(老旦、丑)便是这酒埕子漏了，则怕酒少，烦老官儿遮盖些。(生、末)不妨。且抬过一边，村务里嗑酒去。(老旦、丑下)(生、末)地方端正坐椅，太爷到来。(虚下)

【排歌】(外引众上)红杏深花，菖蒲浅芽。春畴渐暖年华。竹篱茅舍酒旗儿叉，雨过炊烟一缕斜。(生、末接介)(合)提壶叫，布谷喳。行看几日免排衙。休头踏，省众哗，怕惊他林外野人家。

(皂禀介)禀爷，到官亭。(生、末见介)(外)众父老，此为何乡何都？(生、末)南安县第一都清乐乡。(外)待我一观。(望介)(外)美哉此乡！真个清而可乐也。有此太守，方有此乡。盖官清则民乐也。〔长相思〕"你看山也清，水也清，人在山阴道上行。春云处处生。"(生、末)正是。"官也清，吏也清，村民无事到公庭。农歌三两声。”(外)父老，知我春游之意乎？

【八声甘州】平原麦洒，翠波摇剪剪，绿畴如画。如酥嫩雨，绕塍春色蘙苴。趁江南土疏田脉佳。怕人户们抛荒力不加。还怕，有那无头官事，误了你好生涯。

(生、末)以前昼有公差，夜有盗警，老爷到后呵，

【前腔】千村转岁华。愚父老香盆，儿童竹马。阳春有脚，经过百姓人家。月明无犬吠杏花，雨过有人耕绿野，真个村村雨露桑麻。只写太平风景，而有司之良自见。若作一通德政碑，观者欲唾矣。

(内歌泥滑喇介)(外)前村田歌可听。

【孝白歌】(净扮田夫上)泥滑喇，脚支沙，短耙长犁滑律的拿。夜雨撒菰麻，天晴出粪渣，香风䐹鲊。(外)歌的好。“夜雨撒菰麻，天晴出粪渣，香风䐹鲊”，是说那粪臭。父老呵，他却不知这粪是香的。有诗为证：“焚香列鼎奉君王，馔玉炊金饱即妨。直到饥时闻饭过，龙涎不及粪渣香。”与他插花赏酒。夹杂语极肖。(净插花饮酒，笑介)好老爷，好酒。(合)官里醉流霞，风前笑插花，把农夫们俊煞。(下)

(门子禀介)一个小厮唱的来也。

【前腔】(丑扮牧童拿笛上)春鞭打，笛儿唦，倒牛背斜阳闪暮鸦。(笛指门子介)他一样小腰挜，一般双髻鬖，能骑大马。(外)歌

的好。怎生指着门子唱“一样小腰掿，一般双髻鬟，能骑大马？”父老，他怎知骑牛的到稳。借门子生情，恰好骑马骑牛相对，亦使场上位置不闲。有诗为证：“常羡人间万户侯，只知骑马胜骑牛。今朝马上看山色，争似骑牛得自由。”赏他酒，插花去。（丑插花饮酒介）（合）官里醉流霞，风前笑插花，村童们俊煞。（下）

（门子禀介）一对妇人歌的来也。

【前腔】（旦、老旦采桑上）那桑阴下，柳篓儿搓，顺手腰身剪一丫。呀，甚么官员在此？俺罗敷自有家，便秋胡怎认他，提金下马？（外）歌的好。说与他，不是鲁国秋胡，不是秦家使君，是本府太爷劝农。见此勤渠采桑，可敬也。有诗为证：“一般桃李听笙歌，此地桑阴十亩多。不比世间闲草木，丝丝叶叶是绫罗。”领酒插花去。（二旦背插花饮酒介）（合）官里醉流霞，风前笑插花，采桑人俊煞。（下）此与下曲，在官员上点缀桑茶事，亦巧。

（门子禀介）又一对妇人唱的来也。

【前腔】（净丑持筐采茶上）乘谷雨，采新茶，一旗半枪金缕芽。呀，什么官员在此？学士雪炊他，书生困想他，竹烟新瓦。（外）歌的好。说与他，不是邮亭学士，不是阳羡书生，是本府太爷劝农。看你妇女们采桑采茶，胜如采花。有诗为证：“只因天上少茶星，地下先开百草精。闲煞女郎贪斗草，风光不似斗茶清。”领了酒，插花去。（净、丑插花饮酒介）（合）官里醉流霞，风前笑插花，采茶人俊煞。（下）

（生、末跪介）禀老爷，众父老茶饭伺候。（外）不消。余花余酒，父老们领去，给散小乡村，也见官府劝农之意。叫祗候们起马。（生、末做攀留不许介)(起叫介)村中男妇领了花赏了酒的,都来送太爷。

【清江引】(前各众插花上)黄堂春游韵潇洒,身骑五花马。村务里有光华,花酒藏风雅。男女们请了。你德政碑随路打。

间阎缭绕接山巅,杜 甫　春草青青万顷田。张 继
日暮不辞停五马,羊士谔　桃花红近竹林边。薛 能

肃 苑

【一江风】(贴上)小春香,一种在人奴上,画阁里从娇养。侍娘行,弄粉调朱,贴翠拈花,惯向妆台傍。陪他理绣床,陪他烧夜香。小苗条吃的是夫人杖。"弄粉"三句是早起事,理绣是清昼事,烧香是晚来事,写尽深闺情况。

"花面丫头十三四,春来绰约省人事。终须等着个助情花,处处相随步步觑。"俺春香日夜跟随小姐,看他名为国色,实守家声。嫩脸娇羞,老成尊重。说得如此端庄,方是千金小姐身分,并后文满纸春愁不为唐突也。只因老爷延师教授,读《毛诗》第一章:"窈窕淑女,君子好逑。"悄然废书而叹曰:"圣人之情,尽见于此矣。今古同怀,岂不然乎?"春香因而进言:乘间引逗,在"因而"二字,见其乖觉。小人先意承旨,最易惑人。"小姐读书困闷,怎生消遣则个?"小姐一会沉吟,逡巡而起,便问道:"春香,你教我怎生消遣那?"俺便应道:"小姐,也没个甚法儿,后花园走走罢。"小姐说:"死丫头,老爷闻知怎好?"春香应说:"老爷下乡,有几日了。"小姐低回不语者久之,方才取过历书选看。

说明日不佳，后日欠好，除大后日，是个小游神吉期。虽衙内闲嬉，一而沉吟，再而低回，又必选日，真是娇羞。预叫花郎，扫清花径。我一时应了，则怕老夫人知道，却也由他。春香怕夫人知，与小姐怕老爷知，各各入妙。且自叫那小花郎分付去。呀！回廊那厢，陈师父来了。正是：“年光到处皆堪赏，说与痴翁总不知。”

【前腔】(末上)老书堂，暂借扶风帐。日暖钩帘荡。呀！那回廊，小立双鬟，似语无言，近看如何相？摹写“小立”数语，确是老生瞻望光景。是春香，问你恩官在那厢？夫人在那厢？钱曰：夫人在那厢，何劳先生动问，意盖侧趋下句，谓夫人何在，不教女儿出来上书也。女书生怎不把书来上？

(贴)原来是陈师父，俺小姐这几日没工夫上书。(末)为甚？(贴)听呵，

【前腔】甚年光！忒煞通明相，所事关情况。(末)有甚么情况？(贴)老师父还不知，老爷怪你呵。(末)何事？(贴)说你讲《毛诗》，讲的忒精了。俺小姐呵，为诗章，讲动情肠。春香一心要分付花郎，不意遇着陈老耽阁，看他灵心香口，句句将冷语推托，非又写一通小姐读诗感触也。(末)则讲了个“关关雎鸠”。(贴)故此了。小姐说，关关的雎鸠，尚然有洲渚之兴，可以人而不如鸟乎！春香二次说诗，实是妙悟。书要埋头，那景致则抬头望。如今分付，明后日游后花园。(末)为甚去游？(贴)他平白地为春伤，天下事都从平白地起，真不可解。因春去的忙，后花园要把春愁漾。一气三个“春”字，逼出情来，令人怃然。

(末)一发不该了。

【前腔】论娘行，出入人观望，步起须屏幛。春香，你师父靠天也六十来岁，从不晓得伤个春，从不曾游个花园。(贴)为甚？(末)你不知圣人千言万语，则要"收其放心"。但如常，着甚春伤？要甚春游？你放春归，怎把心儿放？腐儒也。一气三个"春"字，将情撇开，又令人索然。小姐既不上书，我且告归几日。"告归"与后《惊梦》折中先生不在相照。春香呵，你寻常到讲堂，时常向琐窗，怕燕泥香点涴在琴书上。

我去了。"绣户女郎闲斗草，下帷老子不窥园。"(下)(贴吊场)且喜陈师父去了。喜其去，更见一会等得焦心。叫花郎在么？(叫介)花郎！

【普贤歌】(丑扮小花郎醉上)一生花里小随衙，偷去街头学卖花。令史们将我揸，祗候们将我搭，狠烧刀险把我嫩盘肠生灌杀。

(见介)春姐在此。(贴)好打。私出衙前骗酒，这几日菜也不送。(丑)有菜夫。(贴)水也不挑。钱曰：挑水送菜，是习用语。或改为视，求古反拙。(丑)有水夫。(贴)花也不送。(丑)每早送花，夫人一分，小姐一分。(贴)还有一分哩？(丑)这该打。(贴)你叫什么名字？(丑)花郎。(丑)你把花郎的意思，诌个曲儿俺听。诌的好，饶打。(丑)使得。陈老已去，花郎已来，文笔已自山水穷尽。忽从"花郎"二字随意写作一笑，便有云起月生之妙。

【梨花儿】小花郎看尽了花成浪，则春姐花沁的水洸浪。和你这日高头偷眼眼，嗏，好花枝干鳖了作么朗！

(贴)待俺还你也哥。

【前腔】小花郎做尽花儿浪，小郎当夹细的大当郎。(丑)哎哟！(贴)俺待到老爷回时说一浪，(采丑发介)嗏，敢乐个小榔头把你分的朗。

(丑倒介)罢了，姐姐为甚事光降小园？(贴)小姐大后日来瞧花园，好些扫除花径。(丑)知道了。《肃苑》只此数语，却写误遇陈老絮烦半日，一腐一憨，增出多少波折。

东郊风物正薰馨，崔日用　应喜家山接女星。陈　陶
莫遣儿童触红粉，韦应物　便教莺语太丁宁。杜　甫

惊　梦

【绕地游】(旦上)梦回莺啭，"梦"字逗起。乱煞年光遍。人立小庭深院。(贴上)炷尽沉烟，抛残绣线，恁今春关情似去年。宿火已销，残绒未理，绝妙晓窗情景。钱曰："人立小庭深院"与"步香闺，怎便把全身现"，丽娘重自敛约，而一念之荡，梦中人即已随之。"有女怀春"，尚慎旃哉！

〔乌夜啼〕(旦)"晓来望断梅关，宿妆残。(贴)你侧着宜春髻子恰凭阑。(旦)剪不断，理还乱，闷无端。(贴)已分付催花莺燕借春看。"(旦)春香，可曾叫人扫除花径？(贴)分付了。(旦)取镜台衣服来。(贴取镜台衣服上)"云髻罢梳还对镜，罗衣欲换更添香。"镜台衣服在此。

【步步娇】(旦)袅晴丝吹来闲庭院，摇漾春如线。停半晌、整花钿。没揣菱花，偷人半面，迤逗的彩云偏。(行介)步香闺，怎便把全身现！全身未现，犹起行对镜语，亦可想见千金腔范。

（贴）今日穿插的好。取次梳妆，画出闲耍时娇态。却因春香赞一好字，陡然感触，隐隐动下伤春之意。

【醉扶归】（旦）你道翠生生出落的裙衫儿茜，艳晶晶花簪八宝填，可知我常一生儿爱好是天然。恰三春好处无人见。不堤防沉鱼落雁鸟惊喧，则怕的羞花闭月花愁颤。

（贴）早茶时了，请行。（行介）你看："画廊金粉半零星，池馆苍苔一片青。踏草怕泥新绣袜，惜花疼煞小金铃。"（旦）不到园林，怎知春色如许！前云"眼见春如许"，见得却浅。此处不知却深，忽临春色，蓦地动魂，那不百端交集。

【皂罗袍】原来姹紫嫣红开遍，似这般都付与断井颓垣。良辰美景奈何天，赏心乐事谁家院！陡见春光满目，不能遍述，仅约略叹惜之，神理绝妙。恁般景致，我老爷和奶奶再不提起。（合）朝飞暮卷，云霞翠轩；雨丝风片，烟波画船，锦屏人忒看的这韶光贱！悠悠世上，多是忙过一生，了与韶光无涉，不独锦屏人也。若锦屏人，园亭虽丽，不解赏心乐事，又不如断井颓垣，动人低回也。

（贴）是花都放了，那牡丹还早。

【好姐姐】（旦）遍青山啼红了杜鹃，荼蘼外烟丝醉软。春香呵，牡丹虽好，他春归怎占的先！（贴）成对儿莺燕呵。（合）闲凝眄，生生燕语明如剪，呖呖莺歌溜的圆。春香自说花鸟，只因还早。"成对"语，暗触小姐心事。便从花鸟上想到自己，左叹右惜，并不叙湖山流水，恰合此际神情，更为寻梦生色。

（旦）去罢。（贴）这园子委是观之不足也。（旦）提他怎的！无端怪老爷奶奶不提，又无端怪春香提，总是没情没绪。（行介）

【隔尾】观之不足由他缱，便赏遍了十二亭台是惘然。到不如兴尽回家闲过遣。游园原为消遣，乃乘兴而来，兴尽而去，恐去后惘然，益难消遣耳。然无可奈何，只得如此发付玩。“到不如”三字，浓情欲滴也。

(作到介)(贴)“开我西阁门，展我东阁床。瓶插映山紫，炉添沉水香。”小姐，你歇息片时，俺瞧老夫人去也。(下)(旦叹介)“默地游春转，小试宜春面。”春呵，得和你两留连，春去如何遣？咳！恁般天气，好困人也。忽然游园，因之感触；忽然回家，已自情尽。又从春色上生出一段风勾月引，为入梦之因。春香那里？(作左右瞧介)(又低首沉吟介)天呵！春色恼人，信有之乎？常观诗词乐府，古之女子，因春感情，遇秋成恨，诚不谬矣。吾今年已二八，未逢折桂之夫，忽慕春情，怎得蟾宫之客？昔日韩夫人得遇于郎，张生偶逢崔氏，曾有《题红记》、《崔徽传》二书。此佳人才子，前以密约偷期，后皆得成秦晋。(长叹介)吾生于宦族，长在名门，年已及笄，不得早成佳配，诚为虚度青春，光阴如过隙耳。(泪介)可惜妾身颜色如花，岂料命如一叶乎！钱曰：《牡丹亭》丽情之书也。四时之丽在春，春莫先于梅柳，故以柳之梦梅，杜之梦柳寓意焉。而题目曰《牡丹亭》，则取其殿春也。故又云“春归怎占先”以反映之。此段写后时之感，引丽情而归之梦，最足警醒痴邈。

情急至此，几于蹋地唤天矣。然不极写无聊之况，则不能为梦中生色梦后牵情也。

【山坡羊】没乱里春情难遣，才说回家过遣，又难遣矣，总是没情没绪。蓦地里怀人幽怨。则为俺生小婵娟，拣名门、一例里神仙眷。钱曰：今人以选择门第，及聘财嫁装不备，耽阁良缘者，不知凡几。风移俗易，何时见桃夭之化也？甚良缘，把青春抛的远！青春去了，便非良缘，此语痛极。俺的睡情谁见？睡情谁见，谁知我梦耶？幽梦谁边？

我欲梦谁耶？此时小姐已梦情勃勃矣。则索因循腼腆。想幽梦谁边，和春光暗流转？迁延，这衷怀那处言！淹煎，泼残生，除问天！

身子困乏了，且自隐几而眠。（睡介）（梦生介生持柳枝上）“莺逢日暖歌声滑，人遇风情笑口开。一径落花随水入，今朝阮肇到天台。”小生顺路儿跟着杜小姐回来，怎生不见？（回看介）呀！小姐，小姐！（旦作惊起介）（相见介）（生）小生那一处不寻访小姐来，却在这里！小姐好处，恨人不见。观其左右瞧时，是又惟恐春香见。而孰知梦情一起，已有人跟着矣。（旦作斜视不语介）（生）恰好花园内，折取垂柳半枝。姐姐，你既淹通书史，可作诗以赏此柳枝乎？（旦作惊喜，欲言又止介）（背云）这生素昧生平，何因到此？（生笑介）小姐，咱爱杀你哩！

【山桃红】则为你如花美眷，似水流年，是答儿闲寻遍。在幽闺自怜。淹通书史，照尝观诗词乐府一段。咱爱杀你。照睡情谁见一段。如花美眷，似水流年。照青春虚度一段。柳生顺路跟来。故幽闺自怜之语，历历闻之。几句伤心话儿，能使丽娘倾倒也。小姐，和你那答儿讲话去。（旦作含笑不行）（生作牵衣介）（旦低问）秀才那边去？（生）转过这芍药栏前，紧靠着湖山石边。此处正是牡丹亭上，却不说出。（旦低问）秀才，去怎的？（生低答）和你把领扣松，衣带宽，袖梢儿揾着牙儿苫也，则待你忍耐温存一晌眠。（旦作羞）（生前抱）（旦推介）（合）是那处曾相见，相看俨然，早难道这好处相逢无一言？楚楚之中忽作一片梦境迷离语，非谓柳生梅花树下梦见也。

（生强抱旦下）（末扮花神束发冠，红衣插花上）“催花御史惜花天，检点春工又一年。蘸客伤心红雨下，勾人悬梦彩云边。”吾乃掌管南安府后花园花神是也。花神为《冥判》折伏案。因杜知府小姐丽娘，与柳梦梅秀才，后日有姻缘之分。杜小姐游春感伤，致使柳秀才入梦。看“致使”二字，可见不游春，便自无梦。咱花神专掌惜玉怜香，竟来保护他，要他云雨十分欢幸也。

【鲍老催】单则是混阳蒸变，看他似虫儿般蠢动把风情搧，一般儿娇凝翠绽魂儿颤。柳杜欢情，在花神口中写出，语语是怜，语语是唤。艳想绮词，俱归解脱。这是景上缘，想内成，因中见。呀！淫邪展污了花台殿。咱待拈片落花儿惊醒他。（向鬼门丢花介）他梦酣春透了怎留连？拈花闪碎的红如片。是小姐极不如意想，是小姐极如意梦。向使对景无因，何缘有梦耶？

秀才才到的半梦儿。梦毕之时，好送杜小姐仍归香阁。吾神去也。（下）在花神口中补写半梦，非对嘱秀才语也。

【山桃红】（生、旦携手上）这一霎天留人便，“天留人便”四字最误事。凡人每向便中做下邪缘也。草藉花眠。“草藉花眠”，写出牡丹亭上事。小姐可好？（旦低头介）（生）则把云鬟点，红松翠偏。小姐休忘了呵，见了你紧相偎，慢厮连，恨不得肉儿般团成片也，刘希夷诗“与君双栖共一身”，即是“团成片”意。吴曰：聊与子如一兮。逗的个日下胭脂雨上鲜。（旦）秀才，你可去呵？先是小姐想到秀才要去，后来秀才又千回百转不忍去，最灵妙之笔。（合）是那处曾相见，相看俨然，早难道这好处相逢无一言？

（生）姐姐，你身子乏了，将息将息。（送旦依前作睡介）（轻拍旦介）姐姐，俺去了。去了，非是决绝语，正是缠绵语也。（作回顾介）姐姐，你好十分将息，我再来瞧你那。“再来”非是期约语，正是别离无奈，极疼热、极安慰之语也。“行来春色三分雨，睡去巫山一片云。”（下）（旦作惊醒低叫介）秀才，秀才，你去了也？此是落花所惊。又作一片迷离语。（又睡介）（老旦上）

“夫婿坐黄堂，娇娃立绣窗。怪他裙衩上，花鸟绣双双。”孩儿，孩儿，你为甚瞌睡在此？又作迷离语。（旦作醒叫秀才介）咳也。（老旦）孩儿怎的来？此是夫人所惊。（旦作惊起介）奶奶到此！丽娘当称“母亲”而云“奶奶到此”，写其猝然惊觉出神失口光景。钱曰：称奶奶是对春香语。惊魂骤醒，怪其不通报也。（老旦）我儿，何不做些针指，或观玩书史，舒展情怀？因何昼寝于此？（旦）儿适花园中闲玩，直说游园亦是一时失惊，不及措思语。忽值春暄恼人，故此回房。无可消遣，不觉困倦少息。有失迎接，望母亲恕儿之罪。（老旦）孩儿这后花园中冷静，少去闲行。（旦）领母亲严命。（老旦）孩儿，学堂看书去。（旦）先生不在，且自消停。（老旦叹介）女孩家长成，自有许多情态，且自由他。非写阿母眼乖，正极写小姐此时神魂颠倒，迥异平时。正是：“宛转随儿女，辛勤做老娘。”（下）（旦长叹介）（看老旦下介）哎也，天那！今日杜丽娘有些侥幸也。随口呼天，自是无聊人景况。然此折三次呼天低首沉吟时怨也，此处谢也，结处求也。

自语一番，才觉梦境难忘。偶到园中，百花开遍，睹景伤情。没兴而回，昼眠香阁，忽见一生，年可弱冠，丰姿俊妍。于园内折垂柳一枝，笑对奴家说：“姐姐既淹通书史，何不将柳枝题赏一篇？”那时待要应他一声，心中自忖，素昧平生，不知名姓，何得轻与交言。补写梦中心事。正如此想间，只见那生向前说了几句伤心话儿，因其语语紧照春心，故曰“伤心话儿”。此处提此二字，后亦屡见，盖伤心者情之至也。将奴搂抱去牡丹亭畔，芍药阑边，共成云雨之欢。两情和合，真个是千般爱惜，万种温存。欢毕之时，又送我睡眠，几声“将息”。又补写迷离时心事。正待自送那生出门，忽值母亲来到，唤醒将来。我一身冷汗，乃是南柯一梦。忙身参礼母亲，又被母亲絮了许多闲话。以针指读书为闲话，将以何事为正经耶？写有心事人如画。奴家口虽无言答应，心内思想梦中之事，何曾放怀。行坐不宁，自觉如有所失。娘呵，你叫我学堂看书去，知他看那一种书消闷也。（作掩泪介）

【绵搭絮】雨香云片，才到梦儿边。无奈高堂，唤醒纱窗睡不便。泼新鲜冷汗粘煎，闪的俺心悠步亸，意软鬟偏。不争多费尽神情，坐起谁忺？则待去眠。

(贴上)“晚妆销粉印，春润费香篝。”小姐，熏了被窝睡罢。

【尾声】(旦)困春心游赏倦，也不索香熏绣被眠。“坐起谁忺？则待去眠”，写其倦也。“熏了被窝睡罢”，春香乖人，见其倦也，“也不索香熏绣被眠”。小姐只想草藉花眠，等不得熏香，便欲就寝，倦极也。天呵！有心情那梦儿还去不远。起句逗一“梦”字以为入梦之缘，煞句又拖一“梦”字以为寻梦之因，从此无时不在梦中矣。

春望逍遥出画堂，张　说　间梅遮柳不胜芳。罗　隐
可知刘阮逢人处，许　浑　牵引东风一断肠。韦　庄

末句坊刻作“回首东风一断肠”，与“间梅遮柳”句同出昭谏一诗，窃意临川当不尔潦草，后见玉茗元本，果然。

慈　戒

(老旦上)“昨日胜今日，今年老去年。可怜小儿女，长自绣窗前。”几日不到女孩儿房中，午晌去瞧他，只见情思无聊，独眠香阁。问知他在后花园回，身子困倦。他年幼不知，钱曰：“年幼不知”一语，慈母为顽劣儿女开解，不知误多少事。凡少年女子，最不宜艳妆戏游空冷无人之处。这都是春香贱才逗引他。春香那里？(贴上)“闺中图一睡，堂上有千呼。”奶奶，怎夜分时节，还未安寝？(老旦)小姐在那里？(贴)陪过夫人到香阁中，自言自语，淹淹春睡去了。敢在做梦也。写小姐亦不是寻常情态。(老旦)你这贱才，引逗小姐后花园去。傥有疏

虞，怎生是了！不责小姐而责丫头，总是娇惜女儿。(贴)以后再不敢了。(老旦)听俺分付：

【征胡兵】女孩儿只合香闺坐，拈花剪朵。问绣窗针指如何？逗工夫一线多。更昼长闲不过，琴书外自有好腾那。去花园怎么？琴书外有甚腾那，要不如看花园好景耳。

(贴)花园好景。(老旦)丫头，不说你不知。

【前腔】后花园窣静无边阔，亭台半倒落。便我中年人要去时节，尚兀自里打个磨陀。女儿家甚做作？星辰高犹自可。(贴)不高怎的？(老旦)断撞着有甚不着科，教娘怎么？

小姐不曾晚餐，早饭要早，你说与他。结完小姐，又增后文许多意思。

风雨林中有鬼神，苏广文　寂寥未是采桑人。郑　谷
素娥毕竟难防备，段成式　似有微词动绛唇。唐彦谦

寻　梦

【夜游宫】(贴上)腻脸朝匀罢盥，倒犀簪斜插双鬟。侍香闺起早，睡意阑珊。衣桁前，妆阁畔，画屏间。小景点缀懒婢瞌睡情况，亦趣。

伏侍千金小姐，丫鬟一位春香。请过猫儿师父，不许老鼠放光。侥幸《毛诗》感动，小姐吉日时良。拖带春香遣闷，后园花里游芳。谁知小姐瞌睡，恰遇着夫人问当，絮了小姐一会，要与春香一场。春香无言知罪，以后劝止娘行，夫人还是不放，少不得发咒禁当。(内)

春香姐,发个甚咒来?(贴)敢再跟娘胡撞,教春香即世里不见儿郎。虽然一时抵对,乌鸦管的凤凰?一夜小姐忺懆,起来促水朝妆。由他自言自语,日高花影纱窗。(内)快请小姐早膳。(贴)“报道官厨饭熟,且去传递茶汤。”(下)

【月儿高】(旦上)几曲屏山展,残眉黛深浅。为甚衾儿里不住的柔肠转?这憔悴非关爱月眠迟倦,可为惜花,朝起庭院?自疑自解,总是无聊。

“忽忽花间起梦情,女儿心性未分明。无眠一夜灯明灭,怪煞梅香唤不醒。”昨日偶尔春游,何人见梦。绸缪顾盼,如遇平生。独坐思量,情殊怅怳。真个可怜人也。可知梦非无因。(闷介)(贴捧茶食上)“香饭盛来鹦鹉粒,清茶擎出鹧鸪斑。”小姐早膳。(旦)咱有甚心情也!

【前腔】梳洗了才匀面,照台儿未收展。前次游园,浓妆艳饰;今番寻梦,草草梳头,极有神理。睡起无滋味,茶饭怎生咽?懂得梦中滋味,便觉一般睡起,两样情怀。(贴)夫人分付,早饭要早。(旦)你猛说夫人,则待把饥人劝。你说为人在世,怎生叫做吃饭?(贴)一日三餐。(旦)咳,甚瓯儿气力与擎拳!生生的了前件。“生生的了前件”即丽娘发问之意,意中有急于吃饭之事在也,只是痴情,并非禅理。

你自拿去吃便了。(贴)“受用余杯冷炙,胜如剩粉残膏。”(下)(旦)春香已去。天呵!昨日所梦,池亭俨然,池亭俨然,可知眼前心上,都是梦境。只图旧梦重来,其奈新愁一段。寻思展转,竟夜无眠。咱待乘此空闲,背却春香,悄向花园寻看。“寻”字是笃于情者之所为,后《冥判》随风跟寻,止了此寻梦之案。(悲介)哎也!似咱这般,正是:“梦无彩凤双飞翼，心有灵犀一点通。”(行介)一径行来，喜的园门洞开，守花的都不在。则这残红满地呵！先领会落花流水，便自伤心。

【懒画眉】最撩人春色是今年。前云“恁今春关情似去年”，因读诗也。此云“最撩人春色是今年”，因做梦也，各有神理。少甚么低就高来粉画垣，元来春心无处不飞悬。(绊介)哎！睡荼蘼抓住裙钗线，恰便是花似人心好处牵。

这一湾流水呵！迤逦叙出园中景色。

【前腔】为甚呵玉真重溯武陵源？“为甚”二字有思致。后柳生拾画亦有“因何”二字，皆情窍发端处也。也则为水点花飞在眼前。是天公不费买花钱，则咱人心上有啼红怨。咳！孤负了春三二月天。

(贴上)吃饭去，不见了小姐，则得一径寻来。呀！小姐你在这里？

【不是路】何意婵娟，小立在垂垂花树边。才朝膳，个人无伴怎游园？(旦)画廊前，深深蓦见衔泥燕，随步名园是偶然。(贴)娘回转，幽闺窣地教人见，那些儿闲串？此述陈老出入人观望意，非甄夫人所戒也。

【前腔】(旦作恼介)唗，偶尔来前，道的咱偷闲学少年。(贴)咳！不偷闲，偷淡。(旦)欺奴善，把护春台，都猜做谎桃源。(贴)敢胡言，这是夫人命，道春多刺绣宜添线，润逼炉香好腻笺。钱曰：拾得夫人咳唾，辄敢唐突乃尔，宜小姐之恼也。从来家庭嫌疑，往往起于细微，臧获之言，最所宜察。(旦)还说甚来？(贴)这荒园堑，怕花妖木客寻常见，去小庭深院。此述夫人厮撞着语也。

(旦)知道了。你好生答应夫人去，俺随后便来。(贴)“闲花傍砌如依主，娇鸟嫌笼会骂人。”(下)(旦)丫头去了，正好寻梦哩。

【忒忒令】那一答可是湖山石边，这一答似牡丹亭畔。曰“可是”，曰“似”，意自有在。故见景而犹若疑之，写得神情恍惚。嵌雕阑芍药芽儿浅，一丝丝垂杨线，一丢丢榆荚钱，线儿春，甚金钱吊转！

呀！昨日那书生将柳枝要我题咏，强我欢会之时，好不话长。话长是说不得处，即下曲觍觍意。吴曰：言之长也。

【嘉庆子】是谁家少俊来近远，敢迤逗这香闺去沁园？话到其间觍觍。他捏这眼，奈烦也天；咱噷这口，待酬言。光景宛然如梦。梦中佳景，那得不一一想出，极力形容。四段已种丽娘病根。

那书生可意呵，

【尹令】咱不是前生爱眷，又素乏平生半面。则道来生出现，怎便今生梦见。索之三世，了不可得，乃得诺梦中，如之何弗思。生就个书生，恰恰生生，抱咱去眠。

那些好不动人春意也。

【品令】他倚太湖石，立着咱玉婵娟。待把俺玉山推倒，便日暖玉生烟。捱过雕阑，转过秋千，揹着裙花展。“揹”字深妙，有许多勉强意在。敢席着地，怕天瞧见。“怕天瞧见”，较畏人多言何如？野合者可发深省。好一会分明，美满幽香不可言。

梦到正好时节，"正好时节"，是半梦儿时也。甚花片儿吊下来也！

【豆叶黄】他兴心儿紧咽咽，呜着咱香肩。俺可也慢掂掂做意儿周旋。"做意周旋"，非澜浪语，乃追忆将昏时一种和爱情景。故着"俺可也"三字摹之。"慢掂掂"正与"紧咽咽"相对。等闲间把一个照人儿昏善，那般形现，那般软绵。才一会分明，又等闲昏善，描写幽欢，色飞意夺。忑一片撒花心的红影儿，"撒花红影"，掩映梦情，丽语也。俗本作"红叶"，谬甚。吊将来半天。敢是咱梦魂儿厮缠？

咳！寻来寻去，都不见了。牡丹亭，芍药阑，怎生这般凄凉冷落，杳无人迹？好不伤心也！（泪介）

【玉交枝】是这等荒凉地面，此即昨日观之不足者，何至荒凉若此？总为寻不出可人，则亭台花鸟止成冷落耳。没多半亭台靠边，好是咱瞇睽色眼寻难见。明放着白日青天，猛教人抓不到魂梦前。霎时间有如活现，打方旋再得俄延，呀！"呀"字妙，乃写出惊意。是这答儿压黄金钏匾。"压黄金钏匾"，痴人谓柳郎太猛矣，岂知杜有无限推却，柳有无限强就，俱于"压"字中写出。与《西厢记》"檀口揾香腮"，皆别有神解。钱曰：刘梦得诗"压扁佳人缠臂金，"辞同意异。

要再见那书生呵，

【月上海棠】怎赚骗，依稀想像人儿见。忽迷忽悟，想出神来，试思梦与想所争几何。那来时荏苒，去也迁延。非远，那雨迹云踪才一转，敢依花傍柳还重现。昨日今朝，眼下心前，阳台一座登时变。

再消停一番。(望介)呀！无人之处，忽然大梅树一株，梅子磊磊可爱。

【二犯么令】偏则他暗香清远，伞儿般盖的周全。他趁这春三月红绽雨肥天，叶儿青，偏迸着苦仁儿里撒圆。爱煞这昼阴便，再得到罗浮梦边。

罢了，这梅树依依可人，我杜丽娘若死后，得葬于此，幸矣！爱梅阴而思昼梦，想见小姐此时倦极欲眠，故因长眠短眠想到葬处。本在牡丹亭上做梦，何以要葬梅花树边，真是不知所起。故下曲即以“偶然间”三字接落。

【江儿水】偶然间心似缱，钱曰：子猷种竹，渊明采菊，亦是偶然遂成千古。梅树边。这般花花草草由人恋，生生死死随人愿，便酸酸楚楚无人怨。待打并香魂一片，阴雨梅天，守的个梅根相见。无处寻柳，决意守梅，丽娘是时已定以身殉梦之意矣。

(倦坐介)(贴上)“佳人拾翠春亭远，侍女添香午梦清。”咳！小姐走乏了，梅树下盹。

【川拨棹】你游花苑，怎靠着梅树偃？(旦)一时间望，一时间望眼连天，忽忽地伤心自怜。(泪介)(合)知怎生情怅然，知怎生泪暗悬？钱曰：三曲皆有半断句，非欲说不说也。是嗟叹不足，故重言之。合句同而意别，在春香则摹揣不着之词，在丽娘则追思无措之意也。

(贴)小姐甚意儿？

【前腔】(旦)春归人面，整相看无一言，我待要折，我待要折的那柳枝儿问天；我如今悔，我如今悔不与题笺。小姐自说

心间事，更不管春香知与不知，写尽一时沉乱。(贴)这一句猜头儿是怎言？(合前)

(贴)去罢。(旦作行又住介)行行且止，已解得回家难过遣耳。

【前腔】为我慢归休，缓留连。(内鸟啼介)听，听这不如归春暮天，难道我再，难道我再到这亭园，妙在不再到亭园，若再图生寻，便不能死守矣。则挣的个长眠和短眠。(合前)

(贴)到了，“到了”二字，描神活现。小姐神思恍恍，春香不说，竟不知已到也。和小姐瞧奶奶去。(旦)罢了。

【意不尽】软咍咍刚扶到画阑偏，报堂上夫人稳便。堂上夫人还知之否？咱杜丽娘呵，少不得楼上花枝也则是照独眠。

武陵何处访仙郎，释皎然　只怪游人思易忘。韦　庄
从此时时春梦里，白居易　一生遗恨系心肠。张　祜

诀　谒

【杏花天】(生上)虽然是饱学名儒，腹中饥，峥嵘胀气。梦魂中紫阁丹墀，猛抬头、破屋半间而已。此梦较梅花树下何如？

“蛟龙失水砚池枯，狡兔腾天笔势孤。百事不成真画虎，一枝难稳又惊乌。”我柳梦梅在广州学里，也是个数一数二的秀才，捱了些数伏数九的日子。于今藏身荒圃，寄口髯奴，思之思之，惶愧惶愧。人生失路，何处不可怜！想起韩友之谈，不如外县傍州，寻觅活计。正是：“家徒四壁求杨意，树少千头愧木奴。”老园公那里？

【字字双】(净扮郭驼上)前山低垭后山堆,驼背;牵弓射弩做人儿,把势;一连十个偌来回,漏地;有时跌做绣球儿,滚气。形容驼背宛肖。

自家种树的郭驼子是也。祖公郭橐驼,从唐朝柳员外来柳州。我因兵乱,跟随他二十八代玄孙柳梦梅秀才的父亲,流转到广,又是若干年矣。卖果子回来,看秀才去。(见介)秀才,读书辛苦。(生)园公,正待商量一事。我读书过了廿岁,并无发迹之期。思想起来,前路多长,岂能郁郁居此。搬柴运水,多有劳累。园中果树,都判与伊。听我道来:

【桂花锁南枝】俺有身如寄,无人似你。俺吃尽了黄淡酸甜,费你老人家浇培接植。你道俺像甚的来?镇日里似醉汉扶头。甚日的和老驼伸背?自株守,教怨谁?让荒园,你存济。

【前腔】(净)俺橐驼风味,种园家世。(揖介)不能勾展脚伸腰,也和你鞠躬尽力。秀才,你贴了俺果园那里去?(生)坐食三餐,不如走空一棍。(净)怎生叫做一棍?(生)混名打秋风呢!(净)咳!你费工夫去撞府穿州,不如依本分登科及第。老人识破世情,才有此语。(生)你说打秋风不好?"茂陵刘郎秋风客",到大来做了皇帝。(净)秀才,不要攀今吊古的。你待秋风谁?道你滕王阁,风顺随;则怕鲁颜碑,响雷碎。钱曰:走偏人间,虚费草鞋钱者不少。白首牖下,不能脱素衣者亦多。株守干谒,两无是处,惟《怅眺》折言时运为得耳。

(生)俺干谒之兴甚浓,休的阻挡。(净)也整理些衣服去。

【尾声】把破衫衿彻骨捶挑洗。(生)学干谒黄门一布衣。

(净)秀才,则要你衣锦还乡俺还见的你。

此身飘泊苦西东,杜　甫　笑指生涯树树红。陆龟蒙
欲尽出游那可得,武元衡　秋风还不及春风。王　建

写　真

【破齐阵】(旦上)径曲梦回人杳,自《惊梦》后丽娘三见。此云"梦回人杳",《诊祟》折云"梦初回",《悼殇》折云"怕成秋梦",开口总不放过"梦"字。闺深珮冷魂销。似雾濛花,如云漏月,一点幽情动早。(贴上)怕待寻芳迷翠蝶,倦起临妆听伯劳。春归红袖招。

〔醉桃源〕(旦)"不经人事意相关,牡丹亭梦残。"不经人事",正是梦情。(贴)断肠春色在眉弯,倩谁临远山?间逗画意。(旦)排恨叠,怯衣单,花枝红泪弹。(合)蜀妆晴雨画来难,高唐云影间。"(贴)小姐,你自花园游后,寝食悠悠,敢为春伤,顿成消瘦?春香愚不谏贤,那花园以后再不可行走了。乖人有此冷语。钱曰:花园不可行走,还是夫人戒语,横在意中。(旦)你怎知就里?这是:"春梦暗随三月景,晓寒瘦减一分花。"

【刷子序犯】春归恁寒峭,都来几日意懒心乔,竟妆成熏香独坐无聊。逍遥。怎刬尽助愁芳草,甚法儿点活心苗!真情强笑为谁娇?泪花儿打迸着梦魂飘。强笑为谁,泪花迸梦?可知心中事惟有梦中人耳。

【朱奴儿犯】(贴)小姐,你热性儿怎不冰着,冷泪儿几曾

干燥？这两度春游忒分晓，是禁不的燕抄莺闹。你自窨约，敢夫人见焦。再愁烦，十分容貌怕不上九分瞧。微微从春香口中惜其消瘦，引出写真，偏是小姐不知自瘦。若自谓瘦损，一向宽解去了，那得情至。

（旦作惊介）咳！听春香言语，俺丽娘瘦到九分九了。俺且镜前一照，委是如何？闻侍儿言瘦而始照镜，便见其久懒临鸾也。（照镜悲介）哎也！俺往日艳冶轻盈，奈何一瘦至此！若不趁此时自行描画，流在人间，一旦无常，谁知西蜀杜丽娘有如此之美貌乎！春香，取素绢、丹青，待我描画。丽娘千古情痴，惟在“留真”一节。若无此后，无可衍矣。

游园时，好处恨无人见；写真时美貌恐有谁知。一种深情。（贴下取绢笔上）“三分春色描来易，一段伤心画出难。”绢幅、丹青，俱已齐备。（旦泣介）杜丽娘二八春容，怎生便是杜丽娘自手生描也呵！因伤憔悴，自写春容。对此丹青，那不堕泪。故不遽尔捉笔，先自叹惜一番。

【普天乐】这些时把少年人，如花貌，“这些时”三字，紧照惊梦到今，莫作闲衬字看过。不多时憔悴了。不因他福分难消，分明自己生受，反说他人难消，是极痛惜之语。可甚的红颜易老？论人间绝色偏不少，等把风光丢抹早。打灭起离魂舍欲火三焦，摆列着昭容阁文房四宝，待画出西子湖眉月双高。

【雁过声】（照镜叹介）轻绡，把镜儿擘掠。笔花尖淡扫轻描。影儿呵，和你细评度：你腮斗儿恁喜谑，则待注樱桃，染柳条，渲云鬟烟霭飘萧。眉梢青未了，个中人全在秋波妙，可可的淡春山钿翠小。先展绡，次对镜，次执笔，淡扫乎？轻描乎？措思不定。复与镜影评度，然后光画鼻，惟画鼻，故见腮斗也。次樱唇，次柳眼，次云鬟，次眉黛，最后点睛，秋波欲动。又加眉间翠钿妆饰，徘徊宛转，次第如见。

【倾杯序】（贴）宜笑，淡东风立细腰，又似被春愁着。“淡”字妙，若风略酸烈，细腰便立不住也。腰身画完，在春香品题中补出。（旦）谢半点江山，三分门户，一种人才，小小行乐，捻青梅闲厮调。倚湖山梦晓，对垂杨风袅。忒苗条，斜添他几叶翠芭蕉。“半点江山”以下，皆布景也。芭蕉又作一层写，情致宛曲，想见佳人部署自别，寻常画工不能到。此后玩真特为喝出。

春香，噔起来，可厮像也？是画完噔起纸看。

【玉芙蓉】（贴）丹青女易描，真色人难学。似空花水月，影儿相照。（旦喜介）忽而喜者，为其足流传人间也。画的来可爱人也。咳！情知画到中间好，再有似生成别样娇。（贴）只少个姐夫在身傍。春香见小姐乍喜乍悲，不觉为锥心之语。然轻轻惜其独影，又引出下段题诗。若是因缘早，把风流婿招，少什么美夫妻图画在碧云高！

（旦）春香，咱不瞒你，花园游玩之时，咱也有个人儿。（贴惊介）小姐，怎的有这等方便呵？春香步步相随，故惊己不知也。（旦）梦哩！“梦哩”二字妙极。

【山桃犯】有一个曾同笑，待想像生描着，再消详邈入其中妙。则女孩家怕漏泄风情稿。这春容呵，似孤秋片月离云峤，甚蟾宫贵客傍的云霄？分明无处傍人，反说无人能傍，总是极痛惜语。

定佳期盼煞蟾宫桂。柳生以状元自命蟾宫贵客，傍的云霄，丽娘亦自命状元妻矣。

春香，记起来了。那梦里书生，曾折柳一枝赠我。此莫非他日所适之夫姓柳乎？莫非姓柳痴语，却成实事。凡人动几偶触，左验每然。故有此先兆耳。偶成一诗，暗藏春色，题于帧首之上何如？自手生描，又自题诗句，所以放笔便想到替画寄题，有此长叹。（贴）却好。（旦随吟介）"近睹分明似俨然，远观自在若飞仙。他年得傍蟾宫客，不是梅边是柳边。"（放笔叹介）春香，也有古今美女，早嫁了丈夫相爱，替他描模画样；也有美人自家写照，寄与情人。似我杜丽娘寄谁呵！已自画成，故但云寄谁。

【尾犯序】心喜转心焦。喜的明妆俨雅，仙珮飘摇。则怕呵，把俺年深色浅，当了个金屋藏娇。虚劳，寄春容教谁泪落，做真真无人唤叫。（泪介）堪愁夭，精神出现留与后人标。暗击《玩真》一折。

春香，悄悄唤那花郎分付他。（贴叫介）（丑扮花郎上）"秦宫一生花里活，崔徽不似卷中人。"小姐，有何分付？（旦）这一幅行乐图，向行家裱去。叫人家收拾好些。三生作合，惟在春容，自合丁宁珍重。

【鲍老催】这本色人儿妙，助美的谁家裱？要练花绡帘儿莹、边阑小，教他有人问着休胡嘌。日炙风吹悬衬的好，怕好物不坚牢。把咱巧丹青休涴了。裱画为拾画时便于展玩，非止文澜滟潋也。

（丑）小姐，裱完了，安奉在那里？

【尾声】尽香闺赏玩无人到，（贴）这形模则合挂巫山庙。（合）又怕为雨为云飞去了。影起梅花观中事，可为画谶。

眼前珠翠与心违，崔道融　却向花前痛哭归。韦　庄
好写妖娆与教看，罗　虬　令人评跋画杨妃。韩　偓

虏　谍

【一枝花】(净扮番王引众上)天心起灭了辽，世界平分了赵。静鞭儿替了胡笳哨。擂鼓鸣钟，看文武班齐到。骨碌碌南人笑，则个鼻凹儿跻，脸皮儿皰，毛梢儿魑。李全之乱，为杜公围困地耳。杜公之围，为柳郎行探计耳。此折则为李全作引。

“万里江山万里尘，一朝天子一朝臣。俺北地怎禁沙日月，南人偏占锦乾坤。”自家大金皇帝完颜亮是也。身为夷虏，性爱风骚。俺祖公阿骨都，抢了南朝天下，赵康王走去杭州，今又二十余年矣。听得他妆点杭州，胜似汴梁风景。一座西湖，朝欢暮乐。有个曲儿，说他“三秋桂子，十里荷花”，便待起兵百万，吞取何难？兵法虚虚实实，俺待用个南人为我乡导。喜他淮阳贼汉李全，有万夫不当之勇。他心顺溜于俺，俺先封他为溜金王之职。限他三年内，招兵买马，骚扰淮扬地方。相机而行，以开征进之路。哎哟！俺巴不到西湖上散闷儿也。

【北二犯江儿水】平分天道，虽则是平分天道，高头偏俺照。俺司天台标着那南朝，标着他那答儿好。(众)那答儿好？(净笑介)你说西子怎娇娆，向西湖上笑倚着兰桡。(众)西湖有俺这南海子、北海子大么？(净)周围三百里。波上花摇，云外香飘。无明夜、锦笙歌围醉绕。(众)万岁爷，借他来耍耍。(净)已潜遣画工，偷将他全景来了。湖可借耶？又可偷耶？番语颇隽。那湖上有

吴山第一峰，画俺立马其上。俺好不狠也！吴山最高，俺立马在吴山最高。江南低小，也看见了江南低小。(舞介)俺怕不占场儿，砌一个锦西湖上马娇。

(众)奏万岁爷，怕急不能勾到西湖，何方驻驾？

【北尾】(净)呀！急切要画图中匹马把西湖哨，且迤递的看花向洛阳道。我呵，少不的把赵康王剩水残山都占了。

线大长江扇大天，郑　峭钱曰：或作谭峭。　旌旗遥拂雁行偏。司空曙

可胜饮尽江南酒，张　祜　交割山川直到燕。王　建

诘　病

【三登乐】(老旦上)今生怎生？偏则是红颜薄命，眼见的孤苦伶仃。(泣介)掌上珍，心头肉，泪珠儿暗倾。天呵！偏人家七子团圆，一个女孩儿厮病。不平事甚多，不得不问天。

〔清平乐〕“如花娇怯，合得天饶借。风雨于花生分劣，作意十分凌藉。　止堪深阁重帘，谁教月榭风檐。“月榭风檐”紧承游园来，是怨责，仍是娇惜。我发短回肠寸断，眼昏眵泪双淹。”老身年将半百，单生一女丽娘，因何一病，起倒半年？看他举止容谈，不似风寒暑湿。中间缘故，春香必知，则问他便了。春香那里？(贴上)有哩。我“眼里不逢乖小使，掌中擎着个病多娇。得知堂上夫人召，剩酒残脂要咱消。”春香叩头。(老旦)小姐闲常好好的，才着你贱才伏侍他，不上半

年，偏是病害。可恼！可恼！且问近日茶饭多少？

【驻马听】（贴）他茶饭何曾，所事儿休提叫懒应。看他娇啼隐忍，笑谵迷厮，睡眼瞢瞪。笑啼不敢，写尽小姐病中心事，恐怕人知光景。（老旦）早早禀请太医了。（贴）则除是八法针针断软绵情。怕九还丹丹不的腌臜证。（老旦）是甚么病？（贴）春香不知。欲说出，又不说出，正恐夫人见罪。他一枕秋清，后《诊祟》折尚未端阳。此云"秋清"，与丽娘自言年二八，而《悼殇》折落场诗云十八年。《秘议》折亦云十八而亡，岂病经三岁，遂参错言之耶？怎生还害的是春前病。

（老旦叹介）怎生了。

【前腔】他一搦身形，瘦的庞儿没了四星。都是小奴才逗他。大古是烟花惹事，莺燕成招，云月知情。贱才还不跪！取家法来。（贴）（跪介）春香实不知。（老旦）因何瘦坏了玉娉婷，你怎生触损了他娇情性？（贴）小姐好好的拈花弄柳，不知因甚病了。拈花弄柳已着病根。（老旦恼打贴介）打你这牢承，嘴骨棱的胡遮映。实是春香引逗，直得一顿打。

（贴）夫人休闪了手，容春香诉来便是。那一日游花园回来，夫人撞到时节，说个秀才手里拈的柳枝儿，要小姐题诗。小姐说这秀才素昧平生，也不和他题了。（老旦）不题罢了，后来？（贴）后来那、那、那秀才，又欲不说，故尔"那、那"连声。就一拍手，把小姐姐端端正正抱在牡丹亭去了。（老旦）去怎的？（贴）春香怎得知？小姐做梦哩。妙在春香说得凿凿有据，老夫人认真听了半晌，才知是梦。（老旦惊介）是梦么？闻是梦而反惊，正疑其真也。（贴）是梦。（老旦）这等着鬼了。快请老爷商议。

(贴请介)老爷有请。(外上)"肘后印嫌金带重,掌中珠怕玉盘轻。"夫人,女儿病体若何?(老旦泣介)

【前腔】说起心疼,这病知他是怎生！看他长眠短起,似笑如啼,有影无形。原来女儿到后花园游了,梦见一人手执柳枝,闪了他去。(作叹介)怕腰身触污了柳精灵,虚嚣侧犯了花神圣。老爷呵！急与禳星,怕流星赶月相刑迸。

(外)却还来。我请陈斋长教书,要他拘束身心。你为母亲的,到纵他闲游。(笑介)则是些日炙风吹,伤寒流转。便要禳解,不用师巫,则叫紫阳宫石道婆诵些经卷可矣。古语云:"信巫不信医,一不治也。"我已请过陈斋长看他脉息去了。(老旦)看甚脉息?若早有了人家,敢没这病。(外)咳！古者男子三十而娶,女子二十而嫁。女儿点点年纪,知道个甚么呢?与前女孩家长成自有许多情态意同,想夫人亦曾谙此也。后文"早早乘龙"数语,亦然。

【前腔】忒恁憨生,一个哇儿甚七情?止不过往来潮热,大小伤寒,急慢风惊。则是你为母的呵,真珠不放在掌中擎,因此娇花不奈这心头病。(老旦泣介)(合)两口丁零,告天天,半边儿是咱全家命。是真实语。假若七子团圆,则一个女孩儿亦不甚关心矣。

(丑扮院公上)"人来大庾岭,船去郁孤台。"禀老爷,有使客到。

【尾声】(外)俺为官公事有期程。夫人,好看惜女儿娇命,(合)少不的人向秋风病骨轻。

(外丑下)(老旦、贴吊场)"无官一身轻,有子万事足。"我看老相公则为往来使客，把女儿病都不瞧。好伤怀也。(泣介)想起来一边叫石道婆禳解，一边教陈教授下药。知他效验如何？正是："世间只有娘怜女，钱曰：三复"世间只有娘怜女"句，与《诗》"无母何恃"，同增罔极之痛！天下能无卜与医。"(贴随下)

柳起东风惹病身，李　绅　举家相对却沾巾。刘长卿
遍依仙法多求药，张　籍　得见蓬山不死人。项　斯

道　观

【风入松】(净扮老道姑上)人间嫁娶苦奔忙，只为有阴阳。问天天从来不具人身相，只得来道扮男妆，屈指有四旬之上。当人生，梦一场。人生谁不梦一场，但梦中趣不同耳。

〔集唐〕"紫府空歌碧落寒。李群玉竹石如山不敢安。杜甫长恨人心不如石。刘禹锡每逢佳处便开看。韩愈"贫道紫阳宫石仙姑是也。俗家原不姓石，则因生为石女，为人所弃，故号"石姑"。思想起来，要还俗，《百家姓》上有俺一家；论出身，《千字文》中有俺数句。从《百家姓》转出《千字文》，便不鹘突。

一部《千字文》随手拈来，分为十段。或笑或谑，忽恼忽悟，真不从天降，不从地出，令人叫绝。天呵！非是俺求古寻论，恰正是史鱼秉直。俺因何住在这楼观飞惊，打并的劳谦谨敕看修行似福缘善庆，论因果是祸因恶积。有甚么荣业所基？几辈儿林皋幸即。第一段，叙缘起之由。生下俺形端表正，那些性静情逸。大便孔似园莽抽条，小净处也渠荷滴沥。只那些儿正好叉着口，钜野洞庭；偏和你灭了缝，昆池碣石。虽则石路上可以路侠槐卿，石田中怎生我艺黍稷？难道嫁人家空谷传声？则好守娘家孝当竭力。可奈不由人诸姑伯叔，聒噪俺入

奉母仪。第二段，叙生相之异。母亲说你内才儿虽然守真志满，外像儿毛施淑姿，早人家有个上和下睦，偏你石二姐没个夫唱妇随。便请了个有口齿的媒人，信使可复，许了个大鼻子的女婿，器欲难量。则见不多时，那人家下定了。说道选择了一年上日月盈昃，配定了八字儿辰宿列张。第三段，叙说亲之始。他过的礼，金生丽水；俺上了轿，玉出昆冈。遮脸的纨扇圆洁，引路的银烛辉煌。那新郎好不打扮的头直上高冠陪辇。咱新人一般排比了腰儿下束带矜庄。请了些亲戚故旧，半路上接杯举觞。请新人升阶纳陛，叫女伴们侍巾帷房。合卺的弦歌酒燕，撒帐的诗赞羔羊。把俺做新人嘴脸儿，一寸寸鉴貌辨色；将俺那宝妆奁，一件件都寓目囊箱。第四段，叙出嫁之时。早是二更时分，新郎紧上来了。替俺说，俺两口儿活像鸣凤在竹，一时间就要白驹食场。则见被窝儿盖此身发，灯影里褪尽了这几件乃服衣裳。天呵！瞧了他那驴骡犊特，教俺好一会悚惧恐惶。那新郎见我害怕，说道：新人，你年纪不少了，闰余成岁。俺可也不使狠，和你慢慢的律吕调阳。俺听了，口不应，心儿里笑着。新郎，新郎，任你矫手顿足，你可也靡恃己长。三更四更了，他则待阳台上云腾致雨，怎生巫峡内露结为霜？他一时摸不出路数儿，道是怎的？快取亮来。侧着脑要右通广内，踣着眼在蓝笋象床。那时节俺口不说，心下好不冷笑。新郎，新郎，俺这件东西，则许你徘徊瞻眺，怎许你适口充肠。如此者几度了，恼得他气不分的嘴劳刀俊乂密勿，累的他凿不窍皮混沌的天地玄黄。和他整夜价则是寸阴是竞。待讲起，丑煞那属耳垣墙。第五段，叙合婚之夕。几番待悬梁，待投河，免其指斥。若还用刀钻，用线药，岂敢毁伤？便拼做赳了交索居闲处，甚法儿取他意悦豫且康？第六段，叙居家之苦。有了，有了。他没奈何央及煞后庭花背邙面洛，俺也则得且随顺干荷叶，和他秋收冬藏。哎哟！对面儿做个女慕贞洁，转腰儿到做了男效才良。虽则暂时间释纷利俗，毕竟意情儿四大五常。第七段，叙定情之变。要留俺怕误了他嫡后嗣续，要嫁了俺怕人笑饥厌糟糠。这时节俺也索劝他了：官人，官人，少不得请一房妾御绩纺，省你气那鸟官人皇。俺情愿推位让国，则要你得能莫忘。第八段，叙娶妾之故。后来当真讨一个了。没多时做小的宠增抗极，反捻去俺为正的率宾归王。不怨他，只省躬讥诫。出了家罢，俺则垂拱平章。第九段，叙出家之由。若论这道院里，昔年也不甚宫殿盘郁。到老身，才开辟了宇宙洪荒。画真武剑号巨阙，步北斗珠称夜光。奉香供果珍李奈，把斋素也是菜重芥姜。世间味识得破海咸河淡，人中网逃得出鳞潜羽翔。俺这出了家呵，把那几年前做新郎的臭枯涎骸垢想浴，将俺即世里做老婆的干柴火执热愿凉。则可惜做观主游鹍独运，也要知观的顾答审详。赴会的都要具膳餐饭，行脚的也要老少异粮。怎生观中再没个人儿？也都则是沉默寂寥，全不会笺牒简要。俺老将来年矢每催，镜儿里晦魄环照。硬配不上仕女图驰誉丹青，也要接的着仙真传坚持雅操。懒云游东西二京，端一味坐朝问道。女冠子有几个同气连枝，骚道士不与他工颦妍笑。怕了他暗地虎布射辽丸，则守着寒水鱼钓巧任钓。使唤的只一个犹子比儿叫做癞头鼋愚蒙等诮。癞头鼋为启坟伏案。(内)姑娘骂俺哩。俺是个妙人儿。(净)好不羞。殆辱近耻，到夸奖你并皆佳妙。(内)杜太爷皂隶拿姑娘哩。(净)为甚么？(内)说你是个贼道。(净)咳！便道那府牌来杜藁钟隶，把俺做女妖看诛斩贼盗，俺可也散虑逍遥，不用你这般虚辉朗耀。第十段，叙府牌之来。(丑扮府差上)"承差府堂上，提名仙观中。"(见介)(净)府牌哥为何而来？以前九段叙次出身，莫不曲折如意，此忽转入正意，尤见巧思。

【大迓鼓】(丑)府主坐黄堂，夫人传示，衙内敲梆。知他小姐年多长，染一疾，半年光。(净)俺不是女科。(丑)请你修斋，一会祈禳。

【前腔】(净)俺仙家有禁方。小小灵符,带在身傍。教他刻下人无恙。(丑)有这等灵符!快行动些。(行介)(净)叫童儿。(内应介)(净)好看守,卧云房。殿上无人,仔细灯香。

(内)知道了。

紫微宫女夜焚香,王　建　古观云根路已荒。释皎然
犹有真妃长命缕,司空图　九天无事莫推忙。曹　唐

诊　祟

【一江风】(贴扶病旦上)病迷厮。为甚轻憔悴?打不破愁魂谜。情到至处,自亦不解。梦初回,燕尾翻风,乱飒起湘帘翠。春去若多时,花容只顾衰。"轻憔悴"与"花容只顾衰",承《写真》折来,是小姐最伤心处,故屡言之。井梧声刮的我心儿碎。

(行香子)钱曰:此词前后两半段,间隔叶韵。(旦)春香呵!"我楚楚精神,叶叶腰身,能禁多病逡巡!(贴)你星星措与,种种生成,有许多娇,许多韵,许多情。"(旦)咳咽!"这弄梅心事,那折柳情人,梦淹渐暗老残春。(贴)正好簟炉香午,枕扇风清。知为谁颦,为谁瘦,为谁疼?"(旦)春香,我自春游一梦,卧病如今。不痒不疼,如痴如醉。知他怎生?(贴)小姐,梦儿里事,想他则甚!(旦)你教我怎生不想呵!柳生亦云"为我寻一个,定不伤心何处可",皆钟情语。

【金落索】贪他半晌痴,赚了多情泥。待不思量,怎不

思量得？就里暗销肌，怕人知。嗽腔腔嫩喘微。哎哟！我这惯淹煎的样子谁怜惜？自噤窄的春心怎的支？心儿悔，悔当初一觉留春睡。千思百想，思想到悔已是最后无聊之着。乃不悔今日之思，而悔当初之睡，千思百想，终不能忘也。（贴）老夫人替小姐冲喜。（旦）信他冲的个甚喜？到的年时，敢犯杀花园内？

【前腔】（贴）看他春归何处归，春睡何曾睡？气一丝儿怎度的长天日？把心儿捧凑眉，病西施。小姐，梦去知他实实谁？病来只送的个虚虚的你。做行云先渴倒在巫阳会。全无谓，把单相思害得忒明昧。又不是困人天气，中酒心期，魆魆地常如醉。春香劝语似达然，絮絮叨叨，强作解事，正愈增人闷耳。

（末上）"日下晒书嫌鸟迹，月中捣药要蟾酥。"我陈最良承公相命，来诊视小姐脉息。到此后堂，不免打叫一声。春香贤弟有么？（贴见介）是陈师父。小姐睡哩。（末）免惊动他，我自进去。（见介）小姐。（旦作惊介）谁？失惊一问，是乍寐乍醒情景。（贴）陈师父哩。（旦起扶介）（旦）师父，学生患病，久失敬了。（末）学生，古书有云："学精于勤，荒于嬉。"你因为后花园伤风冒日，感下这疾，荒废书工。我为师的在外，寝食不安。幸喜老公相请来看病，也不料你清减至此。似这般样，几时能勾起来读书？早则端阳节哩。（贴）师父，端节有你的。（末）我说端阳，难道要你粽子？小姐，望闻问切，我且问你病症因何？（贴）师父问什么！只因你讲《毛诗》，这病便是"君子好求"上来的。（末）是那一位君子？（贴）知他是那一位君子。（末）这般说，《毛诗》病用《毛诗》去医。因读《诗》起病，即按《诗》定方。中间极谐谑处，皆带老学究掉文腐气，又与《闺塾》折照映生动。那头一卷就有女科圣惠方在里。（贴）师父，可记的《毛诗》上方儿？（末）便依他处方。小姐害了君子的病，用的史君子。《毛诗》:“既见君子,云胡不瘳?”这病有了君子,一抽就抽好了。(旦羞介)哎也!(贴)还有甚药?(末)酸梅十个。《诗》云:“摽有梅,其实七兮。”又说:“其实七兮。”三个打七个,是十个。此方单医男女过时思酸之病。(旦叹介)(贴)还有呢?(末)天南星三个。(贴)可少?(末)再添些。《诗》云:“三星在天。”专医男女及时之病。(贴)还有呢?(末)俺看小姐一肚子火,你可抹净一个大马桶,待我用栀子仁、当归,泻下他火来。这也是依方:“之子于归,言秣其马。”(贴)师父,这马不同那“其马”。(末)一样髀秋窟洞下。(旦)好个伤风切药陈先生。(贴)做的按月通经陈妈妈。(旦)师父不可执方,还是诊脉为稳。(末错按旦手背介)(旦)师父,讨个转手。(末)女人反此背看之,正是王叔和《脉诀》。也罢,顺手看是。(诊脉介)呀!小姐脉息,到这个分际了。

【金索挂梧桐】他人才忒整齐,脉息恁微细。小小香闺,“小小香闺”即杜老所云“点点年纪”。腐儒语也,却已道着病原。有甚伤憔瘁?钱曰:“有甚伤憔瘁”,直言其有何忧伤?亦如杜老云:“知道个甚么也。”坊刻作“为甚伤憔悴”,是猜疑语,不合。且与首曲“为甚轻憔悴”犯重矣。(起介)春香呵,似他这伤春怯夏肌,好扶持。病烦人容易伤秋意。伤春人偏易伤秋,天时人事中有至理。小姐,我去咀药来。(旦叹介)师父,少不得情栽了窍髓针难入,病躲在烟花你药怎知?(泣介)承尊觑,何时何日来看这女颜回?小姐以颜回自比,非言好学,正恐短命死耳。(合)病中身怕的是惊疑。且将息,休烦絮。

(旦)师父且自在,送不得你了。可曾把俺八字推算么?(末)算来要过中秋好。中秋为《悼殇》伏案。当生止有八个字,起死曾无三世医。(下)(贴)一个道姑走来了。(净上)“不闻弄玉吹箫去,又见嫦娥窃药来。”(见贴介)(贴)姑姑为何而至?(净)吾乃紫阳宫石道姑,承夫人命,替小姐禳解。不知害的甚病?(贴)尴尬病。(净)为谁来?(贴)后花园耍来。(净举三指,贴摇头介)(净举五指,贴又摇头介)(净)咳!你说是三是五,与他做主。(贴)你自问他去。(净见旦介)小姐,道姑稽首那。(旦作惊介)那里道姑?(净)紫阳宫石道姑。夫人有召,替小姐保禳。闻说小姐在后花园着魅,我不信。

【前腔】你星星的怎着迷?设设的浑如魅。(旦作魇语介)我的人那。(净背介)你听他念念呢呢,作的风风势。是了,身边带有个小符儿。(取旦钗挂小符,作咒介)"赫赫扬扬,日出东方。此符屏却恶梦,辟除不祥。急急如律令敕。"(插钗介)这钗头小篆符,眠坐莫教离。把闲神野梦都回避。(旦醒介)病境昏沉,故初醒朦胧尚作。咳!这符敢不中?我那人呵,须不是依花附木廉纤鬼,咱做的弄影团风抹媚痴。(净)再痴时,请个五雷打他。(旦)些儿意,正待携云握雨,你却用掌心雷。(合前)

(净)还分明说与,起个三丈高咒幡儿。(旦)待说个甚么子好?

【尾声】依稀则记的个柳和梅。姑姑,你也不索打符椿挂竹枝,则待我冷思量,一星星咒向梦儿里。丽娘正要寻向梦中去,道姑如何打他?又如何咒他,故但转一语曰:要咒亦须"向梦儿里"也。

绿惨双蛾不自持,步非烟　道家妆束厌禳时。薛　能
如今不在花红处,僧怀济　为报东风且莫吹。李　涉

牝　贼

【北点绛唇】(净扮李全引众上)世扰羶风,家传杂种。刀兵

动，这贼英雄，比不的穿墙洞。

“野马千蹄合一群，眼看江海尽风尘。汉儿学得胡儿语，又替胡儿骂汉人。”替骂较司空图本诗“却向城头骂”，更可笑！可恨！钱曰：《李陵答苏武书》亦未免替骂。自家李全是也，本贯楚州人氏。身有万夫不当之勇。南朝不用，去而为盗。因不用而为盗，驾驭英雄者，当深思此言。钱曰：武夫不足惜，惟王景略一流，直是可怜。以五百人，出没江淮之间，正无归着。所幸大金皇帝，遥封我为溜金王。央我骚扰淮扬，看机进兵。奈我多勇少谋。所喜妻子杨氏娘娘，能使一条梨花枪，万人无敌。夫妻上阵，大有威风。则是娘娘有些吃醋，但是掳的妇人，都要送他帐下。便是军士们，都只畏惧他。正是：“山妻独霸蛛吞象，海贼封王蛇变龙。”

【番卜算】(丑扮杨婆持枪上)百战惹雌雄，血映燕支重。(舞介)一枝枪洒落花风，点点梨花弄。

(见举手介)大王千岁。奴家介胄在身，不拜了。(净)娘娘，你可知大金皇帝，封我做溜金王？(丑)怎么叫做溜金王？(净)溜者顺也。(丑)封你何事？(净)央我骚扰淮扬三年。待我兵粮齐集，一举渡江，灭了赵宋。那时还封我为帝哩！帝可封耶？真草窃语。(丑)有这等事！恭喜了。借此号令，买马招军。

【六么令】如雷喧哄，紧辕门画鼓冬冬。哨尖儿飞过海云东。(合)好男女，坐当中，淮扬草木都惊动。

【前腔】聚粮收众。选高蹄战马青骢。闪盔缨斜簇玉钗红。(合前)

群雄竞起向前朝，杜　甫　折戟沉戈铁未销。杜　牧
平原好牧无人放，曹　唐　白草连天野火烧。王　维

悼　殇

【金珑璁】（贴上）连宵风雨重，多娇多病愁中。仙少效，药无功。起句便觉满目凄凉。仙药承《诊祟》来。

“颦有为颦，笑有为笑。不颦不笑，哀哉年少。”春香侍奉小姐，伤春病到深秋。今夕中秋佳节，风雨萧条。小姐病转沉吟，待我扶他销遣。正是：“从来雨打中秋月，更值风摇长命灯。”（下）

【鹊桥仙】（贴扶病旦上）拜月堂空，行云径拥。骨冷怕成秋梦。世间何物似情浓？整一片断魂心痛。

（旦）“枕函敲破漏声残，似醉如呆死不难。一段暗香迷夜雨，十分清瘦怯秋寒。”春香，病境沉沉，不知今夕何夕？（贴）八月半了。（旦）哎也！是中秋佳节哩。老爷，奶奶，都为我愁烦，不曾玩赏了。（贴）这都不在话下了。（旦）听的陈师父替我推命，要过中秋。看看病势转沉，今宵欠好。你为我开轩一望，月色如何？才说暗香迷雨，又要开轩望月，是昏瞀语（贴开窗旦望介）

【集贤宾】海天悠、问冰蟾何处涌？玉杵秋空，凭谁窃药把嫦娥奉？甚西风吹梦无踪！好梦自难再得。一灵不放，错怨西风。人去难逢，须不是神挑鬼弄。在眉峰，心坎里别是一般疼痛。（闷介）

【前腔】(贴)甚春归无端厮和哄,雾和烟雨不玲珑。算来人命关天重,会消详、直恁匆匆。为着谁侬,丽娘认定"咱也有个人儿",春香却说"为着谁侬",即前"梦去知他实实谁"之意。一醒一痴,其痴不可及也。俏样子等闲抛送。待我谎他。姐姐,月上了。月轮空,敢蘸破你一床幽梦。

(旦望叹介)"轮时盼节想中秋,人到中秋不自由。奴命不中孤月照,孤照泪痕,即有月亦凄其欲绝,况无月耶?残生今夜雨中休。"

【前腔】你便好中秋月儿谁受用?剪西风泪雨梧桐。楞生瘦骨加沉重。趱程期是那天外哀鸿。草际寒蛩,撒刺刺纸条窗缝。(旦惊作昏介)冷松松,软兀剌四梢难动。钱曰:虫鸟悲吟,雨风萧瑟,行间字里,觉有鬼气逼人。独夜阴天,读之生畏。

(贴惊介)小姐冷厥了。夫人有请。(老旦上)"百岁少忧夫主贵,一生多病女儿娇。"我的儿,病体怎生了?(贴)奶奶,小姐欠好。(老旦)可怎了?

【前腔】不堤防你后花园闲梦铳,不分明再不惺忪,睡临侵打不起头梢重。(泣介)恨不呵早早乘龙。夜夜孤鸿,活害杀俺翠娟娟雏凤。一场空,到头来谁不一场空,只争迟早耳。是这答里把娘儿命送。

【转林莺】(旦醒介)甚飞丝缱的阳神动,弄悠扬风马丁冬。乍魅乍苏,只为有两事不曾说得。(泣介)娘,拜谢你了。(拜跌介)从小来觑的千金重,不孝女孝顺无终。娘呵,此乃天之数也。当今生花开一红,愿来生把萱椿再奉。连叫数声娘,一叫一斗泪。钱曰:叫娘,叫春香，缠绵不断，总为心事未说。（众泣介）（合）恨西风，一霎无端碎绿摧红。

【前腔】（老旦）并无儿荡得个娇香种，绕娘前笑眼欢容。但成人索把俺高堂送。恨天涯老运孤穷。儿呵！暂时间月直年空，好将息你这心烦意冗。（合前）

（旦）娘，你女儿不幸，作何处置？（老旦）奔你回去也。儿！

【玉莺儿】（旦泣介）旅榇梦魂中，盼家山，千里重。（老旦）便远也去。（旦）是不是，听女孩儿一言。这后花园中一株梅树，儿心所爱，但葬我梅树之下可矣。（老旦）这是怎的来？楚楚可怜，石人亦须下泪，铁人亦须软肠，那得不听。但夫人恐无奈杜老何，故不答也。（旦）做不的病婵娟桂窟里长生，则分的粉骷髅向梅花古洞。（老旦泣介）看他强扶头泪濛，冷淋心汗倾，不如我先他一命无常用。（合）恨苍穹，妒花风雨，偏在月明中。

（老旦）还去与爹讲，广做道场也。女病危急，夫人如何可去，不去如何说春容一段话。云做道场情理恰合，并与妖梦照会。儿，“银蟾谩捣君臣药，纸马重烧子母钱”。（下）（旦）春香，咱可有回生之日否？回生甚难，丽娘竟作此想，说来只是情至。

【前腔】（叹介）你生小事依从，我情中，你意中。春香，你小心奉事老爷奶奶。我情你意，无限相关。再叫一声，忽作淡语，愈逼人泪。钱曰：春香本伏侍小姐，今言奉事老爷奶奶，正谓己将死也。语最伤心。（贴）这是当的了。（旦）春香，我记起一事来。我那春容，题诗在上，外观不雅。外观不雅是饰语，亦可见国色而守家声也。葬我之后，盛着紫檀匣儿，藏在太湖石底。(贴)这是主何意儿？(旦)有心灵翰墨春容，傥直那人知重。小姐所谓那人，指梅柳也。故春香即以梅柳开解，真意中之语。(贴)姐姐宽心。你如今不幸，孤坟独影。肯将息起来，禀过老爷，但是姓梅姓柳秀才，招选一个，同生同死，可不美哉！(旦)怕等不得了。等不得，非急色也。谓病重，不能缓死须臾耳。哎哟！哎哟！(贴)这病根儿怎攻，心上医怎逢？(旦)春香，我死后，你常向灵位前叫唤我一声儿。不是要春香叫，自恨更无人叫耳。都与后文相映。(贴哭介)他一星星说向咱伤情重。

(旦昏介)(贴)不好了，老爷奶奶快来！

【忆莺儿】(外老旦上)鼓三冬，愁万重。冷雨幽窗灯不红。听侍儿传言女病凶。(贴泣介)我的小姐！小姐！(外老旦同泣介)我的儿呵！你舍的命终，抛的我途穷。当初只望把爹娘送。(合)恨匆匆，萍踪浪影，风剪了玉芙蓉。

(旦作醒介)(外)快苏醒！儿，爹在此。唤儿语合如此，声情迫促。(旦作看外介)无限难言，一看尽之。哎哟！爹爹扶我中堂去罢。(外)扶你也，儿。(扶介)

【尾声】(旦)怕树头树底不到的五更风，和俺小坟边立断肠碑一统。坟而曰小，伤无夫婿耳。爹，今夜是中秋？中秋一问，死矣，无可说矣，反说闲话也。钱曰：濒死犹问中秋，因陈老推命之故，自知捱不到晓也。(外)是中秋也，儿。(旦)禁了这一夜雨。(叹介)怎能勾月落重生灯再红！结句仍萌回生之想。(并下)

(贴哭上)我的小姐，“天有不测之风雨，人有无常之祸福”。我小姐一病伤春，竟死了也。待我哭他一会。

【红纳袄】小姐，再不叫咱把领头香心字烧，再不叫咱把剔花灯红泪缴，再不叫咱拈花侧眼调歌鸟，再不叫咱转镜移肩和你点绛桃。想着你夜深深放剪刀，晓清清临画稿。全是刻画小姐端庄，又是春香自说顽皮。小儿女带哭数说，是怨是思，实实如此。提起那春容，被老爷看见了，怕奶奶伤情，分付殉了葬罢。春容殉葬，为考打伏案。钱曰：有殉葬一转，文情亦添波折。俺想小姐临终之言，依旧向湖山石儿靠也，怕等得个拾翠人来把画粉销。

老姑姑，也来了。石姑此来，为后梅花观主之用。(净上)你哭的好，我来帮你。帮哭一语，便觉漠不相关。所以后曲所举，翻是笑言。

【前腔】春香姐，再不教你暖朱唇学弄箫。(贴)为此。(净)再不和你荡湘裙闲斗草。(贴)便是。(净)小姐不在，春香姐也松泛多少。(贴)怎见得？(净)再不要你冷温存热絮叨，再不要得你夜眠迟朝起的早。(贴)这也惯了。(净)还有省气的所在。鸡眼睛不用你做嘴儿挑，马子儿不用你随鼻儿倒。(贴)啐！(净)还一件，小姐青春有了，没时间做出些儿也，那老夫人呵，少不的把你后花园打折腰。

(贴)休胡说！老夫人来也。(老旦哭上)我的亲儿。

【前腔】每日绕娘身有百十遭，并不见你向人前轻一笑。他背熟的班姬《四戒》从头学，不要得孟母三迁把气淘。也愁他软苗条，忒恁娇，谁料他病淹煎真不好。(哭介)从今后谁把亲娘叫也，一寸肝肠做了百寸焦。四人各有哭语，惟夫人最为情至。所谓"世间只有娘怜女"也。

(老旦闷倒，贴惊叫介)老爷，痛杀了奶奶也。快来！快来！(外哭上)我的儿也，闻痛杀奶奶，仍哭儿上，有次第。呀！原来夫人闷倒在地。

【前腔】夫人，不是你坐孤辰把子宿嚣，则是我坐公堂冤业报。钱曰：坐公堂者，请着眼。较不似老仓公多女好。撞不着赛卢医他一病乔。天，天，似俺头白中年呵，便做了大家缘何处消？见放着小门楣生折倒！夫人，你且自保重。便作你寸肠千断了也，则怕女儿呵，他望帝魂归不可招。

（丑扮院公上）"人间旧恨惊鸦去，天上新恩喜鹊来。"禀老爷，朝报高升。（外看报介）吏部一本，奉圣旨："金寇南窥，南安知府杜宝，可升安抚使，镇守淮扬。即日起程，不得违误。钦此。"（叹介）夫人，朝旨催人北往，女丧不便西归。要腐儒葬女于宦邸花园，此事甚难。恰有北往之诏，以玉成之，真丽娘之幸也。院子，请陈斋长讲话。（丑）陈相公有请。（末上）"彭殇真一壑，庆吊每同堂。"（见介）（外）陈先生，小女长谢你了。（末哭介）正是。苦伤小姐仙逝，陈最良四顾无门，所喜老公相乔迁，陈最良一发失所。（做哭介）（外）陈先生有事商量。学生奉旨，不得久停。因小女遗言，就葬后园梅树之下，又恐不便后官居住，已分付割取后园，改作梅花庵观，安置小女神位，就着这石道姑焚修看守。许多头绪，数语已括。那道姑可承应的来？（净跪介）老道姑添香换水，但往来看顾，还得一人。（老旦）就烦陈斋长为便。（末）老夫人有命，情愿效劳。（老旦）老爷，须置些祭田才好。（外）有漏泽院二顷虚田，拨资香火。（末）这漏泽院田，就漏在生员身上。（净）咱号道姑，堪收稻谷。你是陈绝粮，漏不到你。（外）不消争，陈先生收给。陈先生我在此数年，优待学校。（末）都知道。便是老公相高升，旧规有诸生遗爱记、生祠碑文，到京伴礼送人为妙。（净）陈绝粮，遗爱记是老爷遗下与令爱作表记么？（末）是老公相政迹歌谣。什么"令爱"！（净）怎么叫做生祠？（末）大祠宇塑老爷像供养，门上写着"杜公之祠"。（净）这等不如就塑小姐在傍，我普同供养。“普同供养”，见道之语。更此后祠毁像湮，同声一哭。（外恼介）胡说！但是旧规我通不用了。

【意不尽】陈先生，老道姑，咱女坟儿三尺暮云高，老夫妻一言相靠。不敢望时时看守，则清明寒食一碗饭儿浇。苦语逼泪。

魂归冥漠魄归泉，朱　褒钱曰：朱褒，一作韦庄。　使汝悠悠十八年。曹　唐

一叫一回肠一断，李　白钱曰：杜牧集亦有“一叫一回肠一断”句。　如今重说恨绵绵。张　籍

谒　遇

【光光乍】（老旦扮僧上）一领破袈裟，香山嶴里巴。多生多宝多菩萨，多多照证光光乍。

小僧广州府香山嶴多宝寺，一个住持。这寺原是番鬼们建造，以便迎接收宝官员。兹有钦差苗爷任满，祭赛于多宝菩萨位前，不免迎接。

【挂真儿】（净扮苗舜宾，末扮通事，外、贴扮皂卒，丑扮番鬼上）半壁天南开海汉，向真珠窟里排衙。（僧接介）（合）广利神王，善财天女，听梵放海潮音下。

（净）“铜柱珠崖道路难，伏波横海旧登坛。越人自贡珊瑚树，汉使何劳獬豸冠。”自家钦差识宝使臣苗舜宾便是。三年任满，例当祭

赛多宝菩萨。通事那里？(末见介)(丑见介)伽喇喇。(老旦见介)(净)叫通事，分付番回献宝。(末)俱已陈设。(净起看宝介)奇哉宝也。真乃磊落山川，精荧日月。多宝寺不虚名矣！看香。(内鸣钟，净礼拜介)

【亭前柳】三宝唱三多，七宝妙无过。庄严成世界，光彩遍娑婆。甚多，功德无边阔。(合)领拜南无，多得宝，宝多罗。

(净)和尚，替番回海商祝赞一番。为海商祝赞，以见宝物难得。钱曰：替番回祝赞，是搗鬼以媚之。

【前腔】(老旦)大海宝藏多，船舫遇风波。商人持重宝，险路怕经过。刹那，念彼观世脱。(合前)

【挂真儿】(生上)望长安西日下，偏吾生海角天涯。爱宝的喇嘛，抽珠的佛法，滑琉璃两下难拿。

自笑柳梦梅，一贫无赖，弃家而游。幸遇钦差寺中祭宝，托词进见。说言话中间，可以打动，得其赈援，亦未可知。(见外介)(生)烦大哥通报一声。广州府学生员柳梦梅，来求看宝。(报介)(净)朝廷禁物，那许人观。既系斯文，权请相见。(见介)(生)“南海开珠殿，(净)西方掩玉门。(生)剖怀俟知己，(净)照乘接贤人。”敢问秀才，以何至此？(生)小生贫苦无聊，闻得老大人在此赛宝，愿求一观，以开怀抱。(净笑介)既逢南土之珍，何惜西昆之秘。请试一观。(引生看宝介)(生)明珠美玉，小生见而知之。其间数种，未委何名？烦老大人一一指教。

【驻云飞】(净)这是星汉神沙，这是煮海金丹和铁树花。

少什么猫眼精光射，母碌通明差。嗏，这是靺鞨柳金芽，这是温凉玉斝，这是吸月的蟾蜍，和阳燧冰盘化。(生)我广南有明月珠，珊瑚树。(净)径寸明珠等让他，便是几尺珊瑚碎了他。

(生)小生不游大方之门，何因睹此！

【前腔】天地精华，偏出在番回到帝子家。禀问老大人，这宝来路多远？(净)有远三万里的，至少也有一万多程。(生)这般远可是飞来走来？故作惊人之语，以为打动，妙于发端。(净笑介)那有飞走而至之理。都因朝廷重价购求，自来贡献。(生叹介)老大人，这宝物蠢尔无知，三万里之外，尚然无足而至。生员柳梦梅，满胸奇异，到长安三千里之近，到无人购取，有脚不能飞！他重价高悬下，那市舶能奸诈，嗏，浪把宝船拃。(净)疑惑这宝物欠真么？(生)老大人，便是真，饥不可食，寒不可衣，看他似虚舟飘瓦。(净)依秀才说，何为真宝？(生)不欺，小生到是个真正献世宝。我若载宝而朝，世上应无价。(净笑介)则怕朝廷之上，这样献世宝也多着。(生)但献宝龙宫笑杀他，但斗宝临潼也赛得他。柳生将宝与自己较论，已有脱颖之意。苗老却仍在宝上论真假，故柳直以己为真宝应之。

(净)这等便好献与圣天子了。(生)寒儒薄相，要伺候官府，尚不能勾。怎见的圣天子？不先见官府，何由得见天子。苗老已得路，不知寒儒之苦也。(净)你不知，到是圣天子好见。(生)则三千里路资难处。(净)一发不难。古人黄金赠壮士，我将衙门常例银两，助君远行。(生)果尔，小生无父母妻子之累，就此拜辞。方外易作远游，亦只为无家累。(净)左右，取书仪，看酒。(丑上)“广南爱吃荔枝酒，直北偏飞榆荚钱。”酒到，书仪在此。(净)路费先生收下。(生)谢了。(净送酒介)

【三学士】你带微醺走出这香山鐏，向长安有路荣华。(生)无过献宝当今驾，撒去收来再似他。(合)骤金鞭及早把荷衣挂，望归来锦上花。

【前腔】(生)则怕呵，重瞳有眼苍天瞎，似波斯赏鉴无差。(净)由来宝色无真假，只在淘金的会拣沙。苗柳已识赏相契，宜有后日知遇。(合前)

(生)告行了。

【尾声】你赠壮士黄金气色佳。(净)一杯酒酸寒奋发，失意人多使酒，亦是奋发。则愿的你呵，宝气冲天海上槎。

乌纱巾上是青天，司空图　俊骨英才气俨然。刘禹锡
闻道金门堪济世，张南史　临行赠汝绕朝鞭。李　白

旅　寄

【捣练子】(生伞、袱，病容上)人出路，鸟离巢。(内风声介)搅天风雪梦牢骚。这几日精神寒冻倒。此梦殊恶，大不似梅花树下。

"香山嶼里打包来，三水船儿到岸开。要寄乡心值寒岁，岭南南上半枝梅。"我柳梦梅，秋风拜别中郎，因循亲友辞饯，离船过岭。钱曰：南朝犹有古风，今日寒士出门，谁为饮饯耶？早是暮冬，不堤防岭北风严，感了寒疾，又无扫兴而回之理。一天风雪，望见南安。好苦也！

【山坡羊】树槎牙饿鸢惊叫，岭迢遥病魂孤吊。破头

巾雹打风筛，透衣单伞做张儿哨。路斜抄，急没个店儿捎。雪儿呵，偏则把白面书生奚落。怎生冰凌断桥，步高低蹬着。好了。有一株柳，酬将过去。曲柳扶人，点缀甚冷。方便处柳驼腰。（扶柳过介）虚嚣，尽枯杨命一条。蹊跷，滑喇沙跌一交。（跌介）

【步步娇】（末上）俺是个卧雪先生没烦恼。世上要没烦恼，除非卧雪。背上驴儿笑，心知第五桥。那里开年有斋村学。（生作哎呀介）（末）怎生来人怨语声高？（看介）呀！甚城南破瓦窑，闪下个精寒料。

（生）救人！救人！（末）我陈最良为求馆，冲寒到此。彩头儿恰遇着吊水之人，且由他去。（生又叫介）救人！（末）听说救人，那里不是积福处。俺试问他。（问介）你是何等之人，失脚在此？既欲救人，何须又问，且闪下精寒料。陈生心知是读书人矣，非读书人必不精寒至此。（生）俺是读书之人。（末）委是读书之人，待俺扶起你来。（末扶生介）（末）请问何方至此？声应气求，已于一问见之，故倾盖间即留住梅花观也。

【风入松】（生）五羊城一叶过南韶，柳梦梅来献宝。即以多宝会作来龙。（末）有何宝货？（生）我孤身取试长安道，犯严寒少衾单病了。没揣的逗着断桥溪道，险跌折柳郎腰。

（末）你自揣高中的，方可去受这等辛苦。（生）不瞒说，小生是个擎天柱，架海梁。（末笑介）却怎生冻折了擎天柱，扑倒了架海梁？这也罢了，老夫颇谙医理。边近有座梅花观，权将息度岁而行。过断桥则有柳枝可扶，要将息则有梅花观可住。近取诸“身也只在梅边柳边”。

【前腔】尾生般抱柱正题桥，做倒地文星佳兆。论草包似俺堪调药，暂将息梅花观好。(生)此去多远？(末指介)看一树雪垂垂如笑，墙直上绣幡飘。

(生)这等望先生引进。

三十无家作路人，薛　据　与君相见即相亲。王　维

钱曰："与君相见即相亲。"又见卢象诗。

华阳洞里仙坛上，白居易　似近东风别有因。罗　隐

冥　判

【北点绛唇】(净扮判官，丑扮鬼持笔、簿上)十地宣差，一天封拜。阎浮界，阳世栽埋，又把俺这里门程迈。

自家十地阎罗王殿下一个胡判官是也。原有十位殿下，因阳世赵大郎家，和金达子争占江山，损折众生，十停去了一停，因此玉皇上帝，照见人民稀少，钦奉裁减事例。九州九个殿下，单减了俺十殿下之位，印无归着。玉帝可怜见下官正直聪明，着权管十地狱印信。今日走马到任，鬼卒夜叉，两傍刀剑，非同容易也。(丑捧笔介)新官到任，都要这笔判刑名押花字。请新官喝采他一番。(净看笔介)鬼使，捧了这笔，好不干系也。

【混江龙】判以笔得名，即从笔上发想，作许大议论，奇绝横绝。这笔架在落迦山外，肉莲花高耸案前排。捧的是功曹令史，识字当该。(丑)笔管儿？(净)笔管儿是手想骨，脚想骨，竹筒般剉的圆滴溜。(丑)笔毫？(净)笔毫呵，是牛头须，夜叉发，铁丝儿揉定赤

支毬。(丑)判爷上的选哩？(净)这笔头公，是遮须国选的人才。(丑)有甚名号？(净)这管城子，在夜郎城受了封拜。(丑)判爷兴哩？(净作笑舞介)啸一声，支兀另汉钟馗其冠不正；舞一回，疏喇沙斗河魁近墨者黑。(丑)喜哩？(净)喜时节，奈河桥题笔儿耍去；(丑)闷呵？(净)闷时节，鬼门关投笔归来。(丑)判爷可上榜来？(净)俺也曾考神祇，朔望旦名题天榜；(丑)可会书来？(净)摄星辰，井鬼宿俺可也文会书斋。(丑)判爷高才。(净)做弗迭鬼仙才，白玉楼摩空作赋；陪得过风月主，芙蓉城遇晚书怀。便写不尽四大洲转轮日月，也差的着五瘟使号令风雷。(丑)判爷见有地分？(净)有地分，则合北斗司、阎浮殿，立俺边傍；没衙门，却怎生东岳观、城隍庙，也塑人左侧。(丑)让谁？(净)便百里城高捧手，让大菩萨好相庄严乘坐位；(丑)恼谁？(净)怎三尺土低分气，对小鬼卒清奇古怪立基阶。(丑)纱帽古气些。(净)但站脚，一管笔，一本簿，尘泥轩冕；(丑)笔干了。(净)要润笔，十锭金、十贯钞，纸陌钱财。自"有地分"至此，为阳世泥塑判官写照，更觉呼之欲出。(丑)点鬼簿在此。(净)则见没掂三展花分鱼尾册，无赏一挂日子虎头牌。真乃是鬼董狐落了款，《春秋传》某年某月某日下，崩薨葬卒大注脚；假如他支祈兽上了样，把禹王鼎各山各水各路上，魍魉魑魅细分腮。(丑)待俺磨墨。(净)看他子时砚，忔忔察察，乌龙蘸眼显精神；(丑)鸡唱了。(净)听丁字牌，冬冬登登，金鸡剪梦追魂魄。(丑)禀爷点卷。(净)但点上格子眼，串出四万八千三界，有漏人名，乌星炮粲。怎按下笔尖头，插入一百四十二重，无间地狱，铁树花开。(丑)大押花。(净)哎也！押花字，止不过发落簿、剉、烧、舂磨一灵儿；(丑)少一个请字。(净)登请书，左则是那虚无堂，瘫、痨、虫、膈四正客。(丑)吊起称竿来。(众卒应介)(净)发称竿，看业重身轻，衡石程书秦狱吏；(内叫"哎哟"，"饶也"，"苦也"介)(丑)隔壁九殿下拷鬼。(净)肉鼓吹，听神啼鬼哭，毛钳刀笔汉乔才。这时节呵，你便是没关节包待制人厌其笑；(内哭介)恁风景，谁听的无棺椁颜修文子哭之哀。(丑)判爷害怕哩。(净恼介)哎！《楼炭经》，是俺六科五判；刀花树，是俺九棘三槐。脸娄搜，风髯赳赳；眉剔竖，电目崖崖。少不得中书鬼考，录事神差。比着阳世那金州判、银府判、铜司判、铁院判，白虎临官，一样价打贴刑名催伍作；实则俺阴府里注湿生，牒化生，准胎生，照卵生，青蝇报赦，十分的磊齐功德转三阶。威凛凛人间掌命，颤巍巍天上消灾。

叫掌案的，这簿上开除都也明白。还有几宗人犯，应该发落了。(贴扮吏上)"人间勾令史，地下列功曹。"禀爷，因缺了殿下，地狱空虚三年。则有枉死城中轻罪男子四名，赵大、钱十五、孙心、李猴儿；女子一名，杜丽娘：未经发落。(净)先取男犯四名。先将四犯陪引，幻出许多艳思，文情更不局促。(生、末、外、老旦扮四犯，丑押上)(丑)男犯带到。(净点名介)赵大有何罪业，脱在枉死城？(生)鬼犯没甚罪。生前喜歌唱些。(净)一边去。叫钱十五。(末)鬼犯无罪。则是做了一个小小房儿，沉香泥壁。(净)一边去。叫孙心。(老旦)鬼犯些小年纪，好使些花粉钱。(净)叫李猴儿。(外)鬼犯是有些罪，好男风。(丑)是真。便在地狱里，还勾上这小孙儿。(净恼介)谁教你插嘴！起去伺候。(做写簿介)叫鬼犯听发落。(四犯同跪介)(净)俺初权印，且不必刑。赦你们卵生去罢。(外)鬼犯们禀问恩爷，这个卵是甚么卵？若是回回卵，又生在边方去了。(净)哇，还想人身？向蛋壳里走去(四犯泣介)哎！被人宰了。(净)也罢，不教阳间宰吃你。赵大喜歌唱，贬做黄莺儿。花鸟俱是关目。(生)好了。做莺莺小姐去。(净)钱十五住香泥房子。也罢,准你去燕窠里受用,做个小小燕儿。(末)恰好做飞燕娘娘哩。(净)孙心使花粉钱,做个蝴蝶儿。(外)鬼犯便和孙心同做蝴蝶去。勾上孙心,便愿同为蝴蝶,凡人暗室之事,无有不自露者。(净)你是那好男风的李猴,着你做蜜蜂儿去,屁窟里长拖一个针。(外)哎哟!叫俺钉谁去?(净)四个虫儿听分付:

【油葫芦】蝴蝶呵,你粉版花衣胜剪裁。蜂儿呵,你忒利害,甜儿口咋着细腰捱。燕儿呵,斩香泥弄影钩帘内。莺儿呵,溜笙歌警梦纱窗外。恰好个花间四友无拘碍。则阳世里孩子们轻薄,怕弹珠儿打的呆,扇梢儿扑的坏,不枉了你宜题入画高人爱,则教你翅挪儿展将春色闹场来。

(外)俺做蜂儿的不来,再来钉肿你个判官脑。(净)讨打。(外)可怜见小性命。(净)罢了。顺风儿放去,快走快走。(净噀气介)(四人各做色飞下)(净做向鬼门嘘气吷声介)(丑带旦介)"天台有路难逢我,我不逢人,却说人难逢我,犹是痛惜语。地狱无情欲恨谁?"细思来,欲恨谁?钱曰:欲恨谁?非反语,正见为情死,死而无悔也。女鬼见。(净抬头背介)这女鬼到有几分颜色!

【天下乐】猛见了荡地惊天女俊才,咍也么咍,来俺里来。(旦叫苦介)(净)血盆中叫苦观自在。(丑耳语介)判爷权收做个后房夫人。(净)哇,有天条,擅用囚妇者斩。则你那小鬼头胡乱筛,俺判官头何处买?(旦叫哎介)(净回身)是不曾见他粉油头忒弄色。

叫那女鬼上来。

【那吒令】瞧了你润风风粉腮，到花台酒台？溜些些短钗，过歌台舞台？笑微微美怀，住秦台楚台？因甚的病患来？是谁家嫡支派？这颜色不像似在泉台。不似泉台，已逗回生之意。钱曰：惊天荡地，不似泉台，皆极形容丽娘美色。老判犹为歆动，故下曲有“秀才何在”之意也。

（旦）女鬼不曾过人家，也不曾饮酒，是这般颜色。则因在南安府后花园梅树之下，梦见一秀才，折取柳枝，要奴题咏，留连婉转，甚是多情。梦醒来沉吟，题诗一首：“他年得傍蟾宫客，不是梅边是柳边。”为此感伤，坏了一命。（净）谎也！那有一梦而亡之理？疑其不为梦亡，胡判官亦作腐儒语。

【鹊踏枝】一溜溜女婴孩，所云“一溜溜女婴孩”，即陈老小小香闺、杜老点点年纪之说也。梦儿里能宁耐！谁曾挂圆梦招牌，谁和你拆字道白？哈也么哈，那秀才何在？梦魂中曾见谁来？

（旦）不曾见谁。则见朵花儿闪下来，好一惊。（净）唤取南安府后花园花神勘问。有莺燕蜂蝶作犯人，又有花神来作干证，春光撩乱，老胡亦可谓风流狱官矣。（丑叫介）（末扮花神上）“红雨数番春落魄，山香一曲女消魂。”老判大人请了。（举手介）（净）花神，这女鬼说是后花园一梦，为花飞惊闪而亡。可是？（末）是也。他与秀才梦的缠绵，偶尔落花惊醒。分明落花有意，而花神乃言偶尔，自起老判之疑。这女子慕色而亡。（净）敢便是你花神假充秀才，迷误人家女子？（末）你说俺着甚迷他来？（净）你说俺阴司里不知道呵！

【后庭花滚】前赞笔一曲，浩若江河。又着此曲，将三十九种花，信口撰写，如激湍叠涧，遥相映带。但寻常春自在，恁司花忒弄乖。眨眼儿偷元气、艳楼台。克性子费春工、淹酒债。恰好九分态，你要做十分颜色。数着你那胡弄的花色儿来。(末)便数来。数说花名，俱在艳情。着想紧照，慕色迷人。碧桃花。(净)他惹天台。(末)红梨花。(净)扇妖怪。(末)金钱花。(净)下的财。(末)绣球花。(净)结得彩。(末)芍药花。(净)心事谐。(末)木笔花。(净)写明白。(末)水菱花。(净)宜镜台。(末)玉簪花。(净)堪插戴。(末)蔷薇花。(净)露渲腮。(末)腊梅花。(净)春点额。(末)剪春花。(净)罗袂裁。(末)水仙花。(净)把绫袜踹。(末)灯笼花。(净)红影筛。(末)酴醾花。(净)春醉态。(末)金盏花。(净)做合卺杯。(末)锦带花。(净)做裙褶带。(末)合欢花。(净)头懒抬。(末)杨柳花。(净)腰恁摆。(末)凌霄花。(净)阳壮的咍。(末)辣椒花。(净)把阴热窄。(末)含笑花。(净)情要来。(末)红葵花。(净)日得他爱。(末)女萝花。(净)缠的歪。(末)紫薇花。(净)痒的怪。(末)宜男花。(净)人美怀。(末)丁香花。(净)结半蹦。(末)豆蔻花。(净)含着胎。(末)奶子花。(净)摸着奶。(末)栀子花。(净)知趣乖。(末)柰子花。(净)恣情奈。(末)枳壳花。(净)好处揩。(末)海棠花。(净)春困怠。(末)孩儿花。(净)呆笑孩。(末)姊妹花。(净)偏妒色。(末)水红花。(净)了不开。(末)瑞香花。(净)谁要采。(末)旱莲花。(净)怜再来。(末)石榴花。(净)可留得在？几桩儿你自猜，哎！把天公无计策。你道为甚么流动了女裙钗，划地里牡丹亭又把他杜鹃花魂魄洒？归到丽娘身上。钱曰：结出杜鹃花与前三十九花，映带生动。

(末)这花色花样，都是天公定下来的。小神不过遵奉钦依，岂有故意勾人之理？且看多少女色，那有玩花而亡。(净)你说自来女色，没有玩花而亡。数你听着。

【寄生草】花把青春卖，花生锦绣灾。玩花丧日，是青春卖也；

因花慕艳，是锦绣灾也。真实不虚。有一个夜舒莲扯不住留仙带，一个海棠丝剪不断香囊怪，一个瑞香风赶不上非烟在。你道花容那个玩花亡？可不道你这花神罪业随花败。

（末）花神知罪，今后再不开花了。（净）花神，俺这里已发落过花间四友，付你收管。这女鬼慕色而亡，也贬在莺燕队里去罢。即以花神所言慕色而亡为罪名，甚雅。（末）禀老判，此女乃犯梦中之罪，如晓风残月。且他父亲为官清正，单生一女，可以耽饶。（净）父亲是何人？（旦）父亲杜宝知府，今升淮扬总制之职。（净）千金小姐哩。也罢，杜老先生分上，当奏过天庭，再行议处。（旦）就烦恩官替女犯查查，怎生有此伤感之事？（净）这事情注在断肠簿上。（旦）劳再查女犯的丈夫，还是姓柳姓梅？梦梅、葬梅，丽娘之死靡忒，自应急有此问，但不知阴间三载怀疑如何闷闷。（净）取鸳鸯簿查来。（作背查介）是。有个柳梦梅，乃新科状元也。妻杜丽娘，前系幽欢，后成明配。相会在红梅观中。不可泄漏。（回介）有此人和你因缘之分，不说明是柳是梅，为后案。我今放你出了枉死城，随风游戏，跟寻此人。"跟寻此人"为丽娘提醒寻梦情绪。（末）杜小姐，拜了老判。（旦叩头介）拜谢恩官，重生父母。拜谢重生父母，越想前世爹娘。从来尽孝思者，亦只是情至人耳。则俺那爹娘在扬州，可能勾一见？（净）使得。

【么篇】他阳禄还长在，阴司数未该。噤烟花一种春无赖，近柳梅一处情无外，望椿萱一带天无碍。则这水玻璃堆起望乡台，可哨见纸铜钱夜市扬州界？

花神，可引他望乡台随意观玩。（旦随末登台望哭介）那是扬州，俺爹爹奶奶呵，待飞将去。（末扯住介）还不是你去的时节。（净）下来听分付。功曹给一纸游魂路引去，花神休坏了他的肉身也。"路引"为梅花观跟寻之地，"休坏肉身"为还魂也。（旦）谢恩官。

【赚尾】(净)欲火近干柴，且留的青山在，不可被雨打风吹日晒。则许你傍月依星将天地拜，一任你魂魄来回。脱了狱省的勾牌，接着活免的投胎。钱曰："免的投胎"与寻梦曲"怕天瞧见"，皆浅语，却是思议不到处。那花间四友你差排，教莺窥燕猜，倩蜂媒蝶采，敢守的破棺星圆梦那人来。丽娘以守梅根自矢，老判又教以守破棺星，后柳生亦守闲灯火以待之。守者，情之根也。

(净下)(末)小姐，回后花园去来。花神前领柳生入梦，今领丽娘回园，关目绝妙。

醉斜乌帽发如丝，许　浑　尽日灵风不满旗。李商隐
年年检点人间事，罗　邺　为待萧何作判司。元　稹

拾　画

【金珑璁】(生上)惊春谁似我？独任惊春，钟情特甚，宜为丽娘恋恋。前丽娘亦云"眼见春如许"，总是惜春语也。客途中都不问其他。风吹绽蒲桃褐，雨淋殷杏子罗。今日晴和，晒衾单兀自有残云涴。

"脉脉梨花春院香，一年愁事费商量。不知柳思能多少？打迭腰肢斗沈郎。"小生卧病梅花观中，喜得陈友知医，调理痊可。则这几日间春怀郁闷，何处忘忧？病来畏死，病去生情，一片凡心，是痴缘张本。早是老姑姑到也。

【一落索】(净上)无奈女冠何，识的书生破。知他何处梦儿多？每日价欠伸十个。写柳生情态异常，痴缘将至，见乎四体也。

秀才安稳!(生)日来病患较些,闷坐不过。偌大梅花观,少甚园亭消遣。(净)此后有花园一座,虽然亭榭荒芜,颇有寒花点缀。则留散闷,不许伤心。道姑数语煞是多情,柳生到园中那能不一一领略。(生)怎的得伤心也!(净作叹介)是这般说。你自去游便了。从西廊转画墙而去,百步之外,便是篱门。三里之遥,都为池馆。你尽情玩赏,竟日消停,不索老身陪去也。"名园随客到,幽恨少人知。"(下)(生)既有后花园,就此迤逦而去。(行介)这是西廊下了。好个葱翠的篱门,倒了半架。篱门倒落,便自伤心。(叹介)〔集唐〕"凭阑仍是玉阑干。王初四面墙垣不忍看。张隐想得当时好风月。韦庄万条烟罩一时干。李山甫"(到介)呀!偌大一个园子也。

【好事近】则见风月暗消磨,画墙西正右侧左。(跌介)苍苔滑擦,倚逗着断垣低垛,因何蝴蝶门儿落合?"因何"二字妙。有疑端,便注到中间有一丽娘在。原来以前游客颇盛,题名在竹林之上。客来过,年月偏多,刻画尽琅玕千个。咳!早则是寒花绕砌,荒草成窠。

怪哉!"怪哉"一疑从何得来?只为有姑姑"不许伤心"一语隐然方寸也。一个梅花观,女冠之流,怎起的这座大园子?好疑惑也。便是这湾流水呵!流水仙源,暗与《寻梦》折相照。

【锦缠道】门儿锁,放着这武陵源一座。恁好处教颓堕!断烟中见水阁摧残,画船抛躲,冷秋千尚挂下裙拖。又不是经曾兵火,似这般狼藉呵,敢断肠人远、伤心事多?待不关情么,恰湖山石畔留着你打么陀。

好一座山子哩!(窥介)呀!就里一个小匣儿。待把左侧一峰靠着,看是何物?丽娘藏春容于石底,原欲等拾翠人也。何以游客偏多,独待柳郎窥见？无所解诸，解诸时节因缘。（作石倒介）呀！是个檀匣儿。（开匣看画介）呀！一幅观世音喜相。画幅尚未展完，但见美人颜色，便认是观世音，因在观中所拾故也，亦可见柳生至诚。然此处不草草作观音看，则《玩真》折全无意致矣。善哉！善哉！待小生捧到书馆，顶礼供养，强如埋在此中。（捧合回介）

【千秋岁】小嵯峨，压的旃檀合，便做了好相观音俏楼阁。片石峰前，那片石峰前，多则是飞来石，三生因果。请将去炉烟上过，头纳地，添灯火，照的他慈悲我。俺这里尽情供养，他于意云何？

（到介）到了观中，且安置阁儿上，择日展礼。（净上）柳相公多早了！

【尾声】（生）姑姑，一生为客恨情多，过冷澹园林日午矬。冷淡园林，徘徊至暮，可想有心人许多凭吊处。老姑姑，你道不许伤心，你为俺再寻一个定不伤心何处可。还要寻不伤心，则知柳郎惟以"伤心"二字横在胸中。

僻居虽爱近林泉，伍　乔　早是伤春梦雨天。韦　庄
何处邈将归画府，谭用之　三峰花畔碧堂悬。钱　起

忆　女

【玩仙灯】（贴上）睹物怀人，人去物华销尽。人情久亦渐忘。道的个"仙果难成，名花易陨"。（叹介）恨兰昌殉葬无因，收拾

起灯灰香烬。

自家杜府春香是也，跟随公相夫人到扬州。小姐去世，将次三年。俺看老夫人那一日不作念，那一日不悲啼。纵然老公相暂时宽解，怎散真愁？愁既真矣，对景增悲，逢欢益恨，如何散得。莫说老夫人，便是俺春香想起小姐平常恩养，病里言词，好不伤心也！今乃小姐生忌之辰，老夫人分付香灯，遥望南安浇奠，早已安排。夫人有请。

【前腔】(老旦上)地老天昏，没处把老娘安顿。思量起举目无亲，意中人去，虽有亲亦难解。招魂有尽。(哭介)我的丽娘儿也！在天涯老命难存，割断的肝肠寸寸。

〔苏幕遮〕"岭云沉，关树杳。(贴)春思无凭，断送人年少。(老旦)子母千回肠断绕，绣夹书囊，尚带余香袅。(贴)瑞烟清，银烛皎。(老旦)绣佛灵辰，血泪风前祷。(哭介)(合)万里招魂魂可到，则愿的人天尽处超生早。"(老旦)春香，自从小姐亡后，俺皮骨空存，肝肠痛尽。但看他读残书本，绣罢花枝，断粉零香，余簪弃履，触处无非泪眼，见之总是伤心。钱曰：春香想起伤心，与老夫人触处伤心，亦有主客之别。算来一去三年，又是生辰之日。心香奉佛，泪烛浇天。分付安排，想已齐备。(贴)夫人，就此望空顶礼。(老旦拜介)〔集唐〕"微香冉冉泪娟娟。李商隐酒滴香灰似去年。陆龟蒙四尺孤坟何处是？许浑南方归去再生天。沈佺期"杜安抚之妻甄氏，敬为亡女生辰，顶礼佛爷。愿得杜丽娘皈依佛力，早早生天。(起介)春香，祷告了佛王，不免将此茶饭浇奠小姐。

【香罗带】丽娘何处坟？问天难问。他乡遥奠，不见孤坟。因感述梦魂，相接"眼昏""灯晕"一段苦境。梦中相见得眼儿昏，则听得叫娘的声和韵也，惊跳起，猛回身，则见阴风几阵残灯晕。

(哭介)俺的丽娘人儿也，你怎抛下的万里无儿白发亲！

【前腔】(贴拜介)名香叩玉真，受恩无尽，夫人哭语，自有至性相关，丫头便只说受恩矣。赏春香还是你旧罗裙。(起介)小姐临去之时，分付春香，长叫唤一声。今日叫他："小姐，小姐呵！"叫的一声声小姐可曾闻也？(哭介)(合)想他那情切，那伤神，恨天天生割断俺娘儿直恁忍！(贴回介)俺的小姐人儿也，你可还向这旧宅里重生何处身？小姐临终曾说"可有回生之日否"，春香故想到此，隐隐击动关目。

(贴跪介)禀老夫人，人到中年，不堪哀毁。自古多情损少年，况中年耶？小姐难以生易死，夫人无以死伤生。且自调养尊年，与老相公同享富贵。(老旦哭介)春香，你可知老相公年来因少男儿，常有娶小之意？止因小姐承欢膝下，百事因循。如今小姐丧亡，家门无托。俺与老相公闷怀相对，何以为情？天呵！(贴)老夫人，春香愚不谏贤，依夫人所言，既然老相公有娶小之意，不如顺他，收下一房，生子为便。(老旦)春香，你见人家庶出之子，可如亲生？(贴)春香但蒙夫人收养，尚且非亲是亲，夫人肯将庶出看成，岂不无子有子？春香现身说法，俨有自媒之意。钱曰：春香所见甚大，奈妒妇不省何。(老旦)好话，好话。

曾伴残娥到女儿，徐　凝　白杨今日几人悲。杜　甫
须知此恨消难得，温庭筠　泪滴寒塘蕙草时。廉　氏

玩　真

(生上)"芭蕉叶上雨难留，芍药稍头风欲收。画意无明偏着眼，

人知梦是幻境，不知画境尤幻。梦则无影之形，画则无形之影。丽娘梦里觅欢，春卿画中索配，自是千古一对痴人，然不以为幻，幻便成真。春光有路暗抬头。”小生客中孤闷，闲游后园。湖山之下，拾得一轴小画，似是观音大士，宝匣庄严。风雨淹旬，未能展视。此云“未能展视”，可知拾时展看，不曾竟幅。且喜今日晴和，瞻礼一会。（开匣展画介）

【黄莺儿】秋影挂银河，展天身，自在波。诸般好相能停妥。他真身在补陀，咱海南人遇他。（想介）甚威光不上莲花座？再延俄，怎湘裙直下，一对小凌波？突起疑端，因不坐莲花之故，便先从脚尖仔细看起。

是观音，怎一双小脚儿？待俺端详一会。

【二郎神慢】些儿个，画图中影儿则度。着了，敢谁书馆中吊下幅小嫦娥，画的这俜停倭妥。是嫦娥，一发该顶礼了。问嫦娥折桂人有我？可是嫦娥，怎影儿外没半朵祥云托？树皴儿又不似桂丛花琐？不是观音，又不是嫦娥，人间那得有此？由大士而嫦娥、而人间女子，由顾影而欲语、而欲下，皆是曲中层次。成惊愕，似曾相识，向俺心头摸。陡地看出神来，却因梅花树下曾梦见过。

待俺瞧，是画工临的，还是美人自手描的。

【莺啼序】问丹青何处娇娥，片月影，光生豪末。似恁般一个人儿，早见了百花低躲，总天然意态难模，谁近得把春云淡破？想来画工怎能到此！多敢他自己能描会脱。此疑初看似凿空矣。然丽娘自手生描，一段精神应合出现，故柳生意所偶触，都成真照，不足怪也。

且住，细观他帧首之上，小字数行。一向只注目画上，至此才看到诗，最有神理。（看介）呀！原来绝句一首。（念介）"近睹分明似俨然，远观自在若飞仙。"近睹""远观"二句，在丽娘吟时，有惊喜不定之意；经柳生一讽，却如见姗姗来迟矣。他年得傍蟾宫客，不是梅边是柳边。"呀！此乃人间女子行乐图也。何言"不是梅边是柳边"？奇哉怪事哩！

【集贤宾】望关山梅岭天一抹，怎知俺柳梦梅过？得傍蟾宫知怎么？待喜呵，端详停和，俺姓名儿直么费嫦娥定夺？丽娘为柳梅害杀，春卿又拈此二字，一往成痴。打摩诃，敢则是梦魂中真个。

好不回盼小生！注视则静物若动，果然似回盼也，似提掇也，似欲下也。

【黄莺儿】空影落纤蛾，动春蕉，散绮罗。春心只在眉间锁，春山翠拖，春烟淡和。相看四目谁轻可！恁横波，来回顾影，不住的眼儿睃。

却怎半枝青梅在手，活似提掇小生一般？

【啼莺序】他青梅在手诗细哦，逗春心一点蹉跎。小生待画饼充饥，小姐似望梅止渴。柳生称画中人为小姐，非臆度也。其诗云："他年得傍蟾宫客"，是未嫁矣，又况楚楚臻臻宰相衙者乎？非小姐而何？小姐，小姐，未曾开半点幺荷，含笑处朱唇淡抹，晕情多。如愁欲语，"诗细哦"，"愁欲语"，看到有声，眼耳皆通矣。只少口气儿呵。

小娘子，画似崔徽，诗如苏蕙，行书逼真卫夫人。小生虽则典雅，怎到得这小娘子！蓦地相逢，不免步韵一首。（题介）"丹青妙处却天然，不是天仙即地仙。欲傍蟾宫人近远，恰些春在柳梅边。"

【簇御林】他能绰斡，会写作。秀入江山人唱和。待小生狠狠叫他几声："美人！美人！姐姐！姐姐！"钱曰：小姐，小娘子，美人，姐姐，随口乱呼，的是情痴之态。向真真啼血你知么？叫的你喷嚏似天花唾。动凌波，盈盈欲下，不见影儿那。

咳！俺孤单在此，只为孤单在此，央及画中。是真语，是苦语。少不得将小娘子画像，早晚玩之，拜之，叫之，赞之。四之字托出痴状。钱曰：人不学道，多为孤单所误。春日路旁，大都怨旷人也。

【尾声】拾的个人儿先庆贺，敢柳和梅有些瓜葛？小姐，小姐，则怕你有影无形看杀我。"看杀我"，"看"字属丽娘说，即申前回"盼小生及不住眼儿睃"之意也。钱曰：后"恨单条不惹的双魂化"，则不怕看杀矣。此时尚未情至。

不须一向恨丹青，白居易　堪把长悬在户庭。王　建
惆怅题诗柳中隐，司空图　添成春醉转难醒。章　碣

魂　游

【挂真儿】(净扮石道姑上)台殿重重春色上，碧雕阑映带银塘。扑地香腾，归天磬响。细展度人经藏。

〔集唐〕"几年红粉委黄泥。雍裕之钱曰：雍裕之或作来鹄。十二峰头月欲低。李涉折得玫瑰花一朵。李建勋东风吹上窈娘堤。罗虬"俺老道姑看守杜小姐坟庵，三年之上。择取吉日，替他开设道场，超生玉界。早已门外竖立招幡，看有何人来到。一坛斋醮，又幻出无数情亲。大抵世间流浪因缘，多在斋坛上结撰也。

【太平令】(贴扮小道姑,丑扮徒弟上)岭路江乡,一片彩云扶月上。羽衣青鸟闲来往。(丑)天晚,梅花观歇了罢。(贴)南枝外有鹊炉香。

小道姑乃韶阳郡碧云庵主是也,游方到此。见他庄严幡引,榜示道场,恰好登坛,共成好事。(见介)〔集唐〕(贴)“大罗天上柳烟含。鱼玄机(净)你毛节朱幡倚石龛。王淮(贴)见向溪山求住处。韩愈(净)好哩!你半垂檀袖学通参。女光”小姑姑从何而至?(贴)从韶阳郡来,暂此借宿。小姑向南枝投宿,也是望梅而来,又自大罗天上带得三分柳色。梅边柳边,怪不得后来石姑疑惑。(净)西头房儿,有个岭南柳相公养病。伏旁疑案。则下厢房可矣。(贴)多谢了。敢问今夕道场,为何而设?(净叹介)则为“杜衙小姐去三年,待与招魂上九天”。(贴)这等呵!“清醮坛场今夜好,敢将香火助真仙。”(净)这等却好。(内鸣钟鼓介)(众)请老师兄拈香。(净)南斗注生真妃,东岳受生夫人殿下。(拈香拜介)

【孝南歌】钻新火,点妙香。虔诚为因杜丽娘。(众拜)香霭绣幡幢,细乐风微飏。仙真呵!威光无量,把一点香魂,早度人天上。怕未尽凡心,他再作人身想。暗去还魂。做儿郎,做女郎,愿他永成双,再休似少年亡。

(净)想起小姐生前爱花而亡,今日折得残梅,安在净瓶供养。残梅作供,为丽娘散花之用,且前止有梅树梅子,今复补写梅花,又暗与花神惊梦相照。(拜神主介)

【前腔】瓶儿净,春冻阳。残梅半枝红蜡装。小姐呵!你香梦与谁行?精神忒孤往!钱曰:没后残花,引起生前香梦,如此姑姑方许作红梅观主。(众)老师兄,你说净瓶像什么?残梅像什么?(净)这瓶儿空,像世界包藏。身似残梅样,有水无根,尚作余香想。留意于物，无处不是悟境。石姑答语，为丽娘而发，未免有情。（众）小姐，你受此供呵！教你肌骨凉，魂魄香，肯回阳，再住这梅花帐。又明击还魂。

（内作风响介）（净）奇哉！怪哉！冷窣窣一阵风打旋也。（内鸣钟介）（众）这晚斋时分，且吃了斋，收拾道场。正是：晓镜抛残无定色，晚钟敲断步虚声。（众下）

【水红花】（魂旦作鬼声，掩袖上）则下得望乡台如梦悄魂灵，望乡台承《冥判》折来。丽娘游魂四见，此云"如梦悄魂灵"。《幽媾》云"长眠梦不成"，直至会过柳郎，始不提梦字。夜荧荧，墓门人静。墓门人静，迤逦从坟窝出来，一路景色，幽寒逼人。（内犬吠，旦惊介）原来是赚花阴小犬吠春星。冷冥冥，梨花春影。呀！转过牡丹亭、芍药阑，都荒废尽了。压黄金钏匾处，此际不堪回首。（泣介）伤感煞断垣荒径。望中何处也？鬼灯青。（听介）兀的有人声也啰。

〔添字昭君怨〕"昔日千金小姐，今日水流花谢。这淹淹惜惜杜陵花，太亏他。　生性独存无那，此夜星前一个。生生死死为情多。奈情何！"奴家杜丽娘女魂是也。只为痴情慕色，一梦而亡。凑的十殿阎君奉旨裁革，无人发遣，女监三年。喜遇老判哀怜放假，趁此月明风细，随喜一番。钱曰：此"随喜"字亦非漫下，是鬼魂语，且影起梅花观也。呀！这是书斋后园，怎做了梅花庵观？好感伤人也。

【小桃红】咱一似断肠人和梦醉初醒。谁偿咱残生命也。有柳郎在，莫恨枉死。虽则鬼丛中姊妹不同行，窣地的把罗衣整。这影随形，风沉露，云暗斗，月勾星，都是我魂游境也。写鬼境，栩栩欲动。到的这花影初更，（内作丁冬声，旦惊介）一霎价心儿瘆，原来是弄风铃，台殿冬丁。

好一阵香也。先闻香，次见铺橙，次看青词，层第不紊。

【下山虎】我则见香烟隐隐，灯火荧荧。呀！铺了些云霞帔，不由人打个吃挣。是那位神灵，原来是东岳夫人，南斗真妃。（作稽首介）仙真，杜丽娘鬼魂稽首。魆魆地投明证明，好替俺朗朗的超生注生。再看这青词上，原来就是石道姑在此住持。一坛斋意，度俺生天。道姑道姑，我可也生受你呵。再瞧这净瓶中，咳！便是俺那冢上残梅哩。梅花呵！似俺杜丽娘半开而谢，好伤情也。一见梅花，便想到自己身上，直恁多情。道姑云"身似残梅样"，意亦略同。而一悟一痴，迥然各别。则为这断鼓零钟金字经，叩动俺黄粱境。俺向这地坼里梅根迸几程，透出些儿影。生前愿守梅根，至此"透出些儿影"。梅根殆将相见矣。（泣介）姑姑们这般志诚，若不留些踪影，怎显的俺鉴知他，就将梅花散在经台之上。（散花介）抵甚么一点香销万点情。

想起爹娘何处？春香何处也？呀！那边厢有沉吟叫唤之声，听是怎来？（内叫介）俺的姐姐呵！俺的美人呵！（旦惊介）谁叫谁也？旧时惊梦之地，叫声忽来，那得不惊。再听。（内又叫介）（旦叹介）

【醉归迟】生和死，孤寒命。有情人叫不出情人应。为什么不唱出你可人名姓？似俺孤魂独趁，待谁来叫唤俺一声。听他人叫唤，却都从自己身上着想，只为重到花园，原有梅卿柳卿在意中耳。不分明，无倒断，再消停。（内又叫介）（旦）咳！敢边厢甚么书生，睡梦里语言胡哐？

【黑蟆令】不由俺无情有情，凑着叫的人三声两声，冷惺忪，红泪飘零。呀！怕不是梦人儿梅卿柳卿？俺记着这花亭水亭，提起梦人，自应记着，待明夜还来听也。趁的这风清月清。则这鬼宿前程，盼得上三星四星。

呀！待即行寻趁，奈斗转参横，不敢久停呵！善于留蓄，文情溢在纸外。

【尾声】为什么闪摇摇春殿灯？(内叫介)(殿上响动)(丑虚上望介)(又作风起介)(旦)一弄儿绣幡飘迴，则这几点落花风是俺杜丽娘身后影。

(旦作鬼声下)(丑打照面，惊叫介)师父们，快来！(净贴惊上)怎生大惊小怪？(丑)则这灯影荧煌，躲着瞧时，见一位女神仙，袖拂花幡，一闪而去。怕也！怕也！(净)怎生模样？(丑打手势介)这多高，这多大，俊脸儿，翠翘金凤，红裙绿袄，环佩玎珰，敢是真仙下降？丽娘未必尔许穿插，乃徒弟失惊未定，姑以仙真服饰妄言之耳。捕风捉影者，往往如是。(净)咳！这便是杜小姐生时样子。敢是他有灵活现。(贴)呀！你看经台之上，乱糁梅花。奇也！异也！大家再祝赞他一番。

【忆多娇】(众)风灭了香，月倒廊。闪闪尸尸魂影儿凉。花落在春宵情易伤。愿你早度天堂，免留滞他乡故乡。伤春者多感落花。丽娘散花之情，较哭花、葬花更浓也。

(贴)敢问杜小姐为何病亡？以何缘故而来出现？

【尾声】(净)休惊恍，免问当。收拾起乐器经堂。你听波，兀的冷窣窣珮环风还在回廊那边响。不答，以免絮烦，并为下案却作。石姑心怯，不敢细说，满堂惊疑，有载鬼一车之象。

心知不敢辄形相，曹　唐　欲话因缘恐断肠。天竺牧童

钱曰：天竺牧童，或作圆观，一作圆泽。

若使春风会人意，罗　邺　也应知有杜兰香。罗　虬

幽　媾

【夜行船】(生上)瞥下天仙何处也？影空濛似月笼沙。有恨徘徊，无言窨约。早是夕阳西下。天仙何处？望极斜阳。可见玩画外，竟日更无别事。

"一片红云下太清，如花巧笑玉娉停。凭谁画出生香面，对我偏含不语情。"从不语中，看出情来。小生自遇春容，日夜想念。这更阑时节，破些工夫，吟其珠玉，玩其精神。二"其"字与《玩真》折四"之"字同一痴况。倘然梦里相亲，也当春风一度。无聊之极，只得寻向梦中去。故下九曲千呼万唤，仍复睡掩纱窗也。(展画玩介)呀！你看美人呵，神含欲雨，眼注微波。真乃"落霞与孤影齐飞，秋水共长天一色"。

【香遍满】晚风吹下，武陵溪边一缕霞，出托个人儿风韵杀。净无瑕，明窗新绛纱。丹青小画，又把一幅肝肠挂。

小姐，小姐，则被你想杀俺也。

【懒画眉】轻轻怯怯一个女娇娃，楚楚臻臻像个宰相衙。想他春心无那对菱花，含情自把春容画，可想到有个拾翠人儿也逗着他。摹拟仕女，俱从诗中想出，纯是神情，绝非色相。

【二犯梧桐树】他飞来似月华，俺拾的愁天大。常时夜夜对月而眠，这几夜呵，幽佳，景色何常？惟人所受。一对画中美人，便觉月色幽佳。后对真个美人，又觉月明如乍。则常时对月而眠，凄凉可知也。婵娟隐映的光辉杀。教俺迷留乱的心嘈杂，无夜无明怏着他。若不为擎奇怕涴的丹青亚，待抱着你影儿横榻。

想来小生定是有缘也。再将他诗句朗诵一番。(念诗介)此后忽痴忽慧，恰与丽娘寻梦时无二。

【浣沙溪】拈诗话，对会家。柳和梅有分儿些。只拈着"柳梅"二字，不肯放过。才不放过，便是有缘。丽娘认定梦儿非远，柳生认定情人不在天涯，皆是极得力处。他春心迸出湖山罅，飞上烟绡萼绿华。则是礼拜他便了。(拈香拜介)傒幸杀，对他脸晕眉痕心上掐，有情人不在天涯。钱曰：安眉脸于心上，闭目神游，已如亲晤。故曰"不在天涯"也。

小生客居，怎能勾小姐风月中片时相会也。

【刘泼帽】恨单条不惹的双魂化，做个画屏中倚玉蒹葭。抱影横榻，身犹与画为二。欲化双魂，则身入画中，合为一矣。小姐呵，你耳朵儿云鬓月侵芽，可知道一些些都听的俺伤情话？丽娘魂游，两听字至此为柳郎看出，心灵相感，非特画中人听得也。

【秋夜月】堪笑咱，说的来如戏耍。他海天秋月云端挂，烟空翠影遥山抹。只许他伴人清暇，怎教人佻达。写得丽娘高迥，恰是千金身分。"海天"句与《写真》折"孤秋片月离云峤"，暗相照会。此时画里精魂，都在柳生身上矣。

【东瓯令】俺如念咒，似说法。石也要点头，天雨花。怎虔诚不降的仙娥下？是不肯轻行踏。（内作风起，生按住画介）待留仙怕杀风儿刮，粘嵌着锦边牙。

怕刮损他，再寻个高手临他一幅儿。临画更痴，愈痴愈见情至。

【金莲子】闲啧牙，怎能勾他威光水月生临榻？怕有处相逢他自家，则问他许多情，与春风画意再无差。

再把灯细看他一会。《魂游》之再听，《幽媾》之细看，耳目聪明，柳杜相匹。（照介）

【隔尾】敢人世上似这天真多则假。（内作风吹灯介）（生）好一阵冷风袭人也。险些儿误丹青风影落灯花。罢了，则索睡掩纱窗去梦他。（睡介）

（魂旦上）"泉下长眠梦不成，柳生仍从梦字想入，即泉下人仍放梦字不下。此处有荷丝不断之妙。一生余得许多情。魂随月下丹青引，人在风前叹息声。"妾身杜丽娘鬼魂是也。为花园一梦，想念而终。当时自画春容，埋于太湖石下，题有"他年得傍蟾宫客，不是梅边是柳边"。谁想游魂观中几晚，补写游魂后观中寻趁。听见东房之内，一个书生高声低叫："俺的姐姐，俺的美人。"那声音哀楚，动俺心魂。悄然蓦入他房中，则见高挂起一轴小画，便是奴家遗下春容。后面和诗一首，观其名字，则岭南柳梦梅也。梅边柳边，岂非前定乎？因而告过了冥府判君，趁此良宵，完其前梦。前梦甫完，后梦又起，何日了也？想起来好苦也。

【朝天懒】怕的是粉冷香销泣绛纱，又到的高唐馆玩月华。猛回头羞飒髻儿鬔，自擎拿。呀！前面是他房头了。怕桃源路径行来诧，再得俄旋试认他。千金小姐，踽踽凉凉，来寻幽会。其举止羞涩乃尔。

（生睡中念诗介）精魂专一，则寐中作念，非同呓语也。“他年得傍蟾宫客，不是梅边是柳边。”我的姐姐呵！（旦听作悲介）

【前腔】是他叫唤的伤情咱泪雨麻，以伤情之言，入伤情之耳，自然堕泪。凡曲中伤神伤情等诗，前后间出，总不出《惊梦》折中“伤心话儿”一句。把我残诗句没争差。难道还未睡呵？（瞧介）（生又叫介）（旦）他原来睡屏中作念猛嗟呀，省喧哗，我待敲弹翠竹窗栊下。（生作惊醒叫姐姐介）（旦悲介）试展香魂去近他。展香魂而近前，艳极矣！观其悲介，仍是千金身分。

钱曰：丽娘魂遇柳生，不胜悲苦，与后文还魂后见柳而羞，同一羞恶之心所发。然犹曰鬼可虚情，人须实礼，于此可想丽娘贞性。不则，与马、卓、崔、张之淫佚者何异？玉茗每以言情为讲学，此之谓也。

（生）呀！户外敲竹之声，是风是人？（旦）有人。（生）这咱时节有人，敢是老姑姑送茶？免劳了。（旦）不是。（生）敢是游方的小姑姑么？（旦）不是。（生）好怪，又不是小姑姑，再有谁？待我启门而看。（生开门看介）

【玩仙灯】呀！何处一娇娃，艳非常使人惊诧。

（旦作笑闪入，生急掩门，旦敛衽整容见介）“急掩门”，有惟恐失之，畏人知之二意。整容而见，仍是小姐腔范。秀才万福。（生）小娘子到来，敢问尊前何处，因何夤夜至此？（旦）秀才，你猜来。“你猜”一顿，善于用缓。盖突如其来，柳生不得不问，丽娘如何可说？非稍缓之，则无以措词矣。

【红衲袄】(生)莫不是莽张骞犯了你星汉槎，莫不是小梁清夜走天曹罚？(旦)这都是天上仙人，怎得到此？(生)是人家彩凤暗随鸦？(旦摇头介)(生)敢甚处里绿杨曾系马？(旦)不曾一面。(生)若不是认陶潜眼挫的花，敢则是走临邛道数儿差？(旦)非差。(生)想是求灯的？可是你夜行无烛也，因此上待要红袖分灯向碧纱？

【前腔】(旦)俺不为度仙香空散花，也不为读书灯闲濡蜡。俺不似赵飞卿旧有瑕，也不似卓文君新守寡。秀才呵，你也曾随蝶梦迷花下。(生想介)是当初曾梦来。才说不曾，一面又说曾随梦来，后文又云"瞥见你风神俊雅"，总是颠倒。柳生兼出脱自来之意。(旦)俺因此上弄莺簧赴柳衙。若问俺妆台何处也，不远哩，刚则在宋玉东邻第几家。

(生想介)是了。曾后花园转西，夕阳时节，见小娘子走动哩。忽见佳人，惊魂动魄。柳生此时已如在梦中，故忘其与画中人一样形容，反追忆梅树下梦，支吾答应。(旦)便是了。(生)家下有谁？

【宜春令】(旦)斜阳外，芳草涯，再无人有伶仃的爹妈。斜阳芳草，隐隐动出一所荒坟。奴年二八，没包弹风藏叶里花。为春归惹动嗟呀，瞥见你风神俊雅。无他，待和你剪烛临风，西窗闲话。

(生背介)奇哉！奇哉！人间有此艳色。夜半无故而遇明月之珠，怎生发付？

【前腔】他惊人艳，绝世佳。闪一笑风流银蜡。月明如乍，灯明月淡，因一笑而风暗灯花，乃见"月明如乍"。寻常景色，有玉人双照，便觉不同。问今夕何年星汉槎？金钗客寒夜来家，玉天仙人间下榻。（背介）知他，知他是甚宅眷的孩儿，这迎门调法？

待小生再问他。（回介）小娘子夤夜下顾小生，敢是梦也？（旦笑介）不是梦，当真哩！还怕秀才未肯容纳。（生）则怕未真。果然美人见爱，小生喜出望外，何敢却乎？（旦）这等真个盼着你了。

【耍鲍老】幽谷寒涯，你为俺催花连夜发。俺全然未嫁，你个中知察，拘惜的好人家。牡丹亭，娇恰恰；湖山畔，羞答答；读书窗，淅喇喇。良夜省陪茶，清风明月知无价。丽娘三为处子，以媚柳郎。牡丹亭，梦也；梅花观，魂也；扁舟载去，乃始人也。丽娘则恐梦中事有妨于真，故云"未嫁"，而教柳郎察之，因想到牡丹亭上娇羞之际。

【滴滴金】（生）俺惊魂化，睡醒时凉月些些。陡地荣华，敢则是梦中巫峡？亏杀你走花阴不害些儿怕，点苍苔不溜些儿滑，背萱亲不受些儿吓，认书生不着些儿差。你看斗儿斜，花儿亚，如此夜深花睡罢。笑咖咖，吟哈哈，风月无加。把他艳软香娇做意儿耍，下的亏他？便亏他则半霎。《寻梦》折杜云"做意周旋"，此折柳云"做意儿耍"，一忍耐，一温存，各尽其致。又以"下的亏他"二语作调笑，正映出小姐庄凝也。

（旦）妾有一言相恳，望郎恕责。（生笑介）贤卿有话，但说无妨。（旦）妾千金之躯，一旦付与郎矣，勿负奴心。每夜得共枕席，平生之愿足矣。（生笑介）贤卿有心恋于小生，小生岂敢忘于贤卿乎？（旦）还有一言，未至鸡鸣，放奴回去。秀才休送，以避晓风。隐隐鬼境。（生）这都领命，只问姐姐贵姓芳名？

【意不尽】(旦叹介)少不得花有根元玉有芽,待说时惹的风声大。(生)以后准望贤卿逐夜而来。(旦)秀才,且和俺点勘春风这第一花。不说姓名,只酬一叹,巧释柳生之疑,亦是用缓法。若急说出,则不但柳生惊怪,并后《旁疑》、《欢挠》、《冥誓》诸曲,波澜皆无由生矣。

浩态狂香昔未逢,韩　愈　月斜楼上五更钟。李商隐
朝云夜入无行处,李　白　神女知来第几峰。张子容

旁　疑

【步步娇】(净上)女冠儿生来出家相。无对向,没生长。守着三清像,换水添香,钟鸣鼓响。赤紧的是那走方娘,弄虚花扯闲帐。

"世事难拚一个信,人情常带三分疑。"杜老爷为小姐创下这个梅花观,着俺看守三年。水清石见,无半点瑕疵。止因陈教授引个柳秀才,东房养病。前几日到后花园回来,悠悠漾漾的,着鬼着魅一般,补写柳生拾画后痴景。俺已疑惑了。凑着个韶阳小道姑,年方念八,颇有风情,到此云游,几日不去。人心怀疑时,偏有凑巧之事。无故淹留,疑窦在此。夜来柳秀才房里,唧唧哝哝,听的似女儿声息。敢是小道姑瞒着我去瞧那秀才,秀才逆来顺受了。意其逆来顺受,可见石姑从未见柳生佻达处。俺且待他来,打觑他一番。

【前腔】(贴上)俺女冠儿俏的仙真样。论举止都停当,则一点情抛漾。步斗风前,吹笙月上。"月上"字佳,人但知说月下,不知月照在地,人亦在月上也。(叹介)古来仙女定成双,才说抛情,又思成双

矣。恁生来寒乞相？

(见介)(贴)“常无欲以观其妙，(净)常有欲以观其窍。”用道经语，为道姑相谑，恰合。小姑姑你昨夜游方，游到柳秀才房儿里去。是窍？是妙？(贴)老姑姑这话怎的起？谁看见介？(净)俺看见来。便说自己看见，诬罔之词，每多如此，不管人屈杀也。

【剔银灯】你出家人芙蓉淡妆，剪一片湘云鹤氅。玉冠儿斜插笑生香，出落的十分情况。斟量，敢则向书生夜窗，迤逗的幽辉半床。钱曰：“幽辉半床”，身历时非慧男女亦见不及。

(贴)向那个书生？老姑姑这话敢不中哩。

【前腔】俺虽然年青试妆，洗凡心冰壶月朗。你怎生剥落的人轻相？比似你半老的佳人停当！(净)倒找起俺来。(贴)你端详，这女贞观傍，可放着个书生话长？枉受人疑，小姑直是闷气。但云游至止，迟迟吾行，自处疑地，何也？

(净)哎也！难道俺与书生有帐？这梅花观，你是云游道婆，他是云游秀才，你住的，偏他住不的？则是往常秀才夜静高眠，则你到观中，那秀才夜半开门，唧唧哝哝的，不共你说话，共谁来？扯你道录司告去。(扯介)(贴)便去。你将前官香火院，停宿外方游棍。难道偏放过你？小姑语黠甚，事到急处，只得也学无赖。(扯介)

【一封书】(末上)闲步白云除，问柳先生何处居？扣梅花院主。(见扯介)呀！两个姑姑争施主？玄牝同门道可道，怎不韫椟而藏姑待姑？俺知道你是大姑他是小姑，嫁的个彭郎港口无？陈生、石姑皆江右人，故以江右山水作隐语解纷，非为小姑说也。

(净)先生不知。听的柳秀才半夜开门,不住的唧哝。俺好意儿问这小姑:以打觑为好意,元不过图一笑乐耳。敢是你共柳秀才讲话哩?他到嘴骨弄的,说俺养着个秀才。陈先生,凭你说,谁引这秀才来?牵合陈先生口角逼肖。扯他道录司明白去。俺是石的。(贴)难道俺是水的?(末)禁声,坏了柳秀才体面。恶伤同类,恰是老成语。俺劝你,

【前腔】教你姑徐徐。撒月招风实也虚?早则是者也之乎,那柳下先生君子儒,到道录司牒你去俗还俗,敢儒流们笑你姑不姑。(贴)正是不雅相。好把冠子儿扶水云梳,裂了这仙衣四五铢。

(净)便依说,开手罢。陈先生吃个斋去。(末)待柳秀才在时又来。

【尾声】清绝处,再踟蹰。(泪介)咳!糁东风穷泪扑疏疏。道姑,杜小姐坟儿可上去?为后约上坟打照。(净)雨哩。(末叹介)则恨的锁春寒这几点杜鹃花下雨。

(净、贴吊场)(净)陈老儿去了。小姑姑好嗻。(贴)和你再打听谁和秀才说话来。渡下甚捷,小姑急于自白,宜有此举。

烟水何曾息世机,温庭筠　高情雅淡世间稀。刘禹锡
陇山鹦鹉能言语,岑　参　乱向金笼说是非。僧子兰

欢　挠

【捣练子】(生上)听漏下,半更多,月影向中那。恁时节

夜香烧罢么?

"一点猩红一点金,十个春纤十个针。只因世上美人面,改尽人间君子心。"俺柳梦梅是个读书君子,一味志诚。偏是志诚人容易着迷,稍不志诚,便将无可奈何,一念自开解矣。止因北上南安,凑着东邻西子,嫣然一笑,遂成暮雨之来。未是五更,便逐晓风而去。今宵有约,未知迟早。正是:"金莲若肯移三寸,银烛先教刻五分。"则一件,姐姐若到,要精神对付他。钱曰:幽媾后精神不足,亦逗鬼境,非亵语也。偷盹一会,有何不可。(睡介)

【称人心】(魂旦上)冥途挣挫,要死却心儿无那。也则为俺那人儿忒可,教他闷房头守着闲灯火。两下相关,语语怜惜。《幽媾》剪烛闲话,灯火便不闲。在《冥誓》则丽娘之"情一点,灯头结"也。(入门介)呀!他端然睡瞌,恁春寒也不把绣衾来摸。多应他只候着我。凡人睡,暖则易寐,寒则常醒。柳生不摸绣衾,和衣而睡,正恐睡熟也。故丽娘知其只候。待叫醒他。秀才!秀才!(生醒介)姐姐,失敬也。(起揖介)待整衣罗,远远相迎个。这二更天风露多,还则怕夜深花睡么?(旦)秀才,俺那里长夜好难过,缱着你无眠清坐。

(生)姐姐,你来的脚踪儿恁轻,是怎的?柳生本欲待响屧而惊起,朦胧之中竟未闻之。故疑其脚踪甚轻,然却似鬼境,故丽娘既解之,又以"夜昏""绣床"诸语文之也。〔集唐〕(旦)"自然无迹又无尘。朱庆馀(生)白日寻思夜梦频。令狐楚(旦)行到窗前知未寝,无名氏(生)一心惟待月夫人。皮日休"姐姐,今夜来的迟些。

【绣带儿】(旦)镇消停,不是俺闲情忒慢俄。那些儿忘却俺欢哥。夜香残,回避了尊亲。绣床偎,收拾起生活。停脱。顺风儿斜将金佩拖,紧摘离百忙的淡妆明抹。

（生）费你高情，则良夜无酒，奈何？（旦）都忘了，俺携酒一壶，花果二色，在楯栏之上，取来消遣。（旦出取酒、果、花上）（生）生受了，是甚果？（旦）青梅数粒。（生）这花？（旦）美人蕉。（生）梅子酸似俺秀才，蕉花红似俺姐姐。串饮一杯。（共杯饮介）情语将穷，又生出花果、酒来，点缀生色，欢笑一回，石姑来才不唐突。

【白练序】（旦）金荷，斟香糯。（生）你酝酿春心玉液波。拚微酡，东风外翠香红酦。（旦）也摘不下奇花果，这一点蕉花和梅豆呵，君知么，爱的人全风韵，花有根科。

【醉太平】（生）细哦，这子儿、花朵，似美人憔悴，酸子情多。喜蕉心暗展，一夜梅犀点涴。如何？酒潮微晕笑生涡。待噷着脸恣情的呜嘬，些儿个，翠偃了情波，润红蕉点，香生梅唾。

【白练序】（旦）活泼，死腾那。这是第一所人间风月窝。昨宵个微茫暗影轻罗，把势儿忒显豁。为甚么人到幽期话转多？"为甚么"三字，索解总不可得。此时已动《欢挠》之机。（生）好睡也。（旦）好月也。消停坐，不妒色嫦娥，和俺人三个。

【醉太平】（生）无多，花影阿那。劝奴奴睡也，睡也奴哥。丽娘以"欢哥"称柳生，柳生以"奴哥"自称，而称丽娘为奴奴，调笑语也。春宵美满，一煞暮钟敲破。娇娥，似前宵雨云羞怯颤声讹，敢今夜翠颦轻可。睡则那，把腻乳微搓，酥胸汗贴，细腰春锁。极写雨情欢狎，必不可离之意。反映下将挠乱。

（净、贴悄上）（贴）"道可道，可知道？名可名，可闻名？"（生、旦笑介）（贴）老姑姑，你听秀才房里有人，这不是俺小姑姑了。只一语推得净尽，可知人但守疑闷，会有暴白时，不必遇谤而争也。（净作听介）是女人声，快敲门去。（生）敲门是谁？（净）老道姑送茶。（生）夜深了。（净）相公屋内是何人？（生）没有。（净）女客哩。（生、旦慌介）怎好？（净急敲门介）相公，快开门。地方巡警，免的声扬哩。（生慌介）怎了？怎了？（旦笑介）不妨，俺是邻家女子，道姑不肯干休时，便与他一个勾引的罪名儿。小姑言观中放着书生，丽娘又要与勾引罪名，非过情也。云游秀才，岂女冠所宜同处乎？

【隔尾】（旦）便开呵，须撒和，隔纱窗怎守的到参儿趓！柳郎，则管松了门儿。俺影着这一幅美人图那边躲。

（生开门，旦作躲，生将身遮旦，净、贴抢进笑介）喜也。（生）什么喜？（净前看，生身拦介）

【滚遍】（净、贴）这更天一点锣，仙院重门阖。何处娇娥？怕惹的干柴火。（生）你便打睃，有甚着科？是床儿里窝？箱儿里那？袖儿里阁？三句急甚，如话亦如画。

（净、贴向前，生拦不住，内作风起，旦闪下介）（生）昏了灯也。（净）分明一个影儿，只这轴美人图在此。古画成精了？丽娘亦云影着美人图，皆分明指出，柳生只是不会。

【前腔】画屏人踏歌，曾许你书生和。不是妖魔，甚影儿望风躲？相公，这是什么画？（生）妙娑婆，秀才家随行香火。有香火秀才，又有秀才香火，可发一粲。俺寂静里祈求，你莽邀喝。

（净）是了。不说不知，俺前晚听见相公房内啾啾唧唧，疑惑这小姑姑。如今明白了。相公，权留小姑姑伴话。留小姑伴话，石姑妙于解纷，然亦是故作此语，试柳生与小姑留情否也。(生)请了。

【尾声】(贴)动不动道录司官了私和。(生)则欺负俺不分外的书生欺别个！姑姑，这多半觉美鼾鼾则被你奚落杀了我。

(净、贴下)(生笑介)一天好事，两个瓦剌姑。扫兴！扫兴！那美人呵，好吃惊也！两姑去而柳生笑。若有幸免声扬之意，然一心只在小姐身上，故又念其吃惊也。钱曰：瓦剌，外国名。外之恶之，犹谚语夷婆也。

应陪秉烛夜深游，曹　松　恼乱春风卒未休。罗　隐
大姑山远小姑出，顾　况　更凭飞梦到瀛洲。胡　宿

缮　备

此折写安抚淮阳功业，为后来入相之本。

【番卜算】(末扮文官，净扮武官上)边海一边江，隔不断胡尘涨。维扬新筑两城墙，酾酒临江上。

请了。俺们扬州府文武官僚是也。安抚杜老大人，为因李全骚扰地方，加筑外罗城一座。今日落成开宴，杜老大人早到也。

【前腔】(众拥外上)三千客两行，百二关重壮。(文武迎介)(外)维扬风景世无双，直上层楼望。

(见介)(众)"北门卧护要耆英，(外)恨少胸中十万兵。(众)天借金

山为底柱，(外)身当铁瓮作长城。”长城者，身为之耳，不然虽砣砣无庸也。扬州表里重城，不日成就，皆文武诸公士民之力。(众)此皆老安抚远略奇谋。属官窃在下风，敢献一杯，效古人城隅之宴。(外)正好。且向新楼一望。(望介)壮哉！城也。真乃：“江北无双堑，淮南第一楼。”(众)请进酒。

【山花子】(末)贺层城顿插云霄敞，雉飞腾映压寒江。(净)据表里山河一方，控长淮万里金汤。(合)敌楼高窥临女墙，临风酾酒旌旆扬。乍想起琼花当年吹暗香，几点新亭，钱曰：“几点”，言泪也。无限沧桑。

(外)前面高起如霜似雪四五十堆，是何山也？(众)都是各场所积之盐，众商人中纳。(外)商人何在？(贴、老旦扮商人上)“占种海田高白玉，掀翻盐井横黄金。”商人见。(外)商人么，则怕早晚要动支兵粮，攒紧上纳。醝政自是淮扬重务，然急资商纳养兵，国事可知矣。

【前腔】这盐呵，是银山雪障连天晃，海煎成夏草秋粮。平看取盐花灶场，尽支排中纳边商。(合前)

(外)罢酒了。喜的广有兵粮，则要众文武关防如法。

【舞霓裳】(末、净)文武官寮立边疆。好关防，休教坏了这农桑，士工商。文武调和，四民安业，则行军之善，又可知矣。(合)敢金家早晚来无状，打贴起炮箭并旗枪。听边声风沙迭荡，猛惊见蟠花战袍旧边将。

【红绣鞋】(众)吉日祭赛城隍，城隍。归神谢土安康，安康。祭旗纛，犒军装。阵头儿，敢抵当？箭眼里，好遮藏。

【尾声】(外)按三韬把六出旗门放，文和武肃静端详。则等待海西头动边烽那一声炮儿响。

夹城云暖下霓旄，杜　牧　千里崤函一梦劳。谭用之
不意新城连嶂起，钱　起　夜来冲斗气何高。谭用之

下　卷

冥　誓

【月云高】(生上)暮云金阙,风幡淡摇拽。但听的钟声绝,早则是心儿热。从梅花观生情景。纸帐书生,有分氲兰麝。咱时还早。荡花阴,单则把月痕遮。(整灯介)溜风光,稳护着灯儿烨。(笑介)"好书读易尽,佳人期未来。"前夕美人到此,并不堤防,姑姑搅攘。今宵趁他未来之时,先到云堂之上,攀话一回,免生疑惑。初遇是睡起,再遇又是睡起。此处一换,更觉前两番出色。(作掩门行介)此处留人户半斜,天呵!俺那有心期在那些。半扉灯影,有约者自知之。(下)

【前腔】(魂旦上)孤神害怯,珮环风定夜。紧接《欢挠》一篇,纯作神魂不定语。(惊介)则道是人行影,原来是云偷月。(到介)这是柳郎书舍了。呀!柳郎何处也?闪闪幽斋,弄影灯明灭。魂再艳,灯油接情一点,灯头结。(叹介)奴家和柳郎幽期,除是人不知,鬼都知道。鬼都知道,屋漏中可发深省,然亦无谓,人不知古画成精,两姑姑已道破矣。钱曰:人畏人知,鬼畏鬼知,大可思。(泣介)竹影寺风声怎的遮,黄泉路夫妻怎当赊?

"待说何曾说,如颦不奈颦。把持花下意,犹恐梦中身。"冥缘已尽,复提梦字。奴家虽登鬼录,未损人身,阳禄将回,阴数已尽。前日为柳郎而死，今日为柳郎而生。“为柳郎”三字认得真，故为情至。钱曰：种瓜得瓜，种豆得豆，皆是有为而生，无为则不生矣。夫妇分缘，去来明白。今宵不说，只管人鬼混缠到甚时节？只怕说时柳郎那一惊呵，也避不得了。正是：“夜传人鬼三分话，早定夫妻百岁恩。”

【懒画眉】(生上)画阑风摆竹横斜。(内作鸟声惊介)惊鸦闪落在残红榭。风动竹枝，鸟惊花落，此中亦有人在。呀！门儿开也。玉天仙光降了紫云车。(旦出迎介)柳郎来也。(生揖介)姐姐来也。(旦)剔灯花这咱望郎爷。钱曰：尊柳为“郎爷”，已有陈情之意。(生)直恁的志诚亲姐姐。柳生自云一味志诚，应与志诚姐姐作配。

(旦)秀才，等你不来，俺集下了唐诗一首。(生)洗耳。(旦念介)“拟托良媒亦自伤，秦韬玉月寒山色两苍苍。薛涛不知谁唱春归曲，曹唐又向人间魅阮郎。刘言史”无限幽情，从何说起，借集唐诗，略为逗漏。(生)姐姐高才。(旦)柳郎，这更深何处来也？非恐别处留情，乃为更深风露，怪其不珍重耳。(生)昨夜被姑姑败兴，俺乘你未来之时，去姑姑房头看了他动定，好来迎接你。不想姐姐今夜来恁早哩？文有以疏见妙者，如但问今夜来早，更不诘昨宵去踪，盖柳生魂魄已被丽娘摄定。若诘问过于周匝，则开坟当有疑虑也。(旦)盼不到月儿上也。

【太师引】(生)叹书生何幸遇仙提揭，比人间更志诚亲切。乍温存笑眼生花，正渐入欢肠啖蔗。前夜那姑姑呵！恨无端风雨把春抄截。姐姐呵！误了你半宵周折，累了你好回惊怯。不嗔嫌，一径的把断红重接。昨宵事亦不可不叙，只如此淡淡作幸语、慰语，使丽娘可以躲闪。

【琐寒窗】(旦)是不堤防他来的啅嗻,吓的个魂儿收不迭。仗云摇月躲,画影人遮。则没揣的涩道边儿,闪人一跌。自生成不惯这磨灭。险些些风声扬播到俺家爷,先吃了俺哏尊慈痛决。“魂儿收不迭”已自逗漏。“画影人遮”,又复遁去。“自生成”数语,则俨然人也。吞吐之际,总为恐惊柳郎。

(生)姐姐费心,因何错爱小生至此?(旦)爱的你一品人才。爱才绝非俗见。钱曰:情善则才善,孟子辨之。盖才人即是情人,无情者不可称才也。(生)姐姐敢定了人家?

【太师引】(旦)并不曾受人家红定回鸾帖。(生)喜个甚样人家?(旦)但得个秀才郎情倾意惬。(生)小生到是个有情的。骤遇娇娃,梦中人、画中人一齐忘却,安得言有情也。后来相府桃吊一顿,庶定偿此。(旦)是看上你年少多情,迤逗俺睡魂难贴。(生)姐姐,嫁了小生罢。既曰小生有情,又曰嫁了小生。先是柳郎步步自紧,丽娘复数番跌宕,以逼出立誓来。盖不立誓,则启坟不得急切也。(旦)怕你岭南归客路途赊,是做小伏低难说。(生)小生未曾有妻。(旦)(笑介)少甚么旧家根叶,着俺异乡花草填接?根叶切柳,花草切杜。

敢问秀才,堂上有人么?(生)先君官为朝散,先母曾封县君。(旦)这等是衙内了。怎恁婚迟?

【琐寒窗】(生)恨孤单飘零岁月,但寻常稔色谁沾藉?“稔色谁沾藉”,柳非虚语。观其一得画图,便以全力注之。韶阳小姑饶有风情,对之屹然不动。志诚如是,宜其感及幽冥。那有个相如在客,肯驾香车?萧史无家,便同瑶阙?似你千金笑等闲抛泄,凭说,便和伊青春才貌恰争些,怎做的露水相看仳别!

(旦)秀才有此心,何不请媒相聘?也省的奴家为你担惊受怕。(生)明早敬造尊庭,拜见令尊令堂,方好问亲于姐姐。(旦)到俺家来,只好见奴家。要见俺爹娘还早。(生)这般说,姐姐当真是那样门庭。(旦笑介)是怎生来?

【红衫儿】(生)看他温香艳玉神清绝,人间迥别。(旦)不是人间,难道天上?非天上,非人间,则泉下人耳。奈何柳客神不解?(生)怎独自夜深行,边厢少侍妾?柳生何以才疑,应是丽娘自要露耳。观《幽媾》折“走花阴”数语,翻作赞词可见。且说个贵表尊名。(旦叹介)钱曰:问到姓名,又只酬一叹。(生背介)他把姓字香沉,敢怕是飞琼漏泄?姐姐不肯泄漏姓名,定是天仙了。薄福书生,不敢再陪欢宴。“不敢再陪”非谢绝语,乃反激丽娘速说也。尽仙姬留意书生,怕逃不过天曹罚折。

【前腔】(旦)道奴家天上神仙列,前生寿折。“寿折”,谓若说神仙便当折杀也。“前生”二字,又略逗漏。(生)不是天上,难道人间?(旦)便作是私奔,悄悄何妨说。(生)不是人间,则是花月之妖。(旦)正要你掘草寻根,掘草寻根,乘势卸出开坟意。怕不待勾辰就月。(生)是怎么说。(旦)(欲说又止介)不明白孤负了幽期,话到尖头又咽。

〔相思令〕(生)姐姐,“你千不说,万不说,直恁的书生不酬决,更向谁边说?“更向谁边”,亦激丽娘速说,非有疑也。(旦)待要说,如何说?秀才,俺则怕聘则为妻奔则妾,受了盟香说”。必定为妻,方见钟情之深。若此际草草,便属露水相看矣。(生)你要小生发愿,定为正妻,便与姐姐拈香去。

【滴溜子】(生、旦拜介)神天的,神天的,盟香满爇。柳梦梅,柳梦梅,南安郡舍,遇了这佳人提挈,作夫妻。生同室,死同穴。口不心齐,寿随香灭。

(旦泣介)初而笑,继而叹,继而泣,丽娘亦步步紧来。(生)怎生吊下泪来?(旦)感君情重,不觉泪垂。

【闹樊楼】你秀才郎为客偏情绝,料不是虚脾把盟誓撇。又一顿折,表明立誓决不可负,以坚柳生入穴之心。哎!话吊在喉咙剪了舌。嘱东君在意者精神打贴。暂时间奴儿回避趄,些儿待说,你敢扑惚忪害跌。惟恐柳生害跌,故先为此言以慰藉之。与前日柳郎那一惊相应。

(生)怎的来?(旦)秀才,这春容得从何处?从春容说起有关合,若舍此更无着想。(生)太湖石缝里。(旦)比奴家容貌争多?(生看惊介)可怎生一个粉扑儿?(旦)可知道奴家便是画中人也。钱曰:以前无数曲折,皆为逼出立誓。以后无数曲折,皆为逼出开圹。《闹樊楼》一支小作关锁。(生合掌谢画介)小生烧的香到哩。姐姐,你好歹表白一些儿。

【啄木犯】(旦)柳衙内听根节。杜南安原是俺亲爹。(生)呀!前任杜老先生升任扬州,怎么丢下小姐?(旦)你剪了灯。(生剪灯介)(旦)剪了灯、余话堪明灭。钱曰:剪灯而话,惟恐残缸昏晕,柳生胆怯也。(生)且请问芳名,青春多少?(旦)杜丽娘小字有庚帖,年华二八,正是婚时节。钱曰:又提起惊梦时伤心处。(生)是丽娘小姐,俺的人那!(旦)衙内,奴家还未是人。(生)不是人,是鬼?(旦)是鬼也。直认是鬼,更不推诿。以从前许多话,单为此也。(生惊介)怕也,怕也。(旦)靠边些,听俺消详说。话在前教伊休害怯,钱曰:话在前,即嘱东君数语也。俺虽则是小鬼头人半截。因柳生一惊，忽又推鬼而附于人。

（生）姐姐，因何得回阳世而会小生？

【前腔】（旦）虽则是阴府别，看一面千金小姐，是杜南安那些枝叶。注生妃央及煞回生帖，化生娘点活了残生劫。你后生儿蘸定俺前生业。秀才，你许了俺为妻真切，“许了俺为妻真切”，全以立誓为重。一篇大意，尽此二句。后复上白内，又申言之。少不得冷骨头着疼热。

（生）你是俺妻，俺也不害怕了。难道便请起你来？先是柳生想到开坟，却都作推托语。至后文独力难成，未知深浅，并即以推托为筹画。若呆实商量，意味索然矣。怕似水中捞月，空里拈花。

【三段子】（旦）俺三光不灭。鬼胡由，还动迭，一灵未歇。泼残生，堪转折。秀才可谙经典？是人非人心不别，是幻非幻如何说？虽则似空里拈花，却不是水中捞月。

（生）既然虽死犹生，敢闻仙坟何处？（旦）记取大湖石梅树一株。

【前腔】（旦）爱的是花园后节，梦孤清，梅花影斜。熟梅时节，为仁儿心酸那些。（生）怕小姐别有走跳处？（旦叹介）便到九泉无屈折，衠幽香一阵昏黄月。秀才一味推托，小姐只是缠绵对答，绝妙。（生）好不冷。“好不冷”，怕惊了魂。柳生亦作鬼话，总是推托。（旦）冻的俺七魄三魂，僵做了三贞七烈。

（生）则怕惊了小姐的魂怎好？

【斗双鸡】（旦）花根木节，有一个透人间路穴。俺冷香肌早偎的半热。前云“冷骨头着疼热”，是责望柳生。此云“冷香肌早偎半热”，分明以活泼泼一丽娘示之，引动柳生热中。你怕惊了呵，悄魂飞越，则俺见了你回心心不灭。(生)话长哩。(旦)畅好似一夜夫妻，有的是三生话说。

(生)不烦姐姐再三，只俺独力难成。(旦)可与姑姑计议而行。(生)未知深浅，怕一时开攒不彻。

【登小楼】(旦)咨嗟，你为人为彻。俺砌笼棺勾有三尺叠，你点刚锹和淹一谜掘。就里阴风泻泻，则隔的阳世些些。(内鸡鸣介)

【鲍老催】(旦)咳！长眠人一向眠长夜，则道鸡鸣枕空设。今夜呵，梦回远塞荒鸡咽，觉人间风味别。晓风明灭，子规声容易吹残月。“子规”句与《欢挠》折“一霎暮钟敲破”，皆乐境中最伤心语。三分话才做一分说。

【耍鲍老】俺丁丁列列，吐出在丁香舌。你拆了俺丁香结，须粉碎俺丁香节。休残慢，须急节，俺的幽情难尽说。(内风起介)则这一剪风动灵衣去了也。

(旦急下)(生惊痴介)奇哉！奇哉！柳梦梅做了杜太守的女婿，敢是梦也？待俺来回想一番。此时柳生如何能不回想。一经回想，则转念之间，开坟便未必真切。故丽娘复上一番，重之以丁宁，又重之以跪嘱，正使柳生不得不依从也。他名字杜丽娘，年华二八，死葬后园梅树之下。啐！分明是人道交感，有精有血，怎生杜小姐颠倒自己说是鬼？(旦又上介)衙内还在此？(生)小姐怎又回来？(旦)奴家还有丁宁。你既以俺为妻，可急视之，不宜自误。如或不然，妾事已露，不敢再来相陪。愿郎留心，勿使可惜。妾若不得复生，必痛恨君于九泉之下矣。以后语一往凄切，不由人情动。

【尾声】(旦跪介)柳衙内你便是俺再生爷。跪恳语十分急切，若惟恐其不信也。(生跪扶起介)(旦)一点心怜念妾，不着俺黄泉恨你，你只骂的俺一句鬼随邪。

(旦作鬼声下，回顾介)(生吊场，低语介)柳梦梅着鬼了。他说的恁般分明，恁般恓切，是无是有，只得依言而行。和姑姑商量去。

梦来何处更为云，李商隐　惆怅金泥簇蝶裙。韦氏子
欲访孤坟谁引至，刘言史　有人传示紫阳君。熊儒登

秘　议

【绕地游】(净上)芙蓉冠帔，短发难簪系。一炉香鸣钟叩齿。

〔诉衷情〕"风微台殿响笙簧。空翠冷霓裳。池畔藕花深处，清切夜闻香。闻花香，入夜更为清切。以夜间五官闲静，惟鼻受香故也。此语亦可生悟。　人易老，事多妨，梦难长。一点深情，三分浅土，半笠斜阳。"俺这梅花观，为着杜小姐而建。当初杜老爷分付陈教授看管。三年之内，则见他收取祭租，并不常来行走。便是杜老爷去后，谎了一府州县士民人等许多分子，起了个生祠。昨日老身打从祠前过，猪屎也有，人屎也有。热心人有此闲冷语，虽出自妒口，却为凡有生祠者写照。陈最良，陈最良，你可也叫人扫刮一遭儿。到是杜小姐神位前，日逐

添香换水，何等庄严清净。正是："天下少信吊书子，世外有情持素人。"

【前腔】(生上)幽期密意，不是人间世。待声扬，徘徊了半日。"徘徊"二字，已尽一早情事。

(见介)(生)"落花香覆紫金堂，(净)你年少看花敢自伤？(生)弄玉不来人换世，(净)麻姑一去海生霜。"(生)老姑姑，小生自到仙居，不曾瞻礼宝殿。今日愿求一观。(净)是礼。相引前行。(行到介)(净)高处玉天金阙，下面东岳夫人，南斗真妃。(内钟鸣，生拜介)"中天积翠玉台遥，上帝高居绛节朝。遂有冯夷来击鼓，始知秦女善吹箫。"好一座宝殿哩！怎生左边这牌位上，写着"杜小姐神王"，是那位女玉？转出杜小姐神位，始知设瑞之妙。(净)是没人题主哩。杜小姐。(生)杜小姐为谁？

【五更转】(净)你说这红梅院因何置？是杜参知前所为。丽娘原是他香闺女，十八而亡，就此攒瘗。他爷呵！升任急，失题主，空牌位。(生)谁祭扫他？(净)好墓田，留下有碑记。偏他没头主儿，年年寒食。

(生哭介)这等说起来，杜小姐是俺娇妻呵！蓦然一哭，痴景逼真。(净惊介)秀才当真？(生)千真万真。(净)这等，你知他那日生，那日死？

【前腔】(生)俺未知他生，焉知死？死多年，生此时。(净)几时得他死信？(生)这是俺朝闻夕死了可人矣。(净)是夫妻，应你奉事香火。(生)则怕俺未能事人，焉能事鬼？(净)既是秀才娘子，可曾会他来？(生)便是这红梅院，做楚阳台，偏倍了你。早知今日自露，前夕美人图边，何苦急杀遮掩。(净)是那一夜？(生)是前宵你们不做美。(净惊介)秀才着鬼了。诘病折杜母亦说小姐着鬼了，是一对鬼夫妇。难道，难道。(生)你不信时，显个神通你看。取笔来，点的他主儿会动。即从神王着想，幻出灵异，非此不足耸动石姑。(净)有这事？笔在此。(生点介)看俺点石为人，靠夫作主。

你瞧，你瞧。(净惊介)石姑三惊，意各不同。初是惊疑，次是惊惧，此是惊怪。奇哉，奇哉。主儿真个会动也。小姐呵！

【前腔】则道墓门梅，立着个没字碑，原来柳客神缠住在香炉里。秀才，既是你妻，鼓盆歌庐墓三年礼。妻无庐墓之礼，故作此语调笑柳生，如宋书生二句意耳。古曲每多此法。(生)还要请他起来。(净)你直恁神通，敢阎罗是你？(生)少些人夫用。(净)你当夫，他为人，堪使鬼。(生)你也帮一锹儿。(净)大明律：开棺见尸，不分首从皆斩哩。你宋书生是看不着皇明例，不比寻常，穿篱挖壁。

(生)这个不妨，是小姐自家主见。

【前腔】是泉下人央及你，个中人谁似伊。鬼怪之事，在巫觋最易信。小姐云与姑姑计议而行，逆料其必从也。“个中”二字，已足买石姑之心。(净)既是小姐分付，也待俺捡个日子。(看介)恰好明日乙酉，可以开坟。(生)喜金鸡玉犬非牛日，则待寻个人儿，开山力士。(净)俺有个侄儿癞头鼋可用。暗击《婚走》折。只事发之时怎处？(生)但回生，免声息，停商议。可有偷香窃玉劫坟贼？还一事，小姐傥然回生，要些定魂汤药。(净)陈教授开张药铺。只说前日小姑姑，党了凶煞，求药安魂。(生)烦你快去了。这七级浮屠，岂同儿戏。

湿云如梦雨如尘，崔　鲁　初访城西李少君。陈　羽
行到窈娘身没处，雍　陶　手披荒草看孤坟。刘长卿

（生下，净吊场）奇哉！奇哉！怕没这等事。“怕没这等事”，作者、观者俱应疑此，此入神语也。然尔时石姑魂亦全为丽娘所摄，故必信其有。既是小姐分付，再言“小姐分付”，总以个中人自任。便唤侄儿备了锄锹，俺问陈先生讨药去来。宁可信其有，不可信其无。（下）

诇　药

（末上）“积年儒学理粗通，书簏成精变药笼。家童唤俺老员外，街坊唤俺老郎中。”俺陈最良失馆，依然重开药铺。今日看有甚人来？

【女冠子】（净上）人间天上，道理都难讲。钱曰：杜索梦中，柳思泉下，皆天上人间之不可解者，故以“难讲”二字贯之。梦中虚诳，更有人儿，思量泉壤。

陈先生利市哩。（末）老姑姑到来。（净）好铺面！这“儒医”二字，杜太爷赠的。“杜太爷赠的”与小道姑凶煞，皆是文墨映带处。好道地药材！这两块土中甚用？（末）是寡妇床头土。男子汉有鬼怪之疾，清水调服良。（净）这片布而何用？（末）是壮男子的裤裆。以意为医，得相制之理。钱曰：土受魄裆近精阴阳，故足相制。妇人有鬼怪之病，烧灰吃了效。（净）这等，俺贫道床头三尺土，敢换先生五寸裆？（末）怕你不十分寡。（净）啐！你敢也不十分壮。（末）罢了，来意何为？先将药方写

明，在前作一评，后点出“来意”，再作一评，短篇中亦有许多顿挫。（净）不瞒你说，前日小道姑呵！

【黄莺儿】年少不堤防，赛江神，归夜忙。（末）着手了？（净）知他着甚闲空旷？被凶神煞党。年灾月殃，瞑然一去无回向。（末）欠老成哩！（净）细端详，你医王手段，敢对的住活阎王。

（末）是活的死的？（净）死几日了。（末）死人有口吃药？也罢，便是这烧裆散，用热酒调下。

【前腔】海上有仙方，这伟男儿深裤裆。（净）则这种药，俺那里自有。女冠安得有之，是自招侮也。（末）则怕姑姑记不起谁阳壮。剪裁寸方，烧灰酒娘，敲开齿缝把些儿放。不寻常，安魂定魄，赛过反精香。

（净）谢了。

还随女伴赛江神，于　鹄　争奈多情足病身。韩　偓
岩洞幽深门尽锁，韩　愈　隔花催唤女医人。王　建

回　生

【字字双】（丑扮疙童，持锹上）猪尿泡疙疸偌卢胡，没裤。“没裤”是形容癞头露出，如猪尿泡耳。非不着裤也，与后剪裆凑散无碍。铧锹儿入的土花疏，没骨。活小娘不要去做鬼婆夫，没路。偷坟贼拿倒做个地官符，没趣。小癞纯得痴趣，天下事惟痴人做得来，若伶

俐汉遇此，鲜不却避矣。

(笑介)自家梅花观主家癞头鼋便是。观主受了柳秀才之托，和杜小姐启坟。好笑，好笑，说杜小姐要和他这里重做夫妻。管他人话鬼话，带了些黄钱，挂在这太湖石上，逗出太湖石，甚细。点起香来。

【出队子】(净携酒同生上)玉人何处？一日一夜，念兹释兹，总在丽娘身上，故开口便说“玉人何处”也。近墓西风老绿芜。《竹枝歌》唱的女郎苏，杜鹃声啼过锦江无？一窖愁残，三生梦余。

(生)老姑姑，已到后园。只见半亭瓦砾，满地荆榛。绣带重寻，袅袅藤花夜合；罗裙欲认，青青蔓草春长。则记的太湖石边，是俺拾画之处。依稀似梦，恍惚如亡。怎生是好？(净)秀才不要忙，梅树下堆儿是了。(生)小姐，好伤感人也。(哭介)(丑)哭甚的？钱曰“哭甚的”一语，爽快，若哀梨并剪。痴情时不可无此喝，干事时不可无此人。趁时节了。(烧纸介)(生拜介)巡山使者，当山土地，显圣显灵。

【啄木鹂】(生)开山纸，草面上铺。烟罩山前红地炉。(丑)敢太岁头上动土？向小姐脚跟挖窟。(生)土地公公，今日开山，专为请起杜丽娘。不要你死的，要个活的。莫笑柳痴，求神者类如是。你为神正直应无妒，俺阳神触煞俱无虑。要他风神笑语都无二，便做着你土地公公女嫁吾。呀！春在小梅株。

好破土哩！

【前腔】(丑、净锹土介)这三和土，一谜钽。小姐呵！半尺孤坟你在这的无？(生)你们十分小心。(看介)到棺了。(丑作惊丢锹介)到官没活的了。(生摇手介)禁声。(内旦作哎哟介)(众惊介)活鬼做声了。(生)

休惊了小姐。(众蹲向鬼门,开棺介)(净)原来丁头锈断,子口登开,小姐敢别处送云雨去了。(内哎哟介)(生见旦扶介)(生)咳!小姐端然在此。异香袭人,幽姿如故。天也,诚哉,天也!谁得有此?你看正面上那些儿尘渍,斜空处没半米蚍蜉。则他暖幽香四片斑斓木,润芳姿半榻黄泉路,养花身五色燕支土。"暖幽香"数句,与《冥誓》"冷骨头、冷香肌"遥想隐映。(扶旦软觯介)(生)俺为你款款偎将睡脸扶,休损了口中珠。

(旦作呕出水银介)(丑)一块花银,二十分多重,赏了癞头罢。伏淮阴旅店用水银案。(生)此乃小姐龙含凤吐之精,小生当奉为世宝。你们别有酬犒。(旦开眼叹介)(净)小姐开眼哩。(生)天开眼了。小姐呵!惊疑自语。

【金蕉叶】(旦)是真是虚?劣梦魂猛然惊遽。(作掩眼介)避三光业眼难舒,怕一弄儿巧风吹去。钱曰:凡人迷魅乍醒,或泣或呼,不能默默,况长眠三岁复见天日乎?此时应有此语。

(生)怕风怎好?(净扶旦介)且在这牡丹亭内进还魂丹,又逗出牡丹亭。秀才剪裆。(生剪介)(丑)待俺凑些加味还魂散。(生)不消了,快热酒来。

【莺啼序】(调酒灌介)玉喉咙半点灵酥。(旦吐介)(生)哎也!怎生呵落在胸脯。姐姐,再进些。才吃下三个多半口还无。(觑介)好了!好了!喜春生颜面肌肤。(旦觑介)这些都是谁?敢是些无端道途,孤魂复反,举目无亲,故有"无端道途"之感,非魅语也。弄的俺不着坟墓?(生)便是柳梦梅。(旦)昭曚觑,怕不是梅边柳边人数。"梅边柳边",此处一疑,后文一问,绝有神理。盖丽娘止于梦里魂里曾见柳生，生前元未相识，不可无此疑问耳。

(生)有这道姑为证。(净)小姐，可认的贫道？(旦)(看不语介)

【前腔】(净)你乍回头记不起俺这姑姑。(生)可记的这后花园？(旦不语介)(净)是了，你梦境模糊。(旦)只那个是柳郎？两番不语，忽问柳郎，正见一灵不放处。(生应，旦作认介)柳郎，真信人也。亏杀你拨草寻蛇，亏杀你守株待兔。情之所钟，要会寻，又要会守。柳、杜得力，皆在此二字。棺中宝玩收存，诸余抛散池塘里去。众人惊喜，争看小姐，忘却收拾棺物，反是小姐自言，亦有情致。(众)呸！(丢去棺物介)向人间别画个葫芦。水边头洗除凶物。(众)亏了小姐整整睡这三年。(旦)流年度，怕春色三分，一分尘土。

(生)小姐，此处风露，不可久停，好处将息去。

【尾声】死工夫救了你活地狱，七香汤莹了美食相扶。旦扶往那里去？(净)梅花观。(旦)可知道洗棺尘，都是这高唐观中雨。

天赐燕支一抹腮，罗　隐　随君此去出泉台。景舜英
我来穿穴非无意，张　祜　愿结灵姻愧短才。潘　雍

婚　走

【意难忘】(净扶旦上)如笑如呆，叹情丝不断，梦境重开。《幽媾》云"完其前梦"，此云"梦境重开"总为一"情"字不断。凡人日在情中即日在梦中，二语足尽姻缘幻影。(净)你惊香辞地府，舆榇出天台。(旦)

姑姑，俺强挣作软咍咍，重娇养起这嫩孩孩。(合)尚疑猜，怕如烟入抱，似影投胎。如烟似影，写还魂情况，尚作惊疑不定语。钱曰：吴王女玉没后见形，夫人抱之如烟，然是返魂不能者也。

〔画堂春〕(旦)"蛾眉秋恨满三霜，梦余荒冢斜阳。土花零落旧罗裳，睡损红妆。　(净)风定彩云犹怯，火传金炧重香。如神如鬼费端详，除是高唐。"(旦)姑姑，奴家死去三年，为钟情一点，幽契重生。皆亏柳郎和姑姑信心提救。"信心"二字，着眼还魂，乃极难信之事也。又以美酒香酥，时时将养。数日之间，稍觉精神旺相。(净)好了，秀才三回五次，央俺成亲哩。(旦)姑姑，这事还早。扬州问过了老相公、老夫人，请个媒人方好。(净)好消停的话儿。这也由你。也由你者，反言由不得也。则问小姐前生事可都记的些？

【胜如花】(旦)前生事，曾记怀。为伤春病害，困春游梦境难捱。写春容那人儿拾在。那劳承、那般顶戴，似盼天仙盼的眼咍，似叫观音叫的口歪。(净)俺也听见些。则小姐泉下怎生得知？(旦)虽则尘埋，把耳轮儿热坏。感一片志诚无奈，"无奈"二字，是丽娘自己出脱，亦可见人生奇缘不偶，只是不曾志诚。死淋侵走上阳台，活森沙走出这泉台。

(净)秀才来哩。

【生查子】(生上)艳质久尘埋，又挣出这烟花界。你看他含笑插金钗，摆动那长裙带。

(见介)丽娘妻。(旦羞介)(生)姐姐，俺地窟里扶卿做玉真。(旦)重生胜过父娘亲。"重生"句与前"再生爷"语同，而一引近，一推远，急缓之意迥别。(生)便好今宵成配偶。(旦)懵腾还自少精神。(净)起前说精神旺相,则瞒着秀才。(旦)秀才,可记得古书云:“必待父母之命,媒妁之言。”丽娘自合为此语,断无汲汲自允者。(生)日前虽不是钻穴相窥,早则钻坟而入了。小姐今日又会起书来。(旦)秀才,比前不同。前夕鬼也,大难为鬼矣。今日人也。鬼可虚情,人须实礼。听奴道来:

【胜如花】青台闭,白日开。(拜介)秀才呵,受的俺三生礼拜,待成亲少个官媒。(泣介)结盏的要高堂人在。(生)成了亲,访令尊令堂,有惊天之喜。要媒人,道姑便是。(旦)秀才忙待怎的?也曾落几个黄昏陪待。(生)今夕何夕?(旦)直恁的急色秀才。(生)小姐捣鬼。(旦笑介)秀才捣鬼。不是俺鬼奴台妆妖作乖。(生)为甚?(旦羞介)半死来回,怕的云雨惊骇。有的是这人儿活在,但将息俺半载身材。(背介)但消停俺半刻情怀。惟调语甚幽隽。“消停半刻”,不特允之,且促之矣。钱曰:背语更急色。

【不是路】(末)深院闲阶,花影萧萧转翠苔。(扣门介)人谁在?是陈生探望柳君来。陈老之来,为骇变张本。然小姐因此曲成亲事,同赴临安。以后关目,皆从此生出。(众惊介)(生)陈先生来了,怎好?(旦)姑姑,俺回避去。(下)(末)忒奇哉!怎女儿声息纱窗外,硬抵门儿应不开?(又扣门介)(生)是谁?(末)陈最良。(开门见介)(生)承车盖,俺衣冠未整因迟待。(末)有些惊怪。(生)有何惊怪?

【前腔】(末)不是天台,怎风度娇音隔院猜?(净上)原来陈斋长到来。(生)陈先生说里面妇娘声息,则是老姑姑。(净)是了。石姑接语,便捷陈生,又有前日小姑和柳秀才房中说话一事映带在心,遂释一时疑惑。长生会，莲花观里一个小姑来。(末)便是前日的小姑么？(净)另是一众。(末)好哩！这梅花观一发兴哩，也是杜小姐冥福所致。转合杜小姐冥福，因约上坟。步步紧来，有悬崖断索之恐。因此径来相约，明午整个小盒儿同柳兄往坟上随喜去。暂告辞了。无闲会，今朝有约明朝在，酒滴青娥墓上回。钱曰：此"随喜"字，亦为坟在梅花观中也。"无闲谓"，言别无闲说，惟约看坟耳。他本作"会"，误。(生)承拖带，这姑姑点不出个茶儿待。即来回拜。推托无奈，是逐客语。(末)慢来回拜。

(生)喜的陈先生去了，请小姐有话。(旦上介)(净)怎了？怎了？陈先生明日要上小姐坟去。事露之时，一来小姐有妖冶之名，二来公相无闺阃之教，三来秀才坐迷惑之讥，四来老身招发掘之罪。四虑甚周，故是促迫丽娘，然与前应陈生另是一众语，俱见细密。盖小姑是碧云庵主，偶诌应莲花观，惟恐陈生知之，不得不再为诌饰也。如何是了？(旦)老姑姑，待怎生好？"怎生"一问，丽娘已全示成就之意。故下即答云"这也罢了"，迎刃而解。(净)小姐，这柳秀才待往临安取应，不如曲成亲事，叫童儿寻只赣船，夤夜开去，以灭其踪。意下何如？(旦)这也罢了。(净)有酒在此，你二人拜告天地。(拜把酒介)

【榴花泣】(生)三生一梦，人世两和谐。承合卺，送金杯。比墓田春酒这新醅，才酸转人面桃腮。(旦悲介)伤春便埋，"伤春便埋"，直以死殉一梦。至此喜心倒极，忽悲忽叹，无非至情。似中山醉梦三年在。只一件来，看伊家龙凤姿容，怎配俺这土木形骸！

(生)那有此话！

【前腔】相逢无路，良夜肯疑猜？眠一柳，当了三槐。杜兰香真个在读书斋，则柳耆卿不是仙才。(旦叹介)幽姿暗怀，被元阳鼓的这阴无赖。柳郎，奴家依然还是女身。(生)已经数度幽期，玉体岂能无损？(旦)那是魂，魂则与梦无异。这才是正身陪奉。伴情哥则是游魂，女儿身依旧含胎。

(外扮舟子歌上)春娘爱上酒家子楼，不怕归迟总弗子愁。推道那家娘子睡，且留教住要梳子头。(丑扮疙童上介)船，船，船，临安去。(外)来，来，来。(拢船介)(丑)门外船便，相公篡下小姐班。(净辞介)相公、小姐，小心去了。(生)小姐无人伏侍，烦老姑姑同行，得了官时相报。(净)俺不曾收拾。(背介)事发相连，走为上计。此段写得匆急入妙。(回介)也罢，相公赏侄儿什么，着他和俺收拾房头，俺伴小姐去来。(丑)使得。(生)便赏他这件衣服。赏衣服是埋伏，却只作点缀酸寒语，不见关目痕迹。(解上介)(丑)谢了，事发谁当？(生)则推不知便了。(丑)这等请了。秃厮儿权充道伴，女冠子真当梅香。(下)

【急板令】(众上船介)别南安孤帆夜开，走临安把双飞路排。(旦悲介)(生)因何吊下泪来？(旦)叹从此天涯，叹三年此居，三年此埋。死不能归，活了才回。做梦游魂之处，自应恋恋难舍。"死不能归"，即后陈老云"早有人家也搬回去"之意，益复伤心。(合)问今夕何夕杆？此来，魂脉脉，意哈哈。

【前腔】(生)似倩女还魂到来，采芙蓉回生并载。(旦叹介)(生)为何又吊下泪来？(旦)想独自谁挨？翠黯香囊，泥渍金钗。怕天上人间，心事难谐。(合前)

(净)夜深了，叫停船。你两人睡罢。(生)风月舟中，新婚佳趣，其乐何如！

【一撮棹】蓝桥驿，把奈河桥风月筛。(旦)柳郎，今日方知有人间之乐也。丽娘今日方知有人间之乐，即柳郎亦今日方知有人间丽娘之乐也。七星板，三星照，两星排。今夜呵，把身子儿带，情儿迈，意儿挨。(净)你过河衣带紧，请宽怀。(生)眉横黛，小船儿禁重载？这欢眠自在，“欢眠自在”，真乃人间之乐。若眠而不欢，与不眠同。欢眠而不自在，不能尽其欢者矣。抵多少吓魂台。

【尾声】(生)情根一点是无生债。《魂游》所云“生生死死为情多”，即无生债也。

钱曰：无情则无生。情根不断，是无生债也。

又曰：谈姊讲欢眠自在，有关雎麐吠之意。以此反观窃玉偷香，提心在口，直是地狱变相耳。

(旦)叹孤坟何处是俺望夫台？柳郎，俺和你死里淘生情似海。

偷去须从月下移，吴　融　好风偏似送佳期。陆龟蒙
傍人不识扁舟意，张　蠙　惟有新人子细知。戴叔伦

骇　变

〔集唐〕(末上)“风吹不动顶垂丝，雍陶吟背春城出草迟。朱庆馀毕竟百年浑是梦，元稹夜来风雨葬西施。韩偓”俺陈最良，只因感激杜太守，为他看顾小姐坟茔。昨日约了柳秀才坟上望去，不免走一遭。(行介)“岩扉不掩云长在，院径无媒草自深。”待俺叫门。(叫介)呀！往

常门儿重重掩上，今日都开在此。待俺参了圣。（看菩萨介）咳！冷清清没香没灯的。呀！怎不见了杜小姐牌位？待俺问一声老姑姑。（叫三声介）谁家去了。待俺叫柳兄问他。（叫介）柳朋友！（又叫介）柳先生！一发不应了。从门外入来，门不关，香灯不点，小姐牌位不见，石姑柳生俱不应，一路疑端杂出，使陈老应接不暇。（看介）嗄，柳秀才去了。医好了他，来不参，去不辞。没行止！没行止！待俺西房瞧瞧。咳哟！道姑也搬去了。磬儿，锅儿，床席，一些都不见了。怪哉！（想介）是了。日前小道姑有话，日昨又听的小道姑声息，于中必有柳梦梅勾搭事情。一夜去了。没行止！没行止！由他！由他！且后园看小姐坟去。牵合小姑事，自解疑情。作一顿住后，转入坟上去，再起两疑端，才见被劫，步骤宽转。（行介）

【懒画眉】深径侧，老苍苔，那儿所月榭风亭久不开。当时曾此葬金钗。（望介）呀！旧坟高高儿的，如今平下来了。缘何不见坟儿在？敢是狐兔穿空倒塌来。

这太湖石，只左边靠动了些，太湖石靠动，照应《拾画》一节。梅树依然。（惊介）咳呀！小姐坟被劫了也。

【朝天子】（放声哭介）小姐，天呵！哭小姐，哭天，失惊乱呼。是甚发冢无情短幸材？他有多少金珠葬在打眼来！小姐，你若早有人家，也搬回去了。则为玉镜台无分照泉台。好孤哉！怕蛇钻骨，树穿骸，不堤防这灾。

知道了。柳梦梅岭南人，惯会劫坟。忽从岭南风俗硬派柳生劫坟，想峰极异。钱曰：孤坟被发，柳、石无踪，自应于此二人揣度劫坟情事。将棺材放在近所，截了一角为记，要人取赎。这贼意思，止不过说杜老先生闻知，定来取赎。想那棺材，只在左近埋下了，待俺寻。（见介）咳呀！这草窝里不是朱漆板头？这不是大锈钉？开了去。天呵！小姐骨殖丢在那里？(望介)那池塘里，浮着一片棺材。是了，小姐尸骨抛在河里去了。狠心贼也！

【普天乐】问天天你怎把他昆池碎劫无余在？又不欠观音锁骨连环债，怎丢他水月魂骸？乱红衣暗泣莲腮，似黑月重抛业海。待车干池水，"车干池水"，痴语，快语。急切必至之想。捞起他骨殖来。怕浪淘沙碎玉难分派。到不如当初水葬无猜。贼眼脑生来毒害，那些个怜香惜玉，致命图财！

先师云："虎兕出于柙，龟玉毁于椟中，典守者不得辞其责。"俺如今先禀了南安府缉拿。星夜往淮扬，报知杜老先生去。虽因卸过成行，却动腰缠妄想。

【尾声】石虔婆，他古弄里曾窥珍宝来。柳梦梅，他做得个破周书汲冢才。小姐呵，你道他为甚么向金盖银墙做打家贼？

丘坟发掘当官路，韩　愈　春草茫茫墓亦无。白居易
致汝无辜由我罪，韩　愈　狂眠恣饮是凶徒。僧子兰

淮　警

【霜天晓角】(净引众上)英雄出众，鼓噪红旗动。三年绣甲锦蒙茸，弹剑把雕鞍斜鞚。

"贼子豪雄是李全，忠心赤胆向胡天。靴尖踢倒长天堑，却笑江

南土不坚。”俺溜金王奉大金之命，骚扰江淮三年。打听大金家兵粮凑集，将次南征，教俺淮扬开路，不免请出娘娘计议。中军快请。（众请介）

【前腔】（丑上）帐莲深拥，压寨的阴谋重。（见介）大王兴也！你夜来鏖战好粗雄。困的俺垓心没缝。

大王夫，俺睡倦了。请俺甚事商量？（净）闻的金主南侵，教俺攻打淮扬，以便征进。思想扬州有杜安抚镇守，急切难攻，如何是好。李全畏安抚镇守，可知万里长城，洵惟一将。（丑）依奴家所见，先围了淮安，杜安抚定然赴救。俺分兵扬州，断其声援，于中取事。（净）高！高！娘娘这计，李全要怕了你。（丑）你那一宗儿不怕了奴家！（净）罢了。未封王号时，俺是个怕老婆的强盗，封王之后，也要做怕老婆的王。（丑）着了。快起兵去攻淮城。

【锦上花】拨转磨旗峰，促紧先锋。千兵摆列，万马奔冲。鼓通通，鼓通通，噪的那淮扬动。

【前腔】军中母大虫，绰有威风。连环阵势，烟粉牢笼。哈哄哄，哈哄哄，哄的淮扬动。

（丑）溜金王听分付：计出杨妈妈，与此处“听分付”，总写李全不能自主，为后杜安抚料定退兵之策也。军到处，不许你抢占半名妇女。如违，定以军法从事。（净）不敢。

日暮风沙古战场，王昌龄　军营人学内家妆。司空图
如今领帅红旗下，张建封　擘破云鬟金凤凰。曹　唐

如 杭

【唐多令】(生上)海月未尘埋,(旦上)新妆倚镜台。(生)卷钱塘风色破书斋。(旦)夫,昨夜天香云外吹,桂子月中开。月中桂禹门雷,隐隐击动试闱报捷之意,引起后文,又先伏石姑沽酒,皆于闲中着笔。

(生)"夫妻客旅闷难开,(旦)待唤提壶酒一杯。(生)江上怒潮千丈雪,(旦)好似禹门平地一声雷。"(生)俺和你夫妻相随,到了临安京都地面。赁下这所空房,可以理会书史。争奈试期尚远,客思转深,如何是好?(旦)早上分付姑姑,买酒一壶,少解夫君之闷,尚未见回。(生)生受了,娘子。一向不曾话及:当初只说你是西邻女子,谁知感动幽冥,匆匆成其夫妇。一路而来,到今不曾请教。小姐可是见小生于道院西头?因何诗句上"不是梅边是柳边",就指定了小生姓名?这灵通委是怎的?丽娘题诗之故,柳生怀疑日久,止因匆匆合卺,奔走无暇。今已入临安,石姑他出,始诘问之。(旦笑介)柳郎,俺说见你于道院西头是假。俺前生呵!

【江儿水】偶和你后花园曾梦来,擎一朵柳丝儿要俺把诗篇赛。奴正题咏间,便和你牡丹亭上去了。(生笑介)可好呢?(旦笑介)咳!正好中间,落花惊醒。好处一惊,儿女增痴,道人生悟。此后神情不定,一病奄奄。这是聪明反被聪明带,真诚不得真诚在,冤亲做下这冤亲债。一点色情难坏,再世为人,话做了两头分拍。

【前腔】(生)是话儿听的都呆答孩。则俺为情痴信及你人儿在。还则怕邪淫惹动阴曹怪，忌亡坟触犯阴阳戒。分书生领受阴人爱，勾的你色身无坏。出土成人，又看见这帝城风采。丽娘非柳生启坟，则抱恨泉台矣。花园一梦，便为知己者死，皆于痴处作合。

（净提酒上）“路从丹凤城边过，酒向金鱼馆内沽。”呀！相公、小姐不知：俺在江头沽酒，看见各路秀才，都赴选场去了。为补试伏案。钱曰：亏杀陈老逼到临安，不然此时尚滞红梅观中，真错过也。相公错过天大好事。（生旦作忙介）（旦）相公，只索快行。（净）这酒便是状元红了。解闷之酒移作饯行简捷。

【小措大】（旦把酒介）喜的一宵恩爱，被功名二字惊开。好开怀这御酒三杯，放着四婵娟人月在。立朝马五更门外，听六街里喧传人气概。七步才，蹬上了寒宫八宝台。沉醉了九重春色，便看花十里归来。笔兴所至，便作算博士，颠之倒之，靡不工巧。钱曰：此用数目颠倒，与《圆驾》折用药名双关，皆是古法。

【前腔】（生）十年窗下，遇梅花冻九才开。夫贵妻荣八字安排。敢你七香车稳情载，六宫宣有你朝拜。五花诰封你非分外。论四德，似你那三从结愿谐。二指大泥金报喜。打一轮皂盖飞来。

（旦）夫，记的春容诗句。挽合恰好，千金小姐，未有不心热功名者。丽娘题诗时，早安排作状元妻矣。

【尾声】盼今朝得傍你蟾宫客，你和俺倍精神金阶对策。高中了，同去访你丈人、丈母呵！击动访亲之意。则道俺从地窟里登仙那大喝采。

良人的的有奇才,刘　氏　恐失佳期后命催。杜　甫
红粉楼中应计日,杜审言　遥闻笑语自天来。李　端

仆侦

【孤飞雁】(净扮郭驼挑担上)世路平消长,十年事、老头儿心上。柳郎君翰墨人家长。无营运,单承望,天生天养,果树成行。年深树老,把园围抛漾。你索在何方?好没主量。凄惶,趁上他身衣口粮。涉世深远,都肖老人语。

"家人做事兴,全靠主人命。主人不在家,园树不开花。"俺老驼一生依着柳相公,种果为生。你说好不古怪:柳相公在家,一株树上,着百十来个果儿。自柳相公去后,一株树上,生百十来个虫。便胡乱长几个果,小厮们偷个尽。老驼无主,被人欺负。因此发个老狠,偏是老人会争闲气。体探俺相公过岭北来了,在梅花观养病,直寻到此,早则南安府大封条封了观门。听的边厢人说,道婆为事走了,有个侄儿癞头鼋小西门住。找寻他去。(行介)"抹过大东路,投至小西门。"(下)

【金钱花】(丑披衣笑上)自小疙辣郎当,郎当。官司拿俺为姑娘,姑娘。尽了法,脑皮撞。得了命,卖了房。充小厮,串街坊。

"若要人不知,除非己莫为。"自家癞头鼋便是。这无人所在,表白一会。才说无人,已有老驼寻踪觅迹矣。你说姑娘和柳秀才那事,干

得好！又走得好！却被陈教授禀过南安府，拿了俺去。小癞口中补写陈老鸣官一事。拷问姑娘，钱曰："拷问姑娘"二句与《秘议》折"是没人题主哩。杜小姐"，皆倒句法。如《檀弓》"斯扬觯"谓之"杜举"之类，古文中常有之。劫了杜小姐坟，那里去了！你道俺更不聪明，却也颇颇的，则掉着头不做声。那鸟官喝道："马不吊不肥，人不拶不直，把这厮上起脑箍来。"哎也！哎也！好不生疼。原来用刑人，先掳了俺一架金钟玉磬，替俺方便，禀说这小厮夹出脑髓来了。那鸟官喝道："拈上来瞧。"瞧了，大鼻子一彪，说道："这小厮真个夹出脑髓来了。"不知是俺癞头上浓。叫松了刑，着保在外。癞亦有用。俺如今有了命，把柳相公送俺这件黑海青摆将起来。(唱介)摆摇摇，摆摆摇，没人所在，被俺摆过子桥。(净向前叫揖介)小官唱喏。(丑作不回揖，大笑唱介)俺小官子腰闪价，唱不的子喏。比似你个驼子唱喏，则当伸子个腰。(净)这贼种，开口伤人。难道做小官的背偏不驼？(丑)刮这驼子嘴，偷了你什么？贼？宾白皆有科段，斗笋亦佳。若老驼、小癞作庄语相见，岂非笨伯。(净作认丑衣介)别的罢了。则这件衣服，岭南柳相公的，怎在你身上？(丑)咳呀！难道俺做小官的，就没件干净衣服，便是岭南柳家的？隔这般一道梅花岭，谁见俺偷来？(净)这衣带上有字。衣带上有题记，秀才之酸，一至于此。你还不认，叫地方。(扯丑作怕倒介)罢了，衣服还你去啰。(净)要哩！俺正要问一个人。(丑)谁？(净)柳秀才那里去了？(丑)不知。(净三问，丑三不知介)(净)你不说，叫地方去。(丑)罢了，大路头不好讲话。演武厅去。(行介)(净)好个僻静所在。(丑)咦，柳秀才到有一个。再作一折，亦见小癞之密。可是你问的不是？你说得像，俺说，你说不像，休想叫地方。便到官司，俺也只是不说。(净)这小厮到不是贼。听俺道来：

【尾犯序】提起柳家郎，他俊白庞儿，典雅行装。柳生尝以典雅自居，能以行装上见之，非老仆不解。(丑)是了。多少年纪？(净)论仪表，看他三十不上。(丑)是了。你是他什么人？(净)他祖上传留下，俺栽花种粮。自小儿俺看成他快长。(丑)原来你是柳大官。你几时别他，知他做出甚事来？(净)春头别，钱曰：《谚语》："春头，犹言春前。春前者，冬暮也。"柳生秋别中郎，因循辞饯离广，盖是深冬矣。跟寻至此，闻说的不端详。

(丑)这老儿说的一句句着。老儿，若论他做的事，咦！(丑作扯净耳语，净听不见介)(丑)呸！左则无人，耍他去。又将耍他作一折，生出波澜。老儿你听着：

【前腔】他到此病郎当。逢着个杜太爷衙教小姐的陈秀才，勾引他养病庵堂，去后园游赏。(净)后来？(丑)一游游到杜小姐坟儿上，拾的一轴春容，朝思暮想，做出事来。(净)怎的来？(丑)秀才家为真当假，劫坟偷圹。(净惊介)这却怎了？(丑)你还不知。被那陈教授禀了官，围住观门。拖番柳秀才，和俺姑娘行了杖。棚琶拶压，不怕不招。点了供纸，解上江西提刑廉访司。问那六案都孔目，这男女应得何罪？六案请了律令，禀复道：但偷坟见尸者，依律一秋。(净)怎么秋？(丑作按净头介)这等秋。(净惊哭介)俺的柳秀才呵，老驼没处投奔了。(丑笑介)休慌。后来遇赦了。便是那杜小姐活转来哩。(净)有这等事！(丑)活鬼头还做了秀才正房，俺那死姑娘到做了梅香伴当。(净)何往？(丑)临安去，送他上路，赏这领旧衣裳。结归衣服上，惟恐老驼尚欲索还也。

(净)吓俺一跳，却早喜也！

【尾声】去临安定是图金榜。(丑)着了。(净)俺勒挣着躯腰走帝乡。(丑)老哥,你路上精细些。嘱老驼精细,为索元时伏脉。现如今一路里画影图形捕凶党。

寻得仙源访隐沦,朱　湾　郡城南下是通津。柳宗元
众中不敢分明说,于　鹄　遥想风流第一人。王　维

耽　试

【凤凰阁】(净扮苗舜宾引众上)九边烽火咤。秋水鱼龙怎化?广寒丹桂吐层花,谁向云端折下。(合)殿闱深锁,取试卷看详回话。

〔集唐〕"铸时天匠待英豪,谭用之引手何妨一钓鳌。李咸用报答春光知有处,杜甫文章分得凤凰毛。薛涛"下官苗舜宾便是。圣上因俺香山能辨番回宝色,钦取来京典试。颇含讥讽。因金兵摇动,临轩策士,问和战守三者孰便?各房俱已取中头卷,圣旨着下官详定。想起来看宝易,看文字难。为什么来?俺的眼睛,原是猫儿睛,和碧绿琉璃水晶无二。因此一见真宝,眼睛火出。说起文字,俺眼里从来没有。如今却也奉旨无奈,左右开箱,取各房卷子上来。(众取卷上,净作看介)这试卷好少也。且取天字号三卷,看是何如。第一卷,"诏问:'和战守三者孰便?'""臣谨对:'臣闻国家之和贼,如里老之和事。'"呀!里老和事,和不的,罢;国家事,和不来,怎了?本房拟他状元,好没分晓。且看第二卷,这意思主守。(看介)"臣闻天子之守国,如女子之守身。"也比的小了。再看第三卷,到是主战。(看介)"臣闻南朝之战北,如老阳之战阴。"此语忒奇。但是《周易》有"阴阳交战"之说。以前主和,被秦太师误了。《圆驾》折言"秦桧果报"与此言误国遥应。

今日权取主战者第一，主守者第二，主和者第三。其余诸卷，以次而定。

【一封书】文章五色讹。怕冬烘头脑多。总费他墨磨，笔尖花无一个。您这里龙门日日开无那，都待要尺水翻成一丈波。却也无奈了，也是浪桃花当一科，池里无鱼可奈何！(封卷介)此曲与前白俱为柳生留余地，乃是作法，非故作轻薄也。

【神仗儿】(生上)风尘战斗，奇才辐辏。(丑)秀才来的停当，试期过了。(生)呀！试期过了。文字可进呈么？(丑)不进呈，难道等你？道英雄入彀，恰锁院进呈时候。(生)怕没有状元在里也哥。(丑)不多，有三个了。(生)万马争先，偏骅骝落后。你快禀，有个遗才状元求见。避去众举子，单考柳生，亦是出脱旧本处。(丑)这是朝房里面。府州县道，告遗才哩。(生)大哥，你真个不禀？(哭介)天呵！苗老先赍发俺来献宝。止不住卞和羞，对重瞳双泪流。

(净听介)掌门的，这什么所在？拿过来。(丑扯生进介)(生)告遗才的，望老大人收考。(净)哎也！圣旨临轩，翰林院封进，谁敢再收？(生哭介)生员从岭南万里带家口而来，无路可投，愿触金阶而死。(生起触阶，丑止介)(净背介)这秀才像是柳生，真乃南海遗珠也。(回介)秀才上来，可有卷子？(生)卷子备有。(净)这等，姑准收考，一视同仁。钱曰：苗君于柳生一见而赠金，再见而收考，风檐巾兼感恩知己之遇，大是难得。(生跪介)千载奇遇。(净念题介)“圣旨：‘问汝多士，近闻金兵犯境，惟有和战守三策，其便何如？’”(生叩头介)领圣旨。(起介)(丑)东席舍去。(生写策介)(净再将前卷细看介)头卷主战，二卷主守，三卷主和。主和的怕不中圣意。(生交卷，净看介)呀！风檐寸晷，立扫千言。可敬！可敬！俺急忙难看。只说和战守三件，你主那一件儿？(生)生员也无偏主。

天下大势，能战而后能守；能守而后能战，可战可守而后能和。如医用药，战为表，守为里，和为表里之间。数语是总括千古大意。其中自有便宜条列，与前三种譬喻不同。(净)高见，高见。则当今事势何如？

【马蹄花】(生)当今呵，宝驾迟留，则道西湖昼锦游。为三秋桂子，十里荷香，一段边愁。则愿的"吴山立马"那人休。一"愿"字，写出当时畏金如虎之意。俺燕云唾手何时就？若止是和呵，小朝廷羞杀江南。便战守呵，请銮舆略近神州。

(净)秀才言之有理。

【前腔】圣主垂旒，想泣玉遗珠一网收。对策者千余人，那些不知时务，未晓天心，怎做儒流。似你呵，三分话点破帝王忧，万言策检尽乾坤漏。(生)小生岭海之士。(净低介)知道了。你钓竿儿拂绰了珊瑚，敢今番着了鳌头。此处暗通关节。"珊瑚"字与献宝照映。

秀才，午门外候旨。(生应出，背介)这试官却是苗老大人。嫌疑之际，不敢相认。"且当清镜明开眼，惟愿朱衣暗点头。"(生下)(净)试卷俱已详定。左右跟随进呈去。(行介)"丝纶阁下文章静，钟鼓楼中刻漏长。"呀！那里鼓响？(内急擂鼓介)(丑)是枢密府楼前边报鼓。(内马嘶介)(净)边报警急。怎了？怎了？几声鼓响，几阵马嘶，中原已不堪回首。此恶声也。(外扮老枢密上)"花萼夹城通御气，芙蓉小苑入边愁。"(见介)(净)老先生奏边事而来？(外)便是。先生为进卷而来？(净)正是。(外)今日之事，以缓急为先后，僭了。(外叩头奏事介)掌管天下兵马知枢密院事臣谨奏。(内宣介)所奏何事？

【滴溜子】(外)金人的、金人的风闻入寇。(内)谁是先锋?(外)李全的、李全的前来战斗。(内)到什么地方了?(外)报到了淮扬左右。(内)何人可以调度?(外)有杜宝现为淮扬安抚。怕边关早晚休,要星忙厮救。

(净叩头奏事介)臣看卷官苗舜宾谨奏。

【前腔】临轩的、临轩的文章看就,呈御览、呈御览定其卷首。黄道日,传胪祗候。众多官在殿头,把琼林宴备久。

(内)奏事官,午门外伺候。看此数语为传旨地,且应上卷《虏谍》折内语。(外、净同起介)(净)老先生,听的金兵为何而动?(外)适才不敢奏知。金主此行,单为来抢占西湖美景。老苗一答,莫作痴语看过,正是乃心宋室处。不然一转移间,便作金人西湖,何尝不可受用耶?(净)痴鞑子,西湖是俺大家受用的。若抢了西湖去,这杭州通没用了。(内宣介)听旨:朕惟治天下,有缓有急,乃武乃文。今淮扬危急,便着安抚杜宝前去迎敌,不可有迟。其传胪一事,待干戈宁集,偃武修文,可谕知多士。叩头。(外、净叩头呼"万岁"起介)

泽国江山入战图,曹　松　曳裾终日盛文儒。杜　甫
多才自有云霄望,钱　起　其奈边防重武夫。杜　牧

移　镇

【夜游朝】(外引众上)西风扬子津头树,望长淮渺渺愁予。枕障江南,钩连塞北。如此江山几处?

〔诉衷情〕"砧声又报一年秋。江水去悠悠。塞草中原何处?一

雁过淮楼。　　天下事，鬓边愁，付东流。不分吾家小杜，清时醉梦扬州。”江山不殊，风景自异，最堪悲凉。自家淮扬安抚使杜宝。自到扬州三载，虽则李全骚扰，喜得大势平安。昨日打听金兵要来，下官十分忧虑。可奈夫人不解事，偏将亡女絮伤心。不解事人，实实惹厌。

【似娘儿】（老旦引贴上）夫主掣兵符，也相从燕幕栖迟，（叹介）画屏风外秦淮树。看两点金焦，十分眉恨，片影江湖。

（老旦）相公万福。（外）夫人少礼。（玉楼春）（老旦）相公："几年别下南安路，春去秋来朝复暮。（外）空怀锦水故乡情，不见扬州行乐处。夫人思女，只忆南安，杜老则怀蜀水，各有妙理。（老旦）你摩挲老剑评今古，你个英雄闲处住？（泪介）（合）忘忧恨自少宜男，泪洒岭云江外树。”（老旦）相公，俺提起亡女，你便无言。岂知俺心中愁恨！一来为苦伤女儿，二来为全无子息。待趁在扬州寻下一房，与相公传后。尊意何如？（外）使不得，部民之女哩。（老旦）这等，过江金陵女儿可好？（外）当今王事匆匆，何心及此。（老旦）苦杀俺丽娘儿也！（哭介）（净扮报子上）"诏从日月威光远，兵洗江淮杀气高。"禀老爷，有朝报。（外起看报介）枢密院一本，为金兵寇淮事。奉圣旨：便着淮扬安抚使杜宝，刻日渡淮，不许迟误。钦此。呀！兵机紧急，圣旨森严。夫人，俺同你移镇淮安，就此起程了。（丑扮驿丞上）"羽檄从参赞，牙签报驿程。"禀老爷，船只集备。（内鼓吹介）（上船介）（内禀"合属官吏候送"，外分付"起去"介）（外）夫人，又是一江秋色也。

【长拍】天意秋初，天意秋初，金风微度，城阙外画桥烟树。看初收泼火嫩凉生，微雨沾裾。移画舸，浸蓬壶，报潮生，风气肃，浪花飞吐，点点白鸥飞近渡。风定也，落日摇帆映绿蒲，白云秋窣的鸣箫鼓。何处菱歌，唤起江湖？《长拍》一支绝妙。淡池秋景，忽然报马突上，有奔雷掣电之奇。

(外)呀！岸上跑马的什么人？

【不是路】(末扮报子，跑马上)马上传呼，慢橹停船看羽书。(外)怎的来？(末)那淮安府，李全将次逞狂图。(外)可发兵守御？(末)怎支吾？星飞调度凭安抚。则怕这水路里耽延，还须走岸途。钱曰：水与岸对，唐人每用之，如"水多菰米岸莓苔"是也。俗本作"旱"，误。(外)休惊惧。夫人，吾当走马红亭路，你转船归去。"转船"一事生后文杨妈妈之计，又增波澜。钱曰：夫人转船回去，径走临安，舟中自有院子随从。后上岸，到临安，止有春香一人，因被掳逃生故也。《遇母》折内答语甚明。或疑此处安抚不分付院子为疏，奚啻说梦。

(老旦)咳！后面报马又到哩。

【前腔】(丑扮报子上)万骑胡奴，他要堑断长淮塞五湖。老爷快行，休迟误。小的先去也。怕围城缓急要降胡。(下)(老旦哭介)待何如？你星霜满鬓当戎虏，似这烽火连天各路衢。(外)真愁促，怕扬州隔断无归路。再和你相逢何处？杨妈妈断其声援之计，已为安抚逆料。然因此老夫人径走临安，得遇小姐，正是关目紧要处。

夫人，就此告辞了。扬州定然有警，可径走临安。钱曰：《圆驾》折亦有"扬州路遭兵劫夺"语可证。

【短拍】老影分飞，老影分飞，似参军杜甫，把山妻泣向天隅。(老旦哭介)无女一身孤，乱军中别了夫主。(合)有什么命夫命妇，都是些鳏寡孤独！生和死，图的个梦和书。乱离时节，命夫命妇如此，鳏寡孤独更当何如？为人上者，奈何不念？钱曰：王孙泣路隅，惧祸更甚，有不若茕独者矣！

【尾声】老残生两下里自支吾。“老残生”已是可怜，何况又各自支吾耶？此语惨极。(外)俺做的是这地头军府。(老旦)老爷，也珍重你这满眼兵戈一腐儒。兵戈里惟腐儒能任事不惑，若利害愈明，趋避愈巧。只因不腐，鲜不将朝廷城池换富贵矣！

(外下)(老旦叹介)天呵！看扬州兵火满道。春香，和你径走临安去也。

隋堤风物已凄凉，吴　融　楚汉宁教作战场。韩　偓
闺阁不知戎马事，薛　涛　双双相趁下残阳。罗　邺

御　淮

【六么令】(外引生、末、扮众军行上)西风扬噪，漫腾腾杀气兵妖。望黄淮秋卷浪云高。排雁阵，展《龙韬》，断重围杀过河阳道。

(外)走乏了！众军士，前面何处？(众)淮城近了。(外望介)天呵！杜老呼天怨矣。众军无泪，向天更怨。(昭君怨)“剩得江山一半，又被胡笳吹断。(众)秋草旧长营，血风腥。(外)听得猿啼鹤怨，泪湿征袍如汗。(众)老爷呵！无泪向天倾，且前征。”(外)众三军，俺的儿，众军感激前征，由安抚之以家人相待也，故着“俺的儿”三字，非仅学元人套语。你看咫尺淮城，兵势危急。俺们一边舍死先冲入城，一面奏请朝廷添兵救助。三军听吾号令，鼓勇而行。(众哭应介)谨如军令。无泪向天倾之，众军哭应杜公，怨天而感杜也。

【四边静】(行介)坐鞍心把定中军号，四面旌旗绕。旗开日影摇，尘迷日光小。(合)胡兵气骄，南兵路遥。血晕几重围，孤城怎生料！同一合语，而南兵之怯，北兵之骄，了然目前。

(外)前面寇兵截路，冲杀前去。(合下)

【前腔】(净引丑、贴扮众军喊上)李将军射雁穿心落，豹子翻身嚼。单尖宝镫挑，把追风腻旗枭。(合前)

(净笑介)你看俺溜金王手下，雄兵万余，把淮阴城围了七周遭。好不紧也！(内擂喊介)(净)(净)呀！前路兵马，想是杜安抚来到。分兵一千，迎杀前去。(虚下)(外众唱"合前"上)(净众上打话，单战介)(净叫众摆长阵拦路介)(外叫"众军，冲围杀进城去"介)(净)呀！杜家兵冲入围城去了。且由他，吃尽粮草，自然投降也。此即锁城法也。(合前，下)

【番卜算】(老旦、末扮文官上)镇日阵云飘，闪却乌纱帽。(净、丑扮武官上)(净)长枪大剑把河桥。(丑)鼓角如龙叫。

(见介)请了。(更漏子)(老旦)"枕淮楼，临海际。(末)杀气腾天震地。(丑)闻炮鼓，使人惊。插天飞不成。(净)匣中剑，腰间箭，领取背城一战。(合)愁地道，怕天冲。几时来杜公？"(老旦)俺们是淮安府行军司马，和这参谋都是文官。遭此贼兵围紧，久已迎取安抚杜老大人，还不见到。敢问二位留守将军，有何计策？(丑)依在下所见，降了他罢。(末)怎说这话？(丑)不降，走为上计。(老旦)走的一个，走不的十个。(丑)这般说，俺小奶奶那一口放那里？杜老拒纳妾，则云"王事匆匆，何心及此。"此议守城，开口便及"小奶奶"。听其言也，臣心较然矣。(净)锁放大柜子里。(丑)钥匙呢？(净)放俺处。李全不来，替你托妻寄子。(丑)李全来呢？(净)替你出妻献子。(丑)好朋友！(内擂鼓喊介)(生扮报子上)报，报，正南一枝兵马，破围而来。杜老爷到也。(净)快开城迎接

去。"天地日流血,朝廷谁请缨。"(并下)

【金钱花】(外引众上)连天杀气萧条,萧条。连城围了周遭,周遭。风刺刺,阵旗飘。叫开城,下吊桥。(老旦等上合)文和武,索迎着。

(老旦等跪介)文武官属,迎接老大人。(外)起来,敌楼相见。(老旦等应下)

【前腔】(外)胡尘染惹征袍,征袍。血花风腥宝刀,宝刀。(内擂鼓介)淮安鼓,扬州箫。摆鸾旗,登丽谯。(合)排衙了,列功曹。

(到介)(贴扮办官上)禀老爷升坐。

【粉蝶儿】(外)万里寄龙韬,那得戍楼清啸?

(贴报门介)文武官属进。(老旦等参见介)孤城累卵,方当万死之危,开府弄丸,来赴两家之难。安抚宋臣,乃云"弄丸两家",总见官寮畏敌,意急求和。凡俺官寮,礼当拜谢。(外)兵锋四起,劳苦诸公,皆老夫迟慢之罪,只长揖便了。(众应起揖介)(外)看来此贼颇有兵机,放俺入城,其中有计。(众)不过穿地道,起云梯,下官粗知备御。(外)怕的是锁城之法耳。攻者守者,所见略同。(丑)敢问何谓锁城?是里面锁,外面锁?(外)不提起罢了。不提,见军机之密。城中兵几何?(净)一万三千。(外)粮草几何?(末)可支半年。(外)文武同心,救援可待。(内擂鼓喊介)(生扮报子上)报,报,李全兵紧围了。(外长叹介)这贼好无理也。

【划锹儿】兵多食广禁围绕,则要你文班武职两和调。

(众)巡城彻昏晓,这军民苦劳。(内喊介)(泣介)(合)那兵风正号,俺军声静悄。(外拜天,众扶则拜介)泪洒孤城,把苍天暗祷。无可奈何,只得求天。岂如天意别有安排耶?钱曰:泪又向天倾矣,洵是无奈。

【前腔】(众)危楼百尺堪长啸,筹边两字寄英豪。(外)江淮未应小,君侯佩刀。(合前)

(外)从今日起,文官守城,武官出城,随机策应。(丑)则怕金家来了。(净)金兵呵!

【尾声】他看头势而来不定交,休先倒折了赵家旗号。便来呵!也少不得死里求生那一着敲。

日日风吹虏骑尘,陈　标　三千犀甲拥朱轮。陈　陶
胸中别有安边计,曹　唐　莫遣功名属别人。张　籍

急　难

【菊花新】(旦上)晓妆台圆梦鹊声高,闲把金钗带笑敲。博山秋影摇,盼泥金俺明香暗焦。从情中出景,景复合情。

"鬼魂求出世,贫落望登科。夫荣妻贵显,凝盼事如何?"俺杜丽娘跟随柳郎科试,偶逢天子招贤,只这些时还迟喜报。正是:"长安咫尺如千里,夫婿迢遥第一人。"

【出队子】(生上)词场凑巧,无奈兵戈起祸苗。滞琼林盼杀玉多娇,他待地窟里随人上九霄。一脉离魂,江云暮潮。

(见介)(旦)柳郎,你回来了。望你高车昼锦,为何徒步而回?(生)听俺道来:

【瓦盆儿】去迟科试,收场锁院散群豪。(旦)咳!原来去迟了。(生)喜逢着旧知交。(旦)可曾补上?(生)亏他满船明月又把去珠淘。(旦喜介)好了!放榜未?(生)恰正在奏龙楼,开凤榜,蹊跷。(旦)怎生蹊跷?(生)你不知金家兵起,杀过淮阳来了。忙喇煞细柳营,权将杏苑抛,刚则迟误了你夫人花诰。(旦)迟也不争几时。则问你,淮扬地方,便是俺爹爹管辖之处了?(生)便是?(旦哭介)天也!俺的爹娘怎了?(泣介)(生)直恁的活擦擦、痛生生,肠断了。比如你在泉路里可心焦?如是比方,万情销歇。

(旦)罢了。奴有一言,未忍启齿。(生)但说无妨。(旦)柳郎,放榜之期尚远,欲烦你淮扬打听爹娘消耗,未审许否?(生)谨依尊命,奈放小姐不下。(旦)不妨,奴家自会支吾。(生)这等就此起程了。

【梅花泣】(旦)白云亲舍,俺孤影旧梅梢。道香魂恁寂寥,怎知魂向你柳枝销。维扬千里,长是一灵飘。回生事少,爹娘呵!听的俺活在人间惊一跳。平白地凤婿过门,好似半青天鹊影成桥。

【前腔】(生)俺且行且止,两处系心苗。已允就行,又作一顿,生出许多疑虑。要留旅店伴多娇。(旦)有姑姑为伴。(生)阴人难伴你这冷长宵。把心儿不定,还怕你旧魂飘。丽娘自云"魂向柳枝销矣",此云"怕旧魂飘",是柳生极痛惜丽娘,惟恐其为己远离,惊魂不定,故为此虑,莫谬作谑语看。(旦)再不飘了。(生)俺文高中高,怕一时榜下归难到。(旦泣介)俺爹娘呵!(生)你念双亲舍的离情,俺为半子怎惜攀高。

小姐,卑人拜见岳父岳母,起头便问及回生之事了。未出门,先揣摩问答,偏不能中。

【渔家灯】(旦叹介)说的来似怪如妖,怕爹爹执古妆乔。暗击动吊打案。(想介)有了,将奴春容带在身傍。但见了一幅春容,少不的问俺两下根苗。前此痴迷,后此苦恼,柳生几乎被春容赚杀。(生)问时怎生打话?(旦)则说是天曹,偶然注定的姻缘到,蓦踏着墓坟开了。如此说谎,确是儿女子语。(生)说你先到俺书斋才好。冥漠中有俏眼儿,柳生实见得。如此说好,非学丽娘作羞涩语也。(旦羞介)休调,这话教人笑。略说与梅香贼牢。不可与父母知,反可与婢子知,更见女儿心性。

【前腔】(生)俺满意儿待驷马过门,和你离魂女同归气高。谁承望探高亲去傍干戈,怕寒儒欠整衣毛。(旦)女婿老成些不妨。则途路孤恓,使奴挂念。孤恓一虑,是丽娘又恐柳生魂销也。(生)秋宵,云横雁字斜阳道,向秦淮夜泊魂消。(旦)夫,你去时冷落些,回来报中状元呵!(生)名标,大拜门喧笑,抵多少驸马还朝。"名标"数语,与前"迟误花诰"遥应。

(净上)"雨伞晴兼雨,春容秋复春。"包袱雨伞在此。

【尾声】(拜别介)(旦)秀才郎探的个门楣着。(生)报重生这欢声不小。(旦)柳郎,那里平安了便回,休只顾的月明桥上听吹箫。结语正是挂念途路孤恓,亦暗答魂飘一虑。

不为经时谒丈人，刘　商　囊无一物献尊亲。杜　甫
马蹄渐入扬州路，章孝标　两地各伤无限神。元　稹

寇　间

【包子令】(老旦、外扮贼兵巡哨上)大王原是小喽啰，喽啰。娘娘原是小旗婆，旗婆。立下个草朝忒快活，亏心又去抢山河。(合)转巡罗，山前山后一声锣。

兄弟，大王爷攻打淮城，要个人见杜安抚打话。大路头影儿没一个，小路头寻去。(唱前合下)

【驻马听】(末雨伞、包袱上)家舍南安，有道为生新失馆。要腰缠十万，教学千年，方才贯满。因上扬州，便作此赊想，却妙，是本色语。俺陈最良为报杜小姐之事，扬州见杜安抚大人。谁知他淮安被围，教俺没前没后。大路上不敢行走，抄从小路而去。学先师传食走胡旋，怯书生避寇遭涂炭。你看树影雕残，猿啼虎啸教人叹。

(老外上)"明知山有虎，故向虎边行。"鸟汉那里走？(拿介)(末)饶命，大王。(外)还有个大王哩。(末)天，天怎了！正是："乌鸦喜鹊同行，吉凶全然未保。"(并下)

【普贤歌】(净、丑众上)莽乾坤生俺贼儿顽，谁道贼人胆里单。南朝俺不蛮，北朝俺不番。甚天公有处安排俺？

娘娘，俺和你围了淮安许时，只是不下。要得个人去淮安打话，兼看杜安抚动定如何。则眼下无人可使哩。(丑)必得杜老儿亲信之

人，将计就计，方才可行。

【粉蝶儿】（外绑末上）没路走羊肠，天、天呵！撞入这屠门怎放！

（见介）（外）禀大王，拿的个南朝汉子在此。（净）是个老儿，何方人氏？作何生理？（末）听禀：

【大迓鼓】生员陈最良，南安人氏，访旧淮扬。（净）访谁？（末）便是杜安抚。他后堂曾设扶风帐。（丑）你原来他衙中教学，几个学生？（末）则他甄氏夫人，单生下一女。女书生年少亡。（丑）还有何人？（末）义女春香，夫人伴房。并不迂语，方是腐儒。然安知诳语不反杀其躯耶？后文"志诚打的贼儿通"，即是此意。

（丑笑背介）一向不知杜老家中事体，今日得知，吾有计矣。（回介）这腐儒，且带在辕门外去。（众应，押末下）（丑）大王，奴家有了一计。昨日杀了几个妇人，可于中取出首级二颗。则说杜家老小，回至扬州，被俺手下杀了，献首在此。故意苏放那腐儒，传示杜老。杜老心寒，必无守城之意矣。杨妈妈此计岂能随安抚军心，但借此作关目，为识认时又添波澜，有云山海市之幻。（净）高见，高见。（净起低声分付介）叫中军。（生扮上）（净）俺请那腐儒讲话中间，你可将昨日杀的妇人首级二颗来献，则说是杜安抚夫人甄氏和他使女春香。牢记着。（生应下）（净）左右，再拿秀才来见。（众押末上介）（末）饶命，大王。（净）你是个细作，不可轻饶。（丑）劝大王松了他，听他讲些兵法到好。（净）也罢。依娘娘说，松了他。（众放末绑介）（末叩头介）叩谢大王、娘娘不杀之恩。（净）起来，讲些兵法俺听。（末）卫灵公问陈于孔子，孔子不对。说道："吾未见好德如好色者也。"以兵法引出卫灵公问陈，即以杨妈妈比南子。老儒掉文，颇不唐突。（净）这是怎么说？（末）则因彼时卫灵公有个夫人南子同座，先师所以怕得讲话。(净)他夫人是男子,俺这娘娘是妇人。(内擂鼓,生扮报子上介)报,报！扬州路上兵马,杀了杜安抚家小,竟来献首级讨赏。(净看介)则怕是假的。(生)千真万真。夫人甄氏,这使女叫做春香。(末做看认,惊哭介)天呵！真个是老夫人和春香也。后来劝安抚认女儿,亦是此胡虏提认法。(净)哇,腐儒啼哭什么！还要打破淮城,杀杜老儿去。(末)饶了罢,大王。(净)要饶他,除非献了这座淮安城罢。(末)这等容生员去传示大王虎威,立取回报。陈老此时只借此为脱身之计,不想即为出身之地。(丑)大王恕你一刀,腐儒快走。(内擂鼓发喊,开门介)(末作怕介)

【尾声】显威风记的这溜金王。(净、丑)你去说与杜安抚呵,着什么耀武扬威早纳降。俺实实的要展江山非是谎。(下)

(末打躬送介吊场)打躬正照应"生员"二字,若匆匆一走,与从前腐气不相称矣。活强盗,杀了杜老夫人、春香,不免城中报去。

海神东过恶风回,李　白　日暮沙场飞作灰。常　建
今日山翁旧宾主,刘禹锡　与人头上拂尘埃。李山甫

折　寇

【破阵子】(外戎装佩剑,引众上)接济风云阵势,侵寻岁月边垂。(内擂鼓喊介)(外叹介)你看虎咆般炮石连雷碎,雁翅似刀轮密雪施。李全,李全,你待要霸江山,吾在此。"吾在此"三字凛然,足使旌旗变色,天壤间何可一日无此人！

〔集唐〕"谁能谈笑解重围？皇甫冉万里胡天鸟不飞。高骈今日海门南畔事,高骈满头霜雪为兵机。韦庄"我杜宝自到淮扬,即遭兵乱。孤

城一片，困此重围。只索调度兵粮，飞扬金鼓。生还无日，死守由天。潜坐敌楼之中，追想靖康而后。中原一望，万事伤心。一想一望，伤心惨目，有如是耶！

【玉桂枝】问天何意，有三光不辨华夷？把腥膻吹换人间，望中原做了黄沙片地？（恼介）猛冲冠怒起，是谁弄的江山如是？（叹介）中原已矣，关河困，心事违。也则愿保扬州济淮水。俺看李贼数万之众，破此何难？进退迟疑，其间有故。俺有一计可救围，恨无人与游说。

（内擂鼓介）（净扮报子上）"羽檄场中无雁到，鬼门关上有人来。"好笑，城围的铁桶般紧，有秀才来打秋风，则索报去。禀老爷，有个故人相访。（外）敢是奸细？（净）说是江右南安府陈秀才。（外）这迂儒怎生飞的进来？快请！快请！李全既要个人，杜老又恨无人，陈生来得恰好，所谓富贵逼人也。钱曰：凡成事者，无不适逢其会，时弗至而强求无益也。

【浣溪沙】（末上）摆旌旗，添景致，又不是闹元宵，鼓炮齐飞。杜老爷在那里？（外出笑迎介）忽闻的千里故人谁？（叹介）原来是先生到此。教俺惊垂泪。（末）老公相头通白了。（合）白首相看俺与伊，三年一见愁眉。杜公正在围困之际，陈老一见，别无半词安慰，叠说数端，无非恨事，迂景可掬。

（拜介）（末）〔集唐〕"头白乘驴悬布裳，卢纶（外）故人相见忆山阳。谭用之（末）横塘一别千余里，许浑（外）却认并州作故乡。贾岛"（末）恭念公相，又苦伤老夫人回扬州，被贼兵所算了。（外惊介）怎知道？（末）生员在贼营中，眼同验过老夫人首级，和春香都杀了。（外哭介）天呵！痛杀俺也。

【玉桂枝】相夫登第，表贤名甄氏吾妻。称皇宣一品夫人，又待伴俺立双忠烈女。想贤妻在日，凄然垂泪，俨然冠帔。(外哭倒，众扶介)(末)我的老夫人怎了？你将官们也大家哭一声儿么！(众哭介)老夫人呵！(外作恼拭泪介)呀！好没来由。夫人是朝廷命妇，骂贼而死，理所当然。我怎为他乱了方寸，灰了军心？因众将齐哭，恐乱军心，激为忘情之语，词义侃侃，能使闻者起敬。钱曰：不悔，真是英雄。身为将，怎顾的私？任恓惶，百无悔。陈先生，溜金王还有讲么？"溜金"一称，已露通书之意。(末)不好说得，他还要杀老先生。(外)咳！他杀俺甚意儿？俺杀他全为国。

(末)依了生员，两下都不要杀。(做扯外耳语介)那溜金王要这座淮安城。(外)噤声！那贼营中是一个座位，两个座位？此即救围之计，久已写书，故座位一问，不妨于突如也。(末)他和妻子连席而坐。(外笑介)这等，吾解此围必矣。先生竟为何来？不即说解围之计，横叙劫坟，事在中间，却以"为何来"一问引出，章法断而不乱。盖陈生冲围而至，或为李全说客，此问故不可少也。(末)老先生不问，几乎忘了。为小姐坟儿被盗，竟此相报。(外惊介)天呵！冢中枯骨，与贼何仇？都则为那些宝玩害了也。贼是谁？(末)老公相去后，道姑招了个岭南游棍柳梦梅为伴。见物起心，一夜劫坟逃去，尸骨投之池水中。柳生本陈老引来，乃诿之道姑，果是报事不真。因此不远千里而告。(外叹介)女坟被发，夫人遭难。正是："未归三尺土，难保百年身。既归三尺土，难保百年坟。"也索罢了，则可惜先生一片好心。(末)生员拜别老公相后，一发贫薄了。(外叹介)军中仓卒，无以为情。我把一大功劳，先生干去。别后贫薄，是陈生来意，又妙在恰引杜公干功一答，不见穿插之迹。(末)愿效劳。(外)我久写下咫尺之书，要李全解散三军之众。余无可使，烦公一行。左右，取过书仪来。倘说得李全降顺，便可归奏朝廷，自有个出身之处。(生取书礼上)"儒生三寸舌，将军一纸书。"书仪在此。(末)途费谨领。送书一事，其实怕人。(外)不妨。

【榴花泣】兵如铁桶，一使在其中。将折简，去和戎。陈先生，你志诚打的贼儿通。虽然寇盗奸雄，他也相机而动。(末)恐游说非书生之事。(外)看他开围放你来，其意可知。“开围”一语，顿释陈老疑惧之怀，所以慨然请往。观其出语轩举，已有黄门气概。你这书生正好做传书用。(末)仗恩台一字长城，借寒儒八面威风。(内鼓吹介)

【尾声】戍楼羌笛话匆匆。事成呵，你归去朝廷沾寸宠，这纸书敢则是保障江淮第一封。

隔河征战几归人，刘长卿　五马临流待幕宾。卢　纶
劳动先生远相访，王　建　恩波自会惜枯鳞。刘长卿

围　释

【出队子】(贴扮通事上)一天之下，南北分开两事家。中间放着个蓼儿洼，明助着番家打汉家。通事中间，拨嘴撩牙。

事有足诧，理有必然。自家溜金王麾下一名通事便是。好笑！好笑！俺大王助金围宋，攻打淮城，谁知北朝暗地差人去到南朝讲话。正是：“暂通禽兽语，终是犬羊心。”(下)

【双劝酒】(净引众上)横江虎牙，插天鹰架。擂鼓扬旗，冲车甲马。把座锦城墙围的阵云花。杜安抚，你有翅难加。

自家溜金王，攻打淮城，日久未下。外势虽然虎踞，中心未免狐疑。心有所疑，凡事必多顾忌。李全只一疑心，便是纳降之本，不待番使怒时也。一来怕南朝大兵兼程策应，二来怕北朝见责委任无功，真个进退两难。待娘娘到来计议。(丑上)“躯兵捉将蚩尤女，捏鬼妆神豹子妻。”大王，你可听见大金家有人南朝打话，回到俺营门之外了？(净)有这事？(老旦扮番将带刀骑马上)

【北夜行船】大北里宣差传站马，虎头牌滴溜的分花。(外扮马夫赶上介)滑了，滑了。(老旦)那古里谁家？跑番了拽喇。怎生呵，大营盘没个人儿答煞。(外大叫介)溜金爷，北朝天使到来。(下)(净、丑作谎介)快叫通事请进。(贴上，接跑介)溜金王患病了，请那颜进。(老旦)可才、可才道句儿克卜喇。

(下马，上坐介)都儿都儿。以番语作诨，非但新人听闻，亦为后讨毛克喇处得蕴藉也。(净问贴介)怎么说？(贴)恼了。(净、丑举手，老旦做恼不回介)(指净介)铁力温都答喇。(净问贴介)怎说？(贴)不敢说，要杀了。(净)却怎了？(老旦做看丑笑介)忽伶忽伶。(丑问贴介)(贴)叹娘娘生的妙。从杨妈妈身上生情发诨，妙在先安顿此忽伶，一叹！(老旦)克老克老。(贴)说走渴了。(老旦手足做忙介)兀该打剌。(贴)要马乳酒。(老旦)约儿兀只。(贴)要烧羊肉。(净叫介)快取羊肉、乳酒来。(外持酒肉上)(老旦洒酒，取刀割羊肉吃，笑，将羊油手擦胸介)一六兀剌的。(贴)不恼了，说有礼体。(老旦作醉介)锁陀入，锁陀入。(贴)说醉了。(老旦作看丑介)倒喇倒喇。(丑笑介)怎说？(贴)要娘娘唱个曲儿。看上杨妈妈无可致辞，要唱一回，舞一回，皆有苦心在。(丑)使得。

【北清江引】呀！哑观音觑着个番答辣，胡芦提笑哈。兀那是都麻，请将来岸答。撞门儿，一句咬儿只不毛古剌。

通事,我斟一杯酒,你送与他。(贴作送酒介)阿阿儿该力。(丑)通事说甚么?(贴)小的禀娘娘送酒。(丑)着了。(老旦作醉看丑介)孛知孛知。(贴)又央娘娘舞一回。(丑)使得,取我梨花枪过来。

【前腔】(持枪舞介)冷梨花点点风儿刮,袅得腰身乍。胡旋儿打一车,花门折一花。把一个睃啜老那颜风势煞。

(老旦反背,拍袖笑倒介)忽伶忽伶。(贴扶起老旦介)(老旦摆手倒地介)阿来不来。(贴)这便是唱喏,叫唱一直。(老旦笑点头招丑介)哈撒哈撒。(贴)要问娘娘。(丑笑介)问什么?(老旦扯丑轻说介)哈嗽兀该毛克喇,毛克喇。(丑笑问贴介)怎说?(贴作摇头介)问娘娘讨件东西。(丑笑介)讨甚么?(贴)通事不敢说。(老旦笑倒介)古鲁古鲁。(净背叫贴问介)他要娘娘什么东西?古鲁古鲁不住的。(贴)这件东西,是要不得的。便要时,则怕娘娘不舍的。便是娘娘舍的,大王也不舍的。便是大王舍的,小的也不舍的。(净)甚东西,直恁舍不的?(贴)他这话到明,哈嗽兀该毛克喇,要娘娘有毛的所在。(净作恼介)气也,气也。这臊子好大胆,快取枪来。李贼还有此一时意气,所以能归南朝,不终为番人也。(净作持花枪赶杀介)(贴扶醉老旦走)(老旦提酒壶叫"古鲁古鲁"架住枪介)

【北尾】(净)你那醋葫芦指望把梨花架,臊奴,铁围墙敢靠定你大金家。(搠倒老旦介)则踹着你那几茎儿苫嘴的赤支沙,把那咽腥臊的嗓子儿生搭杀。

(丑扯住净,放老旦介)(老旦)曳喇曳喇哈哩。(指净介)力娄吉丁母剌失,力娄吉丁母剌失。(作闪袖走下介)(净)气杀我也。那曳喇哈的什么?(贴)叫引马的去。(净)怎指着我力娄吉丁母剌失。(贴)这要奏过他主儿,叫人来相杀。(净作恼介)(丑)老大王,你可也当着不着的。(净)啐!着了你那毛克喇哩。(丑)便许他在那里,你却也忒拈酸。(净不语介)正是我一时风火性。大金家得知,这溜金王到有些欠稳。(丑)便是番使南朝而回,未必其中有话。番使南回最好,凡事总不可无机会。(净)娘娘高见何如?(丑)容奴家措思。(内擂鼓介)(生扮报子上)报!报!前日放去的老秀才,从淮城中单马飞来。道有紧急投见大王。(丑)恰好,着他进来。

【缕缕金】(末上)无之奈,可如何!书生承将令,强喽啰。(内喊,末惊跌介)一声金炮响,将人跌蹉。可怜!可怜!密札札干戈,其间放着我。

(生唱门介)生员进。(末见介)万死一生生员陈最良百拜大王殿下,娘娘殿下。入万死一生之地,不放"生员"二字,的是腐儒。(净)杜安抚献了城池?(末)城池不为希罕,敬来献一座王位与大王。(净)寡人久已为王了。(末)正是官上加官,职上添职。杜安抚有书呈上。(净看书介)"通家生杜宝顿首李王麾下。"(问末介)秀才,我与杜安抚有何通家?(末)汉朝有个李、杜至交,唐朝也有个李、杜契友,因此杜安抚斗胆称个通家。(净)这老儿好意思。书有何言?

【一封书】(读介)"闻君事外朝,虎狼心,难定交。肯回心圣朝,保富贵,全忠孝。全忠孝,为事外朝辈猛然提醒,然未必知也,故先以"保富贵"三字动之。平梁取采须收好,背暗投明带早超。凭陆贾,说庄跷。颙望麾慈即鉴昭。"

(笑介)这书劝我降宋,其实难从。"外密启一通,奉呈尊阃夫人。"密启妙,即曲逆解白登意,然终不免哄杨妈妈退兵之讥。只一通名,便寓嘲讽不浅。(笑介)杜安抚也畏敬娘娘哩。(丑)你念我听。(净看书介)"通家生杜宝敛衽杨老娘娘帐前。"咳也!杜安抚与娘娘,又通家起来。(末)大王通得去,娘娘也通得去。(净)也通得去,只汉子不该说敛衽。

(末)娘娘肯敛衽而朝,安抚敢不敛衽而拜!(丑)说的好!细念我听。(净念书介)"通家生杜宝敛衽杨老娘娘帐前:远闻金朝封贵夫为溜金王,并无封号及于夫人。此何礼也?杜宝久已保奏大宋,敕封夫人为讨金娘娘之职。伏惟妆次鉴纳。不宣。"好也,到先替娘娘讨了恩典哩。(丑)陈秀才,封我讨金娘娘,难道要我征讨大金不成?(末)受了封诰后,但是娘娘要金子,都来宋朝取用。因此叫做讨金娘娘。(丑)这等是你宋朝美意。(末)不说娘娘,便是卫灵公夫人,也说宋朝之美。以南子为男子,合以宋朝对之。(丑)依你说,我冠儿上金子,成色要高。我是带盔儿的娘子。近时人家首饰浑脱,就一个盔儿,要你南朝照样打造一付送我。(末)都在陈最良身上。(净)你只顾讨金讨金,把我这溜金王,溜在那里?(丑)连你也做了讨金王罢。(净)谢承了。(末叩头介)则怕大王、娘娘退悔。(丑)俺主定了。便写下降表,赍发秀才回奏南朝去。

【前腔】(净)归依大宋朝,怕金家成祸苗。(丑)秀才,你担承这遭,要黄金须任讨。(末)大王,你鄱阳湖磬响收心早,娘娘,你黑海岸回头星宿高。(合)便休兵,随听招。免的名标在叛贼条。

(净)秀才,公馆留饭。星夜草表送行。(举手送末,拜别介)

【尾声】(净)咱比李山儿何足道,这杨令婆委实高。(末)带了你这一纸降书,管取那赵官家欢笑倒。贼势欺天之语,何出腐儒之口?可想见南朝风气。

(末下)(净丑吊场)(净)娘娘,则为失了一边金,得了两条王。人要一个王不能勾,俺领下两个王号,岂不乐哉!(丑)不要慌,还有第三个王号。(净)什么王号?(丑)叫做齐肩一字王。(净)怎么?(丑)杀哩。

(净)随顺他，又杀什么？(丑)你俺两人作这大贼，全仗金鞑子威势。如今反了面，南朝拿你何难。草寇终作釜鱼，只为怕就缚耳。(净作恼介)哎哟！俺有万夫不当之勇，何惧南朝？(丑)你真是个楚霸王，不到乌江不止。(净)胡说！便作俺做楚霸王，要你做虞美人，定不把赵康王占了你去。(丑)罢！你也做楚霸王不成，奴家的虞美人也做不成。换了题目做。(净)什么题目？(丑)范蠡载西施。(净)五湖在那里？去做海贼便了。又生出诨语，转到入海，总不见递接之痕。(丑作分付介)众三军，俺已降顺了南朝，暂解淮围，海上伺候去。(众应介)解围了。(内鼓介)船只齐备，请大王娘娘起行。(行介)

【江头送别】淮扬外，淮扬外，海波摇动。东风劲，东风劲，锦帆吹送。夺取蓬莱为巢洞，鳌背上立着旗峰。

【前腔】顺天道，顺天道，放些儿闲空。招安后，招安后，再交兵言重，险做了为金家伤炎宋。权袖手，做个混海痴龙。

(众)禀大王娘娘，出海了。(净)且下了营，天明进发。

干戈未定各为君，许　浑　龙斗雌雄势已分。常　建
独把一麾江海去，杜　牧　莫将弓箭射官军。窦　巩

遇　母

【十二时】(旦上)不住的相思鬼，把前身退悔。土臭全消，肉香新长。肉香新长，细腻独知，即柳郎不觉也。嫁寒儒客店里

孤栖。(净上)又着他攀高谒贵。

〔浣溪沙〕“(旦)寂寞秋窗冷簟纹,(净)明珰玉枕旧香尘。(旦)断潮归去梦郎频。(净)桃树巧逢前度客,(旦)翠烟真是再来人,(合)月高风定影随身。”(旦)姑姑,奴家喜得重生,嫁了柳郎,只道一举成名,同去拜访爹妈。谁知朝廷为着淮城兵乱,开榜稽迟,我爹娘正在围城之内,只得赍发柳郎往寻消耗,撇下奴家钱塘客店。你看那江声月色,凄怆人也。(净)小姐,比你黄泉之下景致争多?(旦)这不在话下。

【针线厢】虽则是荒村店,江声月色,但说着坟窝里,前生今世。可知死不如生。则这破门帘乱撒星光内,煞强似洞天黑地。姑姑呵,三不归父母如何的?七件事儿夫家靠谁?心悠曳,不死不活,睡梦里为个人儿。

(净)似小姐的罕有。小姐与石姑闲叙一番,亦不可少。

【前腔】伴着你半间灵位,又守见你一房夫婿。(旦)姑姑,那夜搜寻秀才,知我闪在那里?(净)则道画帧儿怎放的个人回避,做的事瞒神唬鬼。昏黑了,你看月儿黑黑的星儿晦,萤火青青似鬼火吹。(旦)上灯哩。(净)没油,黑坐地,三花两焰,留的你照解罗衣。无油黑坐此处,先写出吓人之景,为惊见埋伏。

(旦)夜长难睡,还向主家借些油去。(净)你院子里坐地,咱去来。“合着油瓶盖,踏碎玉莲蓬。”(下)(旦)(玩月叹介)打发石姑落场,只留丽娘独自玩月,愈使老夫人、春香惊疑不定。取境最幽。

【月儿高】(老旦、贴行路上)江北生兵乱,江南走多半。不载香车稳，趿的鞋鞓断。夫主兵权，望天涯生死如何判。前呼后拥，一个春香伴。苦境从乐境中形出，愈觉凄凉。凤髻消除，打不上扬州纂。上岸了，到临安。趁黄昏黑影林峦，生忔察的难投馆。

(贴)且喜到临安了。(老旦)咳！万死一逃生，得到临安府。俺女娘无处投，长路多孤苦。确是从干戈中来，惊惶投奔之状，不嫌径直。(贴)前面像是个半开门儿，蓦了进去。(老旦进介)呀！门房空静，内可有人？(旦)谁？(贴)是个女人声息，待打叫一声开门。

【不是路】(旦惊介)斜倚雕阑，何处娇音唤起关？(老旦)行程晚，女娘们借住霎儿间。(旦)听他言，声音不似男儿汉，待自起开门月下看。(见介)(旦)是一位女娘，请里面坐。(老旦)相提盼，人间天上行方便。(旦)趋迎迟慢。(打照面介)(老旦作惊介)

【前腔】破屋颓椽，姐姐呵！你怎独坐无人灯不燃？(旦)这闲庭院，玩清光长送过这月儿圆。到鬼门关，尚逐夜望秋月，何况人间？丽娘洵有情人也。然本是无油，反以爱月摭饰，恰似鬼境，逼出老夫人疑问来。(老旦背叫贴介)春香，这像谁来？钱曰：夫人"像谁"一问，想见月下老眼昏花。(贴惊介)不敢说，好像小姐。(老旦)你快瞧房儿里面还有甚人？若没有人，敢是鬼也？(贴下)(旦背)这位女娘，好像我母亲，那丫头好像春香。(作回问介)敢问老夫人，何方而来？(老旦叹介)自淮安，我相公是淮扬安抚遭兵难，我避掳逃生到此间。(旦背介)是我母亲了，我可认他？(贴慌上，背语老旦介)一所空房子，通没个人影儿。是鬼！是鬼！(老旦作怕介)(旦)听他说起，是我的娘也。(旦向前哭娘介)(老旦作避介)敢是我女孩儿？怠慢了你，你活现了。春香，有随身纸钱，快丢，快丢。乱离客路犹带纸钱，元曲中每有之。钱曰：楚、蜀信鬼，下江过峡便带纸钱，此是转船时随身所携，虽逃生犹在也。(贴丢纸钱介)(旦)儿不是鬼。(老旦)不是鬼，我叫你三声，要你应我一声高如一声。(做三叫三应，声渐低介)(老旦)是鬼也。三年泪眼伤心，见活女儿反害怕至此，殊不可解。(旦)娘，你女儿有话讲。(老旦)则略靠远，冷淋侵一阵风儿旋，这般活现。(旦)那些活现？

(旦扯老旦又作怕介)儿，手恁般冷。(贴叩头介)小姐，休要拈了春香。(老旦)儿，不曾广超度你，是你父亲古执。春香推与夫人，夫人又将冤家推与杜老，写一时急色甚肖。(旦哭介)娘，你这等怕，女孩儿死不放娘去了。

【前腔】(净持灯上)门户牢拴，为甚空堂人语喧？(照地介)携灯者必下视，故先照地也。这青苔院，怎生吹落纸黄钱？(贴)夫人，来的不是道姑？(老旦)可是。(净惊介)呀！老夫人和春香那里来？这般大惊小怪。看他打盘旋，那夫人呵，怕添灯无焰将身远。小姐，恨不得幽室生辉得近前。(旦)姑姑好来，奶奶害怕。(贴)这姑姑敢也是个鬼？(净扯老旦，照旦介)休疑惮。移灯就月端详遍，可是当年人面？(合)是当年人面。钱曰：人在幽暗中小胆多怯，明灯一照，便觉霍然。合句得神。

(老旦抱旦泣介)儿啊！便是鬼，娘也不舍的去了。夫人此语虽出天性，毕竟因石姑来，稍觉胆壮。

【前腔】肠断三年，怎坠海明珠去复旋？(旦)爹娘面，阴司里怜念把魂还。(贴)小姐，你怎生出的坟来？后来杜老皆问不及此，因有陈生之报先入也。(旦)好难言。(老旦)是怎生来？(旦)则感的是东岳大恩眷，托梦一个书生把墓踹穿。即嘱柳生语也，仍以一梦为谈柄。(老旦)书生何方人氏？(旦)是岭南柳梦梅。(贴)怪哉！当真有个柳和梅。(老旦)怎到得这里来？(旦)他来科选。(老旦)这等是个好秀才，快请相见。(旦)我央他探淮扬动定去把爹娘看，因此上独眠深院。

(老旦背与贴语介)有这等事？(贴)便是，难道有这样出跳的鬼？(老旦回泣介)我的儿呵！

【番山虎】则道你烈性上青天，端坐在西方九品莲，不道三年鬼窟里重相见。哭的我手麻肠寸断，心枯泪点穿。梦魂沉乱，我神情倒颠。看时儿立地，叫时娘各天。怕你茶酒无浇奠，牛羊侵墓田。(合)今夕何年？咦，还怕这相逢梦边。聚后诉说离情，眼泪都从欢喜中流出。

【前腔】(旦泣介)你抛儿浅土，骨冷难眠。吃不尽爷娘饭，江南寒食天。可也不想有今日，也道不起从前。似这般糊突谜，甚时明白也天！鬼不要，人不嫌，不是前生断，今生怎得连！丽娘自己只作淡语，更妙。(合前)

(老旦)老姑姑，也亏你守着我儿。

【前腔】(净)近的话不堪提咽，早森森地心疏体寒。空和他做七做中元，怎知他成双成爱眷？(低语老旦介)我捉鬼拿奸，知他影戏儿做的恁活现？(合)这样奇缘，打当了轮回一遍。

【前腔】道姑、春香，语语带谑，各当本色。(贴)论魂离倩女是有，知他三年外灵骸怎全？则恨他同棺椁少个郎官，谁想他为院君这宅院。小姐呵！你做的相思鬼穿，你从夫意专。那一日春香不铺其孝筵，那节儿夫人不哀哉醮荐？早知道你撇离了阴司，跟了人上船！生不省愆而徒修冥福者，可以爽然知其无与。（合前）

【尾声】（老旦）感的化生女显活在灯前面。则你的亲爹，他在贼子窝中没信传。（旦）娘放心，有我那信付的人儿，他穴地通天打听的远。因女思夫，情所必至，不惟结到杜公，并结到柳生，觉前后俱灵动。

想像精灵欲见难，欧阳詹　碧桃何处便骖鸾。薛　逢
莫道非人身不暖，白居易　菱花初晓镜光寒。许　浑

淮　泊

【三登乐】（生包袱、雨伞上）有路难投，禁得这乱离时候！走孤寒落叶知秋。为娇妻，思岳丈，探听扬州。又谁料他困淮扬，索奔前答救。柳生欲搭救杜公，语甚痴绝，然可见一味至诚，又可见其满胸武备也。

〔集唐〕“那能得计访情亲，李白浊水污泥清路尘。韩愈自恨为儒逢世难，卢纶却怜无事是家贫。韦庄”俺柳梦梅阳世寒儒，蒙杜小姐阴司热宠，得为夫妇，相随赴科。且喜殿试撺过卷子，又被边报耽误榜期。因此小姐呵，闻说他尊翁淮扬兵急，叫俺沿路上体访安危。亲赍一幅春容，敬报再生之喜。虽则如此，客路贫难，诸凡路费之资，

尽出圹中之物。补写南安一路之费，非止为扬州也。其间零碎宝玩，急切典卖不来。有些成器金银，土气销熔有限。兼且小生看书之眼，并不认的等子星儿。一路上赚骗无多，逐日里支分有尽。到的扬州地面，恰好岳丈大人移镇淮城。贼兵阻路，不敢前进。且喜因循解散，不免迤逦数程。

【锦缠道】早则要醉扬州、寻杜牧，梦三生花月楼，怎知他长淮去休！那里有缠十万、顺天风、跨鹤闲游！则索傍渔樵寻食宿，败荷衰柳，添一抹五湖秋。那秋意儿有许多迤逗！咱功名事未酬，冷落我断肠闺秀。功名不偶，不知赚杀多少闺人。堪回首？算江南江北有十分愁。

一路行来，且喜看见了插天高的淮城，城下一带清长淮水。那城楼之上，还挂有丈六阔的军门旗号。大吹大擂，想是日晚掩门了。且寻小店歇宿。(丑上)“多参白水江湖酒，少赚黄边风月钱。”秀才投宿么？(生进店介)(丑)要果酒？案酒？(生)天性不饮。推托不饮，为无钱买酒耳，故后文即欲以书准一壶。(丑)柴米是要的？(生)吃到算。(丑)算到吃。(生)花银五分在此。(丑)高银散碎些，待我称一称。(称介，作惊叫介)银子走了。(寻介)(生)怎大惊小怪？(丑)秀才，银子地缝里走了。你看碎珠儿。(生)这等还有几块在这里。(丑接银又走，三度介)呀！原来秀才会使水银？(生)因何是水银？(背介)是了，是小姐殡敛之时，水银在口。龙含土成珠而上天，鬼含汞成丹而出世，理之然也。此乃见风而化。原初小姐死，水银也死；如今小姐活，水银也活了。博物出以腐吻，愈点愈痴。则可惜这神奇之物，世人不知。(回介)也罢了。店主人，你将我花银都消散去了，如今一厘也无。这本书是我平日看的，准酒一壶。(丑)书破了。(生)贴你一枝笔。(丑)笔开花了。前鬼卒请喝采笔，今店主反笑开花，人不如鬼多矣。(生)此中使客往来，你可也听见“读书破万卷”？（丑）不听见。（生）可听见“梦笔吐千花”？（丑）不听见。

【皂罗袍】（生作笑介）可笑一场闲话，破诗书万卷，笔蕊千花。是我差了，这原不是换酒的东西。（丑笑介）“神仙留玉佩，卿相解金貂。”（生）你说金貂玉佩，那里来的？有朝货与帝王家，金貂玉佩书无价。穷措大非以虚想度日，几何不闷死也。钱曰：读书岂为金貂玉佩耶？对俗眼人不得不尔许语。你还不知哩，便是千金小姐，依然嫁他。一朝臣宰，端然拜他。（丑）要他则甚？（生）读书人把笔安天下。

（生）不要笔，不要书，这把雨伞可好？（丑）天下雨哩。（生）明日不走了。（丑）饿死在这里？（生笑介）你认的淮扬杜安抚么？（丑）谁不认的！明日吃太平宴哩。（生）则我便是他女婿来探望他。（丑惊介）喜是相公说的早，杜老爷多早发下请书了。（生）请书那里？（丑）和相公瞧去。（丑请生行介）待小人背褡裢雨伞。乘机送出门去，写小人狡狯如活。（行介）（生）请书那里？（丑）兀的不是！（生）这是告示居民的。（丑）便是。你瞧！

【前腔】（丑）“禁为闲游奸诈。”杜老爷是巴上生的：“自三巴到此，万里为家。不教子侄到官衙，从无女婿亲闲杂。”借杜公古执，衬出柳生穷途。这句单指你相公：“若有假充行骗，地方禀拿。”下面说小的了：扶同歇宿，罪连主家。为此须至关防者。右示通知。建炎三十二年五月日示。你看后面安抚司杜大花押，上面盖着一颗“钦差安抚淮扬等处地方提督军务安抚司使之印”，鲜明紫粉。店主越说得精神，越见柳生之牢落。相公，相公，你在此消停，小人告回了。“各人自扫门前雪，休管他家屋上霜。”（下）（生泪介）我的妻，你怎知丈夫到此凄惶无地也。（作望介）呀！前面房子，门上有大金字，咱投宿去。（看介）四个字：“漂母之祠。”一腔愤懑，无处可吐，忽从淮地古迹生情，落落莫莫，与古人攀话一回，文情幽曲之极。怎生叫做漂母之祠？（看介）原来壁上有题：“昔贤怀一饭，此事已千秋。”是了，乃前朝淮阴侯韩信之恩人也。我想起来，那韩信是个假齐王，尚然有一人饭。俺柳梦梅是个真秀才，要杯冷酒不能勾！痴状宛然。像这漂母，俺拜一千拜。

【莺皂袍】（拜介）垂钓楚天涯，瘦王孙，遇漂纱。楚重瞳较比这秋波瞎。太史公表他，淮安府祭他，甫能勾一饭千金价。看古来妇女多有俏眼儿：意中含有丽娘在。文公乞食，僖妻礼他；昭关乞食，相逢浣纱。风尖头叩首三千下。

起更了，廊下一宿。早去伺候开门。没水梳洗。（看介）好了，下雨哩。冷语比眼泪洗面更惨。

旧事无人可共论，韩　愈　只应漂母识王孙。王　遵钱曰：或作王道。《唐诗纪事》作汪遵。

辕门拜手儒衣弊，刘长卿　莫使沾濡有泪痕。韦洵美

闹　宴

【梁州序】（外引丑众上）长淮千骑雁行秋，浪掩云浮。思乡泪国倚层楼。（合）看机遘，逢奏凯，且迟留。

〔昭君怨〕“万里封侯岐路，几两英雄草屦。秋城鼓角催，老将来。

烽火平安昨夜，梦醒家山泪下。兵戈未许归，意徘徊。”我杜宝身为安抚，时直兵冲。围绝救援，贻书解散。李寇既出，金兵不来。中间善后事宜，且自看详停当。分付中军门外伺候。(众下)(丑把门介)(外叹介)虽有存城之欢，实切亡妻之痛。(泪介)我的夫人呵！昨已单本题请他的身后恩典，兼求赐假西归。未知旨意如何？正是：“功名富贵草头露，骨肉团圆锦上花。”此富贵人语。若不富贵，而但骨肉团圆，相对坐愁，正恐难为情耳。乃知“但愿在家相对贫，不愿天涯金绕身”，亦是闺阁痴心语。(看文书介)

【金焦叶】(生破衣巾携春容上)穷愁客愁，正摇落雁飞时候。(整容介)帽儿光整顿从头，还则怕未分明的门楣认否？如此女婿，原觉难认，柳生早已想到，但不虑至于吊打耳。

(丑喝介)甚么人行走？(生)是杜老爷女婿拜见。(丑)当真？(生)秀才无假。(丑进禀介)(外)关防明白了。(问丑介)那人材怎的？(丑)也不怎的。袖着一幅画儿。(外笑介)是个画师。则说老爷军务不闲便了。(丑见生介)老爷军务不闲，请自在。(生)叫我自在，自在不成人了。(丑)等你去，成人不自在。(生)老爷可拜客？(丑)今日文武官僚吃太平宴，牌簿都缴了。(生)大哥，怎么叫做太平宴？(丑)这是各边方年例。则今年退了贼，筵宴盛些。席上有金花树，银台盏，长尺头，大元宝，无数的。你是老爷女婿，背几个去。(生)原来如此。则怕进见之时，考一首《太平宴诗》，或是《军中凯歌》，或是《淮清颂》，急切怎好？才人必至之想。且在这班房里蹬着打想一篇，正是“有备无患”。(丑)秀才还不走，文武官员来也。(生下)

【梁州序】(末扮文官上)长安望断塞垣秋，喜兵甲潜收。贺升平、歌颂许吾流。(净扮武官上)兼文武，陪将相，宴公侯。

请了。(末)今日我文武官属太平宴,水陆务须华盛,歌舞都要整齐。(末、净见介)圣天子万灵拥辅,老君侯八面威风。寇兵销咫尺之书,军礼设太平之宴。谨已完备,望乞俯容。(外)军功虽卑末难当,年例在诸公怎废?难言奏凯,聊用舒怀。(内鼓吹介)(丑持酒上)"黄石兵书三寸舌,清河雪酒五加皮。"酒到。

【梁州序】(外浇酒介)天开江左,地冲淮右。气色夜连牛斗。(末、净进酒介)长城一线,何来得御君侯!喜平销战气,不动征旗,一纸书回寇。那堪羌笛里望神州!"羌笛"句不堪多读。这是万里筹边第一楼。钱曰:"万里筹边",乃在江淮近地,此语更足伤心。(合)乘塞草,秋风候,太平筵上如淮酒,尽慷慨,为君寿。

【前腔】(外)吾皇福厚。群才策凑,半壁围城坚守。(末、净)分明军令,杯前借箸题筹。(外)我题书与李全夫妇呵,也是燕支却虏,夜月吹篪,一字连环透。不然无救也怎生休!不是天心不聚头。(合前)

(内擂鼓介)(老旦扮报子上)"金貂并入三公府,锦帐谁当万里城?"报老爷,奏本已下,奉有圣旨,不准致仕。钦取老爷还朝,同平章军国大事。老夫人追赠一品贞烈夫人。(末、净)平章乃宰相之职,君侯出将入相,官属不胜欣仰。

【前腔】(末、净送酒介)揽貂蝉岁月淹留,庆龙虎风云辐辏。君侯此一去呵,看洗兵河汉,接天高手。偏好桂花时节,天香随马,箫鼓鸣清昼。到长安宫阙里报高秋,可也河上砧声忆旧游?(合前)

(外)诸公皆高才壮岁，自致封侯。如杜宝者，白首还朝，何足道哉！语极悲壮，然或生处太平，或未有遭际，何所立功？白首封侯，谈何容易！

【前腔】每日价看镜登楼，泪沾衣浑不如旧。钱曰：欢娱恨白头，故英雄得意亦泣也。似江山如此，光阴难又。猛把吴钩看了，阑干拍遍，落日重回首。此去呵！恨南归草草也寄东流，(举手介)你可也明月同谁啸庾楼？(合前)

(生上)"腹稿已吟就，名单还未通。"(见丑介)大哥，替我再一禀。(丑)老爷正吃太平宴。(生)我太平宴诗已想完一首了，太平宴还未完。(丑)谁叫你想来？(生)大哥，俺是嫡亲女婿，没奈何禀一禀。(丑进禀介)禀老爷，你个嫡亲女婿，没奈何禀见。(外)好打！(丑出作恼，推生走介)(生)"老丈人高宴未终，咱半子礼当恭候。"(下)(旦、贴扮女乐上)"壮士军前半死生，美人帐下能歌舞。"营妓们叩头。

【节节高】辕门箫鼓啾，阵云收。君恩可借淮扬寇？貂插首，玉垂腰，金佩肘。马敲金镫也秋风骤，展沙堤笑拂朝天袖。(合)但卷取江山献君王，看玉京迎驾把笙歌奏。

(生上)"欲穷千里目，更上一层楼。"想歌阑宴罢，小生饥困了，不免冲席而进。(丑拦介)饿鬼不羞？(生恼介)你是老爷跟马贱人，敢辱我乘龙贵婿？打不的你。(生打丑介)(外问介)军门外谁敢喧嚷？(丑)是早上嫡亲女婿叫做没奈何的，破衣、破帽、破褡袱、破雨伞，手里拿一幅破画儿，五破字写得十分不堪。说他饿的慌了，要来冲席。但劝的都打，连打了九个半，则剩下小的这半个脸儿。(外恼介)可恶。本院自有禁约，何处寒酸，敢来胡赖？(末、净)此生委系乘龙，属官礼当攀凤。众官语作一反顿，此意自不可少，且令脚色不闲。(外)一发中他计了。叫中军官暂时拿下那光棍。逢州换驿，递解到临安监候。(老旦扮中军官应介)(出缚生介)(生)冤哉！我的妻呵！“因贪弄玉为秦赘，且带儒冠学楚囚。”(下)(外)诸公不知，老夫因国难分张，心痛如割。又放着这等一个无名子来聒噪人，愈生伤感。(末、净)老夫人受有国恩，名标烈史。兰玉自有，不必虑怀。叫乐人进酒。

【前腔】江南好宦游。急难休，樽前且进平安酒。看福寿有，子女悠，夫人又。(外)竟醉矣！(旦、贴作扶介)(外泪介)闪英雄泪渍盈盈袖，伤心不为悲秋瘦。(合前)

(外)诸公请了。老夫归朝念切，即便起行。(内鼓乐介)

【尾声】明日离亭一杯酒。(末、净)则无奈丹青圣主求。(外笑介)怕画的上麒麟人白首。位至极品，屡以白首兴叹。后曲亦云“浑不是黑头公”，人心不足，大抵尔尔。钱曰：人生不得行胸臆，虽百岁犹为夭，杜公可谓不负白首矣。

万里沙西寇已平，张　乔　东归衔命见双旌。韩　翃
塞鸿过尽残阳里，耿　沣　淮水长怜似镜清。李　绅

榜　下

(老旦、丑扮将军持瓜、槌上)“凤舞龙飞作帝京，巍峨宫殿羽林兵。天门欲放传胪喜，江路新传奏凯声。”请了。圣驾升殿。

【北点绛唇】(外扮老枢密上)整点朝纲，筹量边饷，山河壮。(净扮苗舜宾上)翰苑文章，显豁的升平象。

请了，恭喜李全纳款，皆老枢密调度之功也。(外)正此引奏。前日先生看定状元试卷，蒙圣旨武偃文修，今其时矣。(净)正此题请。呀！一个老秀才走将来。好怪！好怪！(末破衣巾捧表上)“先师孔夫子，未得见周王。本朝圣天子，得睹我陈最良。”非小可也。腐语绝倒。(见外、净介)生员陈最良告揖。(净惊介)又是遗才告考么？奚落陈生，却映带柳生，妙。(末)不敢，生员是这枢密老大人门下引奏的。(外)则这生员，是杜安抚叫他招安了李全，便中带有降表。故此引见。(内响鼓介，唱介)奏事官上御道。(外前跪，引末后跪、叩头介)(外)掌管天下兵马知枢密院事臣谨奏：恭贺吾王，圣德天威。淮寇来降，金兵不动。有淮扬安抚臣杜宝，敬遣南安府学生员臣陈最良奏事，带有李全降表进呈。微臣不胜欢忭！(内介)杜宝招安李全一事，就着生员陈最良详奏。(外)万岁！(起介)(末)带表生员臣陈最良谨奏：

【驻云飞】淮海维扬，万里江山气脉长。那安抚机谋壮，矫诏从宽荡。两军不战，彼此无伤，是宽荡也，非止为赦李全。嗏！李贼快迎降，他表文封上。金主闻知不敢兵南向。他则好看花到洛阳，桂子荷花，已入金人目中。“看花到洛阳”上用“他则好”三字，宋君臣若有几幸之意。咱取次擒胡过汴梁。

(内介)奏事的午门外候旨。(末)万岁！(起介)(净跪介)前廷试看详文字官臣苗舜宾谨奏：

【前腔】殿策贤良，榜下诸生候久长。乱定人欢畅，文运天开放。嗏！文字已看详，胪传须唱。莫遣夔龙，久滞风云望。早是蟾宫桂有香，御酒封题菊半黄。

(内介)午门外候旨。(净)万岁！(起行介)今当榜期，这些寒儒，却他候久。(外笑介)则这陈秀才夹带一篇海贼文字，到中的快。(内介)圣旨已到，跪听宣读。“朕闻李全贼平，金兵回避。此乃杜宝大功也。杜宝已前有旨，钦取回京。陈最良有奔走口舌之才，可充黄门奏事官，赐其冠带。其殿试进士，于中柳梦梅可以状元。金瓜仪从，杏苑赴宴。谢恩。”（众呼“万岁”起介）（扮杂取冠带上）“黄门旧是黉门客，蓝袍新作紫袍仙。”（末作换冠服介）二位老先生，告揖。（外、净贺介）恭喜。明日便借重新黄门唱榜了。（末）适间宣旨，状元柳梦梅何处人？钱曰：陈老问柳籍贯，本为劫坟而发，却因唱榜接下，不觉其突。（净）岭南人，此生遭际的奇异。（外）有甚奇异？（净）其日试卷看详已定，将次进呈。恰好此生午门外放声大哭，告收遗才。原来为搬家小到京迟误。学生权收他在附卷进呈，不想点中状元。（外）原来有此！（末背想介）听来敢便是那个柳梦梅？他那有家小？是了，和老道姑做一家儿。是陈生意中事，抵死与报安抚语相顾。（回介）不瞒老先生，这柳梦梅也和晚生有旧。（外净）一发可喜了。

榜题金字射朝晖，郑　畋　独奏边机出殿迟。王　建
莫道官忙身老大，韩　愈　曾经卓立在丹墀。元　稹

索　元

【吴小四】（净扮郭驼伞包上）天九万，路三千。月余程，抵半年。破虱装衣担压肩，压的头脐匾又圆，扢喇察龟儿爬上天。

谢天，老驼到了临安。京城地面，好不繁华。则不知柳秀才去向，俺且往大街上瞧去。呀！一伙臭军蹋秃秃走来，且自回避。正是：“不因渔父引，怎得见波涛。”（下）

【六么令】(老旦、丑扮军校、旗锣上)朝门榜遍,怎生状元柳梦梅不见?又不是黄巢下第题诗赳。排门的问,刻期宣,再因循敢淹答了杏园公宴。

(老旦笑介)好笑,好笑,大宋国一场怪事。你道差不差?中了状元干鳖煞。你道奇不奇?中了状元啰唣唏。你道兴不兴?中了状元胡厮胵。你道山不山?中了状元一道烟。此等语非浪说,实指一种没兴趣状元而言,嬉笑皆成妙文也。天下人古怪,不像岭南人。你瞧这架牌上,"钦点状元岭南柳梦梅,年二十七岁,身中材,面白色。"这等明明道着,却普天下找不出这人?敢家去哩化哩?睡觉哩?则淹了琼林宴席面儿。(丑)哥,人山人海,那里淘气去?俺们把一位戴了儒巾吃宴去。正身出来,算还他席面钱。(老)使不得,羽林卫宴老军替得,琼林宴进士替不得。他要杏园题诗。(丑)哥,看见几个状元题诗哩。依你说叫去。(行叫介)状元柳梦梅那里?(叫三次介)(老旦)长安东西十二门,大街都无人应,小胡同叫去。(丑)这苏木胡同有个海南会馆,叫地方问他。钱曰:以海南会馆瓦市王大姐作两层翻跌,引出老驼。(叫介)(内应介)老长官贵干?(老旦、丑)天大事,你在睡梦哩!听分付。

【香柳娘】问新科状元,问新科状元。(内)何处人?(众)广南乡贯。(内)是何名姓?(众)柳梦梅面白无巴绽。(内)谁寻他?(众)是当今驾传,是当今驾传。要得柳如烟,裁开杏花宴。(内)俺这一带铺子都没有,则瓦市王大姐家歇着个番鬼。又生枝点染,闲中取致。(众)这等,去,去,去。(合)柳梦梅也天,柳梦梅也天。好几个盘旋,影儿不见。(下)

〔集句〕(贴扮妓上)"残莺何事不知秋,李煜日日悲看水独流。王昌龄便从巴峡穿巫峡,杜甫错把杭州作汴州。林升"奴家王大姐是也,开个门户在此。天,一个孤老不见,几个长官撞的来。(老旦、丑上)王大姐喜哩。柳状元在你家。(贴)什么柳状元?(众)番鬼哩。(贴)不知道。(众)地方报哩。

【前腔】笑花牵柳眠,笑花牵柳眠。(贴)昨日有个鸡,不着裤去了。(众)原来十分形现。敢柳遮花映做葫芦缠。有状元么?(贴)则有个状匾。(丑)房儿里状匾去。(进房搜介)(众诨、贴走下介)(众)找烟花状元,找烟花状元。热赶在谁边,毛臊打教遍。钱曰:不捷而醉饱,坊语谓之"打毛臊"。去罢。(合前)(下)

【前腔】(净拐杖上)到长安日边,到长安日边。果然风宪,九街三市排场遍。柳相公呵,他行踪杳然,他行踪杳然。有了悄家缘,风声儿落谁店?少不的大道上行走。那柳梦梅也天!(老旦、丑上)柳梦梅也天!好几个盘旋,影儿不见。

(丑打撞跌净,净叫介)跌死人,跌死人。(丑作拿净介)俺们叫柳梦梅,你也叫柳梦梅。则拿你官里去。(净叩头介)是了,梅花观的事发了。小的不知情。(众笑介)定说你知情!是他什么人?(净)听禀:老儿呵!

【前腔】替他家种园,替他家种园,远来探看。(众作忙)可寻着他哩?(净)猛红尘透不出东君面。(众)你定然知他去向。(净)长官可怜,则听见他到南安,其余不知。所问非所说,言话中间不相会意光景,最是发笑。(众)好笑!好笑!他到这临安应试,得中状元了。(净惊喜介)他中了状元,他中了状元!踏的菜园穿,攀花上林苑。长官,他中了状元,怕没处寻他。(众)便是呢。(合前)

(众)也罢,饶你这老儿,协同寻他去。

一第由来是出身，郑　谷　五更风水失龙鳞。张　署
红尘望断长安陌，韦　庄　只在他乡何处人。杜　甫

硬　拷

【风入松慢】(生上)无端雀角土牢中。是什么孔雀屏风？一杯水饭东床用，草床头绣褥芙蓉。天呵！系颈的是定昏店，赤绳羁凤；领解的是蓝桥驿配递乘龙。好景串入恶境，与“不载香车稳”一曲同法。

〔集唐〕“梦到江南身旅羁，方干包羞忍耻是男儿。杜牧自家妻父犹如此，孙元宴若问傍人那得知。崔颢”俺柳梦梅因领杜小姐言命，去淮扬谒见杜安抚。他在众官面前，怕俺寒儒薄相，故意不行识认，递解临安。想他将次下马，提审之时，见了春容，不容不认。一痴不了，又起一痴，是天公玩弄人处。只是眼下凄惶也。(净扮狱官，丑扮狱卒，持棍上)“试唤皋陶鬼，方知狱吏尊。”咄！淮安府解来囚徒那里？(生见举手介)(净)见面钱？(生)少有。(丑)入监油？(生)也无。(净作恼介)哎呀！一件也没有，大胆来举手。(打介)(生)不要打，尽行装捡去便了。(丑捡介)这个酸鬼，一条破被单，裹一轴小画儿。(看画介)(丑)是轴观音，狱卒亦认为观音，总形其美。送奶奶供养去。(生)都与你去，则留下画轴儿。(丑作抢画，生扯介)(末扮公差上)“僵煞乘龙婿，冤遭下马威。”狱官那里？(丑揖介)原来平章府祗候哥。(末票示介)平章府提取递解犯人一名，及随身行李赴审。(丑)人犯在此，行李一些也无。(生)都是这狱官搬去了。(末)搬了几件？拿他平章府去。(净、丑慌叩头介)则这画轴、被单儿。(末)还了秀才，快起解去。(净、丑应介)(押生行介)老相公，钱曰：柳本不老，加一“老”字，是厌恶之调。你便行动些儿。“略知孔子三分礼，不犯萧何六尺条。”“君子怀刑”，柳生自拾画后都忘了，此二语可猛省。(下)

【唐多令】(外引众上)玉带蟒袍红,新参近九重。耿耿光长剑倚崆峒。归到把平章印总,浑不是黑头公。

〔集唐〕"秋来力尽破重围,罗邺钱曰:按《罗邺集》有"力尽秋来破虏围"之句,岂临川偶误耶?抑别有句,宜辈未睹耶?阙之,以俟得雅者考焉。入掌银台护紫微。李白回头却叹浮生事,李中长向东风有是非。罗隐"自家杜宝,因淮扬平寇,叨家圣恩,超迁相位。前日有个棍徒,假充门婿,已着递解临安府监候。今日不免取来细审一番。(净、丑押生上)(杂扮门官唱门介)临安府解犯人进。(见介)(生)岳父大人拜揖。(外坐笑介)(生)人将礼乐为先。(众呼喝介)(生叹介)

【新水令】则这怯书生剑气吐长虹,原来丞相府十分尊重,声息儿忒汹涌。咱礼数缺通融,曲曲躬躬,他那里半抬身全不动。从秀才口角写出丞相身分,转复尊重。

(外)寒酸,你是那色人数?犯了法,在相府阶前不跪!(生)生员岭南柳梦梅,乃老大人女婿。(外)呀!我女已亡故三年。不说到纳采下茶,便是指腹裁襟,一些没有。何曾得有个女婿来?杜老亦是实语,惜不问及认婿因由耳。可笑!可恨!祗候们与我拿下。(生)谁敢拿!

【步步娇】(外)我有女无郎早把他青年送。划口儿轻调哄。便做是我远房门婿呵,你岭南,我蜀中,牛马风遥,甚处里丝萝共?敢一棍儿走秋风!指说关亲,骗的军民动。

(生)你这样女婿,眠书雪案,立榜云霄,自家行止用不尽,要秋风老大人?(外)还强嘴!搜他裹袱里,定有假雕书印,并赃拿贼。(丑开袱介)破布单一条,画观音一幅。(外看画惊介)呀!见赃了。这是我女孩儿春容。临行特付春容,至此方见波折。你可到南安,认的石道姑么?

(生)认的。(外)认的个陈教授么?(生)认的。(外)天眼恢恢,原来劫坟贼便是你。左右采下打。(生)谁敢打?(外)这贼快招来。(生)谁是贼?老大人拿贼儿赃,不曾捉奸见床。

【折桂令】(生)你道证明师一轴春容。(外)春容分明是殉葬的。(生)可知道是苍苔石缝,迸坼了云踪?(外)快招来。(生)我一谜的不供,供的是开棺见喜,挡煞逢凶。柳生实实供招,杜公听来却是说梦。(外)圹中还有玉鱼金碗。(生)有金碗呵,两口儿同匙受用。玉鱼呵,和我九泉下比目和同。(外)还有哩。(生)玉碾的玲珑,金琐的玎玹,(外)都是那道姑。(生)则那石姑姑他识趣拿奸纵,却不是你杜爷爷逞拿贼威风。此记奇不在丽娘,反在柳生。天下情痴女子,如丽娘之梦而死者不乏,但不复活耳。若柳生者,卧丽娘于纸上,而玩之、叫之、拜之,既与情鬼魂交,以为有精有血而不疑,又谋诸石姑开棺负尸而不骇。及走淮阳道上,苦认妇翁,吃尽痛棒而不悔,斯洵奇也。

(外)他明明招了。叫令史,取过一张坚厚官绵纸,写下亲供:"犯人一名,柳梦梅,开棺劫财者斩。"写完,发与那死囚,于"斩"字下押个花字。会成一宗文卷,放在那里。(贴扮吏取供纸上)禀爷定个斩字。(外写介)(贴叫生押花字)(生不伏介)(外)你看这吃敲才!

【江儿水】眼脑儿天生贼,心机使的凶。还不画纸?(生)谁惯来。(外)你纸笔砚墨则好招详用。(生)生员又不犯奸盗。(外)你奸盗诈伪机谋中。(生)因令爱之故。(外)你精奇古怪虚头弄。(生)令爱现在。"现在"一语是正对其奈平章不问何。(外)现在么,把他玉骨抛残心痛。(生)抛在那里?(外)后苑池中,月冷断魂波动。

(生)谁见来?(外)陈教授来报知。(生)生员为小姐费心,除了天知地知，陈最良那得知！

【雁儿落】柳生又实实供招，杜老听之却似鬼话。我为他礼春容，叫的凶，我为他展幽期，耽怕恐；我为他点神香，开墓封，我为他唾灵丹，活心孔；我为他偎熨的体酥融，我为他洗发的神清莹，我为他度情肠，款款通。我为他启玉股，轻轻送；我为他软温香，把阳气攻；我为他抢性命，把阴程迸。神通，医的他女孩儿能活动。通也么通，到如今风月两无功。风月无功，尚欲以痴语激动杜老，非有所悔懊也。

(外)这贼都说的是什么话？着鬼了。左右，取桃条打他，长流水喷他。(丑取桃条上)“要的门无鬼，先教园有桃。”桃条在此。打桃条仍在花树上生发。(外)高吊起打。(众吊起生，作打介)(生叫痛转动，众诨打鬼介，喷水介)(净扮郭驼拐杖同老旦、贴扮军校持金瓜上)“天上人间忙不忙？开科失却状元郎。”一向找寻柳梦梅，今日再寻不见，打老驼。(净)难道要老驼赔？买酒你吃，叫去是。(叫介)状元柳梦梅那里？(外听介)(众叫下)(外问丑介)(丑)不见了新科状元，圣旨着沿街寻叫。(生)大哥，开榜哩。状元谁？(外恼介)这贼闲管，掌嘴。(丑掌生嘴介)(生叫冤屈介)(老旦、贴、净依前上)“但闻丞相府，不见状元郎。”忙里寻不着，闲里撞着，世事难料每如此。咦！平章府打喧闹哩。(听介)(净)里面声息，像有俺家相公哩！(众进介)(净向前哭介)吊起的是相公也！(生)列位救俺。(净)谁吊相公来？(生)是这平章。(净将拐杖打外介)拚老命打这平章。驾上人径入相府，老驼攻平章，写出一时仓卒情景。钱曰：用老驼同寻，正为其能识柳生声息也，故直入相府，不为无因。后即令其报喜，又善于收拾。(外恼介)谁敢无礼？(老旦、贴)驾上的，来寻状元柳梦梅。(生)大哥，柳梦梅便是小生。(净向前解生，外扯净跌介)(生)你是老驼，因何至此？(净)俺一径来寻相公，喜的中了状元。(生)真个的！快向钱塘门外报杜小姐喜。一心只在小姐，不觉冲口而出。然忙中着此语，正是要杜老听得。（老旦、贴）找着了状元，连俺们也报知黄门官奏去。"未去朝天子，先来激相公。"（下）（外）一路的光棍去了。正好拷问这厮，左右再与俺吊将起来。一时愤怒，喜众人散去即便接问。盖杜老急欲入柳生之罪，不暇追查喧闹之人也。（生）待俺分诉些，难道状元是假的？（外）凡为状元者，登科记为证。你有何据？则是吊了打便了。（生叫苦介）（净扮苗舜宾引老旦，贴扮堂候官，捧冠袍带上）"踏破草鞋无觅处，得来全不费工夫。"老公相住手，有登科记在此。

【侥侥犯】（净）则他是御笔亲标第一红，柳梦梅为梁栋。（外）敢不是他？（净）是晚生本房取中的。（生）是苗老师哩，救门生一救！（净笑介）你高吊起文章钜公，打桃枝受用。告过老公相，军校，快请状元下吊。（贴放，生叫疼煞介）（净）可怜！可怜！是斯文到吃尽斯文痛，无情棒打多情种。（生）他是俺丈人。（净）原来是倚太山压卵欺鸾凤。

（老旦）状元悬梁刺股。（净）罢了，一领官袍遮盖去。（外）什么官袍，扯了他！（扯住冠服介）以前柳生冤气不可言，此时杜老冤气又不可言。

【收江南】（生）呀！你敢抗皇宣骂敕封，早裂绽我御袍红。似人家女婿呵，拜门也似乘龙。偏我帽光光走空，你桃夭夭煞风。（老旦替生冠服插花介）（生）老平章，好看我插宫花帽压君恩重。势位真不可忽，老平章亦气夺矣。

（外）柳梦梅怕不是他。果是他，便童生应试，也要候案。怎生殿试了，不候开榜，淮扬胡撞？（生）老平章是不知。为因李全兵乱，放榜稽迟。令爱闻的老平章有兵寇之事，着我一来上门，二来报他再生之喜，三来扶助你为官。好意成恶意，今日可是你女婿了？（外）谁认你女婿！

【园林好】（净众）嗔怪你会平章的老相公，不刮目破窑中吕蒙。忒做作前辈们性重。（笑介）敢折倒你丈人峰？“折倒丈人峰”，恰与“太山压卵”相照。

（外）悔不将劫坟贼监候奏请为是。悔得无理，却妙。闷受旁人嘲诮，不得不以一悔消之。

【沽美酒】（生笑介）你这孔夫子，把公冶长陷缧绁中。我柳盗跖打地洞向鸳鸯冢。有日呵，把燮理阴阳问相公，要无语对春风。则待列笙歌画堂中，抢丝鞭御街拦纵。把穷柳毅赔笑在龙宫，你老夫差失敬了韩重。我呵，人雄气雄，老平章深躬浅躬，请状元升东转东。呀！那时节才提破了牡丹亭杜鹃残梦。已傍蟾宫，是残梦提破也。老平章请了，你女婿赴宴去也。极奚落平章，语妙在只是认女婿。

【北尾】你险把司天台失陷了文星空，把一个有对付的玉洁冰清烈火烘。咱想有今日呵，越显的俺玩花柳的女郎能，则要你那打桃条的相公懂。收到小姐身上，想起花柳之情，可释桃条之怨。（下）

（外吊场）异哉！异哉！还是贼，还是鬼？一天大事，爽然若失。是贼是鬼，惊疑绝妙。堂候官，去请那新黄门陈老爷到来商议。（丑）知道了。“谒者有如鬼，状元还似人。”（下）（末扮陈黄门上）“官运精神老不眠，早朝三下听鸣鞭。多沾圣主随朝来，不受村童学俸钱。”不忘本色。自家陈最良，因奏捷，圣恩可怜，钦授黄门。此皆杜老相公抬举之恩，敬此趋谢。（丑上见介）正来相请，少待通报。（进报见介）（外笑介）可喜！可喜！“昔为陈白屋，今作老黄门。”（末）“新恩无报效，旧恨有还魂。”适间老先生三喜临门：一喜官居宰相，二喜小姐活在人间，三喜女婿中了状元。（外）陈先生教的好女学生，成精作怪哩！陈生虽得一官，此夜却受杜、柳两家人人埋怨。（末）老相公胡卢提认了罢。胡卢提是庸庸辈一生受用。钱曰：生不闻道，到腊月三十日，一场懡㦬，谁不胡卢提也。（外）先生差矣！此乃妖孽之事。为大臣的，必须奏闻灭除为是。（末）果有此意，容晚生登时奏上取旨何如？（外）正合吾意。

夜渡沧州怪亦听，陆龟蒙　可关妖气暗文星。司空图
谁人断得人间事，白居易　神镜高悬照百灵。殷文圭

闻　喜

【绕地游】（贴上）露寒清怯，金井吹梧叶，转不断辘轳情劫。

咳！俺小姐为梦见书生，感病而亡，已经三年。老爷与老夫人，时时痛他孤魂无靠。两地不相知，亦复如此。小姐孤魂何尝不跟着秀才，特春香不知耳。谁知小姐到活活的跟着个穷秀才，老夫人云“是个好秀才”，春香今云“穷秀才”，非是轻薄。好者多穷，不穷多未必好也。钱曰：死不跟着，便不能复生。寄居钱塘江上。母女重逢，真乃天上人间，怪怪奇奇，何事不有！今日小姐分付安排绣床，温习针指。小姐早到也。

【绕红楼】（旦上）秋过了平分日易斜，恨辞梁燕语周遮。人去空江，身依客舍，无计七香车。

“秋风吹冷破窗纱，夫婿扬州不到家。玉指泪弹江北草，金针闲刺岭南花。”“江北草”，思杜也；“岭南花”，思梅也。春香，俺同柳郎至此，即赴试闱。虎榜未开，扬州兵乱，俺星夜赍发柳郎，打听爹娘消息。且喜老萱堂不意而逢，则老相公未知下落。想柳郎刻下可到，料今番榜上高题。须先剪下罗衣，衬其光彩。(贴)绣床停当，请自尊裁。(旦裁衣介)裁下了，便待缝将起来。(缝介)(贴)小姐，俺淡口儿闲嗑，你和柳郎梦里、阴司里，两下光景何如？丽娘回生叩之者四：石道姑、春香、柳生，以至君王也。其对石姑、柳生略记生前数语而已。对君王则详言业报，直指秦长脚和议卖国之罪，所谓神道设教也。惟对春香，《罗江怨》一曲情致缠绵，觉灵犀一点，穿透幽明。牡丹亭言情，至此始畅。钱曰：春香问到两下煞是贼牢。

【罗江怨】(旦)春园梦一些，到阴司里有转折。梦中逗的影儿别，阴司较追的情儿切。(贴)还魂时像怎的？(旦)似梦重醒，猛回头放教跌。(贴)阴司可也有耍子处？耍子一问，仍是引入后园情。(旦)一般儿轮回路，驾香车，爱河边题红叶。便则到鬼门关逐夜的望秋月。

【前腔】(贴)你风姿恁惹邪，情肠害劣。冶容诲淫，多情诲邪。小姐，你香魂逗出了梦儿蝶，把亲娘肠断了影中蛇。不道燕家荒斜，再立起鸳鸯舍。则问你会书斋灯怎遮？问入微芒。送情杯酒怎赊？取喜时，也要那破头梢一泡血。亵语用在幽欢时，故觉其雅。

(旦)蠢丫头，幽欢之时，彼此如梦，春香原问两下，故答以“彼此”，可知柳郎当时亦是出魂。世间一切幻景皆可类测。钱曰：可知鬼只如梦，亦可知梦即是鬼。问他则甚。呀！奶奶来的恁忙也！

【玩仙灯】(老旦慌上)人语闹吱嚓,听风声,似是女孩儿关节。

儿,听见外厢喧嚷,新科状元是岭南柳梦梅。(旦)有这等事!

【前腔】(净忙走上)旗影儿走龙蛇,甚宣差,叫来近者!

(见介)奶奶、小姐,驾上人来了。俺看门去也!(下)

【入赚】(外、丑扮军校持黄旗上)深巷门斜,抓不出状元门第也。这是了。(敲门介)(老旦)声息儿恁怔忡!把门儿偷瞥。惊喜匆遽之状,摹写宛肖。(启门,校冲门介)(老旦)那衙门来的?(校)星飞不迭。你看这旗影儿头势别。是黄门官把圣旨教传泄。(老旦叫介)儿,原来是传圣旨的。(旦上)斗胆相询,"斗胆相询"及"状元可也辨一本儿""再说些去"诸处,心急遽问,忙语,稚语,无不尽致。金榜何时揭?可有柳梦梅名字高头列?(校)他中了状元。(旦)真个中了状元?(校)则他中状元急节里遭磨灭。(旦惊介)是怎生?(校)往淮扬触犯了杜参爷,扭回京把他做劫坟茔的贼决。(老旦)俺儿,谢天谢地,老爷平安回京了。他那知世间有此重生之事。(旦)这却怎了?(校)正高吊起猛桃条细抽掣,被官里人抢去游街歇。(旦)恰好哩。(校)平章他势大,动本了。说劫坟之贼,不可以作状元。(旦)状元可也辨一本儿?(校)状元也有本。那平章奏他恶茶白赖把阴人窃。那状元呵,他说头带魁罡不受邪。便是万岁爷听了成痴呆。(旦)后来?(校)侥幸有个陈黄门,是平章爷故人。奏准,要平章、状元爷、小姐三人,驾前勘对,方取圣裁。(老旦)呀!陈黄门是谁?(校)是陈最良,他说南安教授曾官舍。因此杜平章抬举他掌朝班、通御谒。(老旦)一发诧异哩。(校)便是他着俺们来宣旨。分付你家一更梳洗，二鼓吃饭，三鼓穿衣，四更走动。到的五更三点彻，响玎珰翠佩，那是朝时节。(旦)独自个怕人。(校)怕则么！平章宰相你亲爷，状元妻妾。俺去了。(旦)再说些去。(校)明朝金阙，讨你幅撞门红去了也。(下)(旦)娘，爹爹高升，柳郎高中。小旗儿报捷，又是平安帖。把神天叩谢。

【滴溜子】(拜介)当日的、当日的梅根柳叶，无明路、无明路曾把游魂再叠。果应梦、花园后折。"应梦"二字完结梦案，亦指傍蟾宫客言。甫能勾迸到头，抢了捷。鬼趣里因缘，人间判贴。

【前腔】(老旦)虽则是、虽则是希奇事业，可甚的、可甚的惊劳驾帖？他道你、是花妖害怯，看承的柳抱怀做花下劫。(旦)俺那爹爹呵，没得介符儿再把花神召摄。《冥判》《圆驾》是关目阴阳遥对处，故以召花神映带比拟。细想得傍蟾宫因缘已了，又起风波，老平章果是没得也。

【尾声】女儿，紧簪束扬尘舞蹈摇花颊。(旦)叫俺奏个甚么来？(老旦)有了你活人硬证无虚胁？(合)少不的万岁君王听臣妾。

(净扮郭驼上)"要问鼋鼍窟，还过乌鹊桥。"两日再寻个钱塘江不着。正好撞着老军，说知夫人下处。抖擞了进去。(见介)(老旦)是谁？(净)状元家里老驼，恭喜了。(旦)辛苦，可见了状元？(净)俺往平章府抢下了状元，要夫人见朝也。

往事闲征梦欲分，韩　溉　今晨忽见下天门。张　籍

分明为报精灵辈，僧贯休　淡扫蛾眉朝至尊。张　祜

钱曰："淡扫"句，一作杜甫。

圆　驾

（净、丑扮将军持金瓜上）"日月光天德，山河壮帝居。"万岁爷升朝，在此直殿。

【北点绛唇】（末上）宝殿云开，御炉烟霭，乾坤泰。（回身拜介）日影金阶，早唱道黄门拜。冠带之下真足增人气分。此时之陈老，比唱灯窗苦吟时，大不同矣。

〔集唐〕"鸾凤旌旗拂晓陈，韦元旦传闻阙下降丝纶。刘长卿兴王会净妖氛气，杜甫不问苍生问鬼神。李商隐"自家大宋朝新除授一个老黄门陈最良是也。下官原是南安府饱学秀才。因柳梦梅发了杜平章小姐之墓，径往扬州报知。有此一段总叙，头绪分明。平章念旧，着俺说平李寇，告捷效劳，圣恩钦赐黄门奏事之职。不想平章回朝，恰遇柳生投见。当时拿下，递解临安府监候。却说柳生先曾撺过卷子，中了状元。找寻之间，恰好状元吊在杜府拷问。当被驾前官校人等冲破府门，抢了状元上马而去，到也罢了。又听的说俺那女学生杜小姐，也返魂在京。平章听说女儿成了个色精，一发恼激，央俺题请一本，为诛除妖贼事。偏是古执人家，会做出古怪事来。中间劾奏柳梦梅系劫坟之贼，其妖魂托名亡女，不可不诛。随后柳生也奏一本，为辩明心迹事。都奉有圣旨："朕览所奏，幽隐特奇。必须返魂之女，面驾敷陈，取旨定夺。"老夫又恐怕真是杜小姐返魂，私着官校传旨与他，五更朝见。正是："三生石上看来去，万岁台前辨假真。"道犹未了，平章、状元早到。

【前腔】钱曰：传奇收场，多是结了前案。此独夫妻父女，各不识认，另起无限端倪，始以一诏结之，可无强弩之诮。(外、生幞头、袍、笏同上)(外)有恨妆排，无凭耽带，真奇怪。(生)哑谜难猜，今上亲裁划。

岳丈大人拜揖。(外)谁是你岳丈！(生)平章老先生拜揖。(外)谁和你平章？(生笑介)古诗："梅雪争春未肯降，骚人阁笔费平章。"今日梦梅争辩之时，少不的要老平章阁笔。(外)你罪人咬文哩。(生)小生何罪？老平章是罪人。(外)俺有平李全大功，当得何罪？有此矜功之语，自尔取笑。(生)朝廷不知，你那里平的个李全，则平的个"李半"。(外)怎生止平的个"李半"？(生笑介)你则哄的个杨妈妈退兵，怎哄的全！(外恼作扯生介)谁说？和你官里讲去。(末作慌出见介)午门之外，谁敢喧哗！(见介)原来是杜老先生。这是新状元。放手，放手。(外放生介)(末)状元何事激恼了老平章？(外)他骂俺罪人，俺得何罪？(生)你说无罪，便是处分令爱一事，也有三大罪。(外)那三罪？(生)太守纵女游春，一罪。(外)是了。(生)女死不奔丧，私建庵观，二罪。(外)罢了。(生)嫌贫逐婿，吊打钦赐状元，可不三大罪？柳生从前一味痴语，至此牙慧异常，总因状元在身，不复更惧吊打，自然扬眉吐气也。(末笑介)状元以前也罪过些。看下官面分，和了罢。(生)黄门大人，与学生有何面分？(末笑介)状元不知，尊夫人请俺上学来。(生)敢是鬼请先生？(末)状元忘旧了。(生认介)老黄门可是南安陈斋长？(末)惶恐，惶恐。(生)呀！先生，俺于你分上不薄，如何妄报俺为贼？做门馆报事不真，则怕做了黄门，也奏事不以实。(末笑)今日奏事实了。远望尊夫人将到，二公先行叩头礼。老眼精神，自是官运。钱曰：先安顿二公，丽娘后上，最妥。(内唱礼介)奏事官齐班。(外、生先进叩头介)(外)臣杜宝见。(生)臣柳梦梅见。(末)平身。(外、生立左右介)(旦上)"丽娘本是泉下女，重瞻天日向丹墀。"

【北醉花阴】平铺着金殿琉璃翠鸳瓦，响鸣梢半天儿刮剌。(净、丑喝介)甚的妇人冲上御道？拿下！(旦惊介)似这般狰狞汉，叫喳喳。在阎浮殿见了些青面獠牙，也不似今番怕。又映带冥判时。(末)前面来的是女学生杜小姐么？(旦)来的黄门官像陈教授，叫他一声："陈师父！"(末应介)是也。(旦)陈师父喜哩！(末)学生，你做鬼，怕不惊驾？(旦)噤声。再休提探花鬼乔作衙，则说的状元妻来面驾。

(净、丑下)(内)奏事人扬尘舞蹈。(旦作舞蹈、呼"万岁"介)(内)平身。(旦起)(内)听旨：杜丽娘是真是假，就着伊父杜宝，状元柳梦梅，出班识认。(生觑旦作悲介)俺的丽娘妻也。(外觑旦作恼介)鬼也些真个一模二样，大胆！大胆！(作回身跪奏介)臣杜宝谨奏：臣女亡已三年，此女酷似，此必花妖狐媚，假托而成。俺王听启：又作一疑，生出验影照镜，以后层层辨诘，破尽疑团，使人无复更寻间隙。

【南画眉序】臣女没年多，道理阴阳岂重活？愿俺王向金阶一打，立见妖魔。(生作泣)好狠心父亲！(跪奏介)他做五雷般严父的规模，则待要一下里把声名煞抹。(起介)(合)便阎罗包老难弹破，除取旨前来撒和。

(内)听旨：朕闻人行有影，鬼形怕镜。定时台上，有秦朝照胆镜。黄门官，可同杜丽娘照镜，看花阴之下，有无踪影回奏。(末应，同旦对镜介)女学生是人是鬼？

【北喜迁莺】(旦)人和鬼教怎生酬答？形和影现托着面菱花。(末)镜无改面，委系人身。再向花街取影而奏。(行看影介)(旦)波查。花阴这答，一般儿莲步回鸾印浅沙。(末奏)杜丽娘有踪有影，的系人身。(内)听旨：丽娘既系人身，可将前亡后化事情奏上。(旦)万岁！臣妾二八年华，自画春容一幅，曾于柳外梅边，梦见这生。妾因感病而亡，葬于梅树之下。后来果有这生，姓名柳梦梅，拾取春容，朝夕挂念。臣妾因此出现成亲。(悲介)哎哟！凄惶煞。想到不堪言处，不得不凄惶。这底是前亡后化，抵多少阴错阳差。

(内)听旨：柳状元质证，丽娘所言真假？因何预名梦梅？预名一诘，更属肯綮。(生跪伏，呼"万岁"介)

【南画眉序】臣南海泛丝萝，梦向娇姿折梅萼。果登程取试，养病南柯。因借居南安府红梅观中，游其后苑，拾的丽娘春容，因而感此真魂，成其人道。(外跪介)此人欺诳陛下，兼且点污臣之女也。论臣女呵，便死葬向水口廉贞，肯和生人做山头撮合！杜公正气森然，足使淫邪者闻之汗下。丽娘感柳重生，故得自解于无媒。然一再诘问，纯作鬼话，盖亦有难言者矣。(起介)(合前)

(内)听旨：朕闻有云："不待父母之命，媒妁之言，则国人父母皆贱之。"杜丽娘自媒自婚，有何主见？(旦泣介)万岁！臣妾受了柳梦梅再活之恩。

【北出队子】真乃是无媒而嫁。(外)谁保亲？(旦)保亲的是母丧门。(外)送亲的？(旦)送亲的是女夜叉。(外)这等胡为！(生)这是阴阳配合正理。(外)正理！正理！花你那蛮儿一点红嘴哩！(生)老平章，你骂俺岭南人吃槟榔，其实柳梦梅唇红齿白。(旦)噤声。眼前活立着个女孩儿，亲爷不认。到做鬼三年，有个柳梦梅认亲。丽娘此语，亦只激平章认耳，非谓父不如夫也。拈着槟榔便凑着附子贝母，触处巧思，且接下老夫人不突。则你这辣生生回阳附子较争些，为甚么翠呆呆下气的槟榔俊煞了他？爷！你不认呵，有娘在。(指鬼门)现放着实丕丕贝母开谈亲阿妈。

(老旦上)多早晚女儿还在面驾,老身踹入正阳门叫冤去也。(进见跪伏介)万岁爷,杜平章妻一品夫人甄氏见驾。(外、末惊介)那里来的?真个是俺夫人哩。(外跪介)臣杜宝启,臣妻死于扬州乱贼之手,臣已奏请恩旨褒封。此必妖鬼揑作母子一路,白日欺天。又作一疑,出脱请封之疏。(起介)(生)这个婆婆,是不曾认的他。(内)听旨:甄氏既死于贼手,何得临安母子同居?(老旦)万岁!

【南滴溜子】扬州路、扬州路遭兵劫夺,只得向、只得向长安住托。不想到钱塘夜过,嘿撞着丽娘儿魂似脱。少不的子母肝肠,死生同活。

(起介)(内)听甄氏所奏,其女重生无疑。则他阴司三载,多有因果之事。假如前辈做君王臣宰不臻的,可有的发付他?从直奏来。前作已无余意,忽转到阴司因果,为荃宰说法,并入秦桧之事,衬出关系。(旦)这话不提罢了,提起都有。(末)女学生"子不语怪"。比如阳世府部州县,尚然磨刷卷宗,他那里有甚会案处!

【北刮地风】(旦)呀!那阴司一桩桩文簿查,使不着你猾律拿喳。是君王有半付迎魂驾,臣和宰玉锁金枷。(末)女学生,没对证。似这般说,秦桧老太师在阴司里可受用?(旦)也知道些。说他的受用呵,那秦太师他一进门,忒楞楞的黑心槌敢捣了千下,淅另另的紫筋肝剁作三花。(众惊介)为甚剁作三花?(旦)道他一花儿为大宋,一花为金朝,一花儿为长舌妻。(末)这等长舌夫人有何受用?(旦)若说秦夫人的受用,一到了阴司,捋去了凤冠霞帔,赤体精光。跳出个牛头夜叉,只一对七八寸长指彄儿,轻轻的把那撇道儿搭，长舌揸。(末)为甚？(旦)听的是东窗事发。一转打合本事甚捷。(外)鬼话也。且问你，鬼乜邪，人间私奔，自有条法。阴司可有？桃条一顿作如此准折，柳生伏否？(旦)有的。是柳梦梅七十条，钱曰：七十条非实，信口诌数耳。爹爹发落过了，女儿阴司收赎。桃条打，罪名加，做尊官勾管了帘下。则道是没真场风流罪过些。有甚么饶不过这娇滴滴的女孩家。

(内)听旨：朕细听杜丽娘所奏，重生无疑。就着黄门官押送午门外，父子夫妻相认，归第成亲。(众呼"万岁"行介)(老旦)恭喜相公高转了。(外)怎想夫人无恙！先认夫人，极是。盖夫人之死，原属传闻，不同亲见，可以即认也。(旦哭介)我的爹呵！(外不理介)青天白日，小鬼头远些！陈先生，如今连柳梦梅俺也疑将起来，则怕也是个鬼。与姑姑也是鬼。同一想必如此设疑，疑端才破得尽。(末笑介)是踢斗鬼。(老旦喜介)今日见了状元女婿，女儿再生，千十分喜也。状元，先认了你丈母罢。(生揖介)丈母光临，做女婿的有失迎待，罪之重也。(旦)官人恭喜，贺喜。(生)谁报你来？(旦)到得陈师父传旨来。(生)受你老子的气也。(末)状元，认了丈人翁罢。(生)则认的十地阎君为岳丈。也是阴阳配合正理，但开坟时曾求土地公公为岳丈，如何忘了？(末)状元，听俺分劝一言。

【南滴滴金】你夫妻赶着了轮回磨，便君王使的个随风柁，那平章怕不做赔钱货。到不如娘共女，翁和婿，明交割。(生)老黄门，俺是个贼犯。(末笑介)你得便宜人，偏会撒科。则道你偷天把桂影那，不争多先偷了地窟里花枝朵。偷天偷地，藻思映发，足伏柳郎之心。

(旦叹介)陈师父，你不教俺后花园游去，游园是第一关目，故结处提清。怎看上这攀桂客来？(外)鬼乜邪，怕没门当户对，看上了柳梦梅什么来！

【北四门子】(旦笑介)是看上他带乌纱，象简朝衣挂，笑、笑、笑，笑的来眼媚花。爹娘，人家白日里高结彩楼，招不出个官婿。你女儿睡梦里，鬼窟里选着个状元郎，还说门当户对！则你个杜杜陵惯把女孩儿吓，那柳柳州他可也门户风华。爹，认了女孩儿罢。(外)离异了柳梦梅，回去认你。此时杜老亦将信将疑，稍稍口软。离异语因恼柳生，而设强词也。观下丽娘闷倒即相呼厮认，可见。(旦)叫俺回杜家，赸了柳衙。便作你杜鹃花，也叫不转子规红泪洒。(哭介)哎哟！见了俺前生的爹，即世嬷，颠不剌悄魂灵立化。

(旦作闷倒介)(外惊介)俺的丽娘儿！钱曰：杜公惊唤，与《遇母》折夫人抱泣，同一天性所感。(末作望介)怎那老道姑来也？连春香也活在？好笑！好笑！我在贼营里瞧甚来？陈老不特人人见责，抑且自责矣。

【南鲍老催】(净扮石姑同贴上)官前定夺，官前定夺。(打望介)原来一众官员在此。怎的起状元、小姐嘴骨都站一边？眼见他乔公案断的错，听了那乔教学的嘴儿嗑。(末)春香贤弟也来了。这姑姑是贼。指石姑是贼，又欲自文虚报。(净)啐！陈教化，谁是贼？你报老夫人死哩，春香死哩！做的个纸棺材，舌锹拨。(向生介)柳相公喜也。(生)姑姑喜也。这丫头那里见俺来？(贴)你和小姐牡丹亭做梦时有俺在。点做梦冷隽，柳语又痴。(生)好活人活证。(净、贴)鬼团圆不想到真和合，鬼揶揄不想做人生活。老相公，你便是鬼三台费评跋。(净、贴并下)

(末)朝门之外，人钦鬼伏之所，谁敢不从！少不得小姐劝状元认了平章，成其大事。(旦作笑劝生介)柳郎，拜了丈人罢！(生不伏介)

【北水仙子】(旦)呀、呀、呀,你好差。(扯生手、按生肩介)好、好、好,点着你玉带腰身把玉手叉。(生)几百个桃条!(旦)拜、拜、拜,拜荆条曾下马。(扯外介)(旦)扯、扯、扯,做太山倒了架。(指生介)他、他、他,点黄钱聘了咱。自媒自婚,于此可解。俺、俺、俺,逗寒食吃了他茶。(指末介)你、你、你,待求官报信,则把口皮喳。(指生介)是、是、是,是他开棺见椁湔除罢。(指外介)爹、爹、爹,你可也骂勾了咱鬼乜些。

(丑扮韩子才冠带捧诏上)圣旨已到,跪听宣读。无数层波叠嶂,以一诏为结,断莫敢或违。设使冰玉早自怡然,则杜公为状元动也,柳生为平章屈也,一世俗情事矣必如此。而杜之执古,柳之不屈,始两得之。钱曰:奇异事已明晰,故诏书只一语简括。"据奏奇异,敕赐团圆。平章杜宝,进阶一品。妻甄氏,封淮阴郡夫人。状元柳梦梅,除授编修院学士。妻杜丽娘,封阳和县君。就着鸿胪官韩子才,送归宅院。"叩头谢恩。(丑见介)状元恭喜了。(生)呀!是韩子才兄,何以得此?结出韩生关目不漏。(丑)自别了尊兄,蒙本府起送先儒之后,到京考中鸿胪之职,故此相会。(生)一发奇异了。(末)原来韩老先也是旧朋友。(行介)

【南双声子】(众)姻缘诧,姻缘诧,阴人梦黄泉下。福分大,福分大,周堂内是这朝门下。齐见驾,齐见驾;真喜洽,真喜洽。领阳间诰敕,去阴司销假。

【北尾】(生)从今后把牡丹亭梦影双描画。只须添个姐夫在身傍。(旦)亏杀你南枝挨暖俺北枝花。则普天下做鬼的有情谁似咱!做人有情,何可胜数。做鬼有情,极是难得也。钱曰:儿女情长,人所易溺,死而复生,不可有二。世不乏有情人颠倒因缘,流浪生死,为此一念不得生天，请勇猛忏悔则个。

杜陵寒食草青青，韦应物　羯鼓声高众乐停。李商隐
更恨香魂不相遇，郑琼罗　春肠遥断牡丹亭。白居易

千愁万恨过花时，僧无则　人去人来酒一卮。元　稹
唱尽新词欢不见，刘禹锡　数声啼鸟上花枝。韦　庄

附　录

康熙原刊牡丹亭还魂记序跋

昔元稹欲乱其表妹而不得，乃作《会真记》诬其事。金人董解元，元人王实甫，先后谱曲以传之。稹此文，正当令中使批颊。而《西厢》所谱之曲，董则联缀方语，王亦捃摭旧词，原非有奇文隽味，足以益人，徒使古人受诬，而俗流惑志，最无当于风雅者也。小慧之人，妄牵禅理，又指为文章三昧。夫宗门语录，随处单词片言，皆可借转法华。而行文阖辟通变之机，发于天地之自然，非藉巴人下里，然后可悟其旨趣者也。治世之道，莫大于礼乐；礼乐之用，莫切于传奇。愚夫愚妇每观一剧，便谓昔人真有此事，为之快意，为之不平，于是从而效法之。彼都人士，诵读圣贤，感发之神，有所不及。君子为政，诚欲移风易俗，则必自删正传奇始矣，若《西厢》者所当首禁者也。予持此说已久，顾尝念曹孟德欲诛一妓，以善歌留之。教他妓有能为其歌者，乃杀之。今玉茗《还魂记》，其禅理文诀，远驾《西厢》之上，而奇文隽味，真足益人神智；风雅之俦，所当耽玩，此可以毁元稹、董、王之作者也。书初出时，文人学士，案头无不置一册，唯庸下伶人，或嫌其难歌。究之善讴者，愈增韵折也。当时玉茗主人，既有以自解，而世之文人学士，反覆申之者尤多，世乃共珍此书，无复他议。然而批郤导窾，抉发蕴奥，指点禅理文诀，以为迷途之津梁、绣谱之金针者，未有评定之一书也。今得吴氏三夫人本读之，妙解入神，虽起玉茗主人于九原，不能自写至此。异人异书，使我惊绝。嗟乎！自有天地以来，不知几千万年，而乃有玉茗之《还魂》；《还魂》之后，又百年余，而乃有三夫人之评本。自古才媛不世出，而三夫人以杰出之姿、间钟之英，萃于一门，相继成此不朽之大业。自今以往，宇宙虽远，其为文人学士欲参会禅理、讲求文诀者，竟无以易乎闺阁之三人，何其异哉！何其异哉！予家与吴氏世戚先后，睹评本最蚤。既为惊绝，复欣然序之。盖杜丽娘之事，凭空结撰，非有所诬，而托于不字之贞，不碍承筐之实，又得三夫人合评表彰之，名教无伤，风雅斯在。或尚有格而不能通者，是真夏虫不可与语冰，井蛙不可与语天，痴人前安可与之喃喃说梦也哉！甲戌春日，同里女弟林以宁拜题。

吴人初聘黄山陈氏女同，将昏而没，感于梦寐，凡三夕，得倡和诗十八篇。人作《灵妃赋》，颇泄其事，梦遂绝。有邵媪者，同之乳娘也。来述同没时，泣谓媪必诣姑所，说同薄命，不逮事姑。尝为姑手制鞋一双，令献之。人私叩同状貌服饰，符所梦。媪又言同病中，犹好观览书籍，终夜不寝。母忧其茶也，悉索箧书烧之，仅遗枕函一册。媪匿去，为小女儿夹花样本，今尚存也。人许一金相购，媪忻然携至，是同所评点《牡丹亭还魂记》上卷，密行细字，涂改略多，纸光冏冏，若有泪迹。评语亦痴亦黠，亦玄亦禅。即其神解，可自为书，不必作者之意果然也。惜下卷不存，对之便生于邑。已，取清溪谈氏女则，雅耽文墨，镜奁之侧，必安书簏。见同所评，爱玩不能释，人试令背诵，都不差一字。暇日，仿同意补评下卷，其杪芒微会，若出一手，弗辨谁同谁则。尝记人十二岁时，偕众名士，集毛丈稚黄斋，客偶举临川"恨不得肉儿般团成片"语为创获，人笑应曰："此特衍《诗》义耳。《诗》不云乎'聊与子如一兮'。"遂解众颐。诸子虎男，载之《橘苑杂纪》，今视二女评，人说直糟魄矣。则既评完，钞写成帙，不欲以闺阁名闻于外，间以示其姊之女沈归陈者，谬言是人所评。沈方延老生徐丈野君谭经，徐丈见之，谓果人评也，作序诒人。于时远近闻者，转相传访，皆云吴吴山评《牡丹亭》也。则又没十余年，人继取古荡钱氏女宜，初仅识《毛诗》字，不大晓文义。人令从昆山李氏妹学，妹教以《文选》、《古乐苑》、《汉魏六朝诗乘》、《唐诗品汇》、《草堂诗馀》诸书，三年而卒业。启簏得同则评本，怡然解会，如则见同本时。夜分灯灺，尝欹枕把读，一日忽忽不怿，请于人曰："宜昔闻小青者，有《牡丹亭》评跋，后人不得见。见'冷雨幽窗'诗，凄其欲绝。今陈阿姊评，已逸其半，谈阿姊续之，以夫子故掩其名久矣，苟不表而传之，夜台有知，得无秋水燕泥之感。宜愿卖金钏为锲板资。"意甚切也，人不能拂，因序其事。吴人舒凫书。

坊刻《牡丹亭还魂记》标玉茗堂元本者，予初见四册，皆有讹字及曲白互异之句，而评语率多俚陋可笑。又见删本三册，唯山阴王本有序，颇隽永，而无评语。又吕、臧、沈、冯改本四册，则临川所讥，割蕉加梅，冬则冬矣，非王摩诘冬景也。后从嫂氏赵家得一本，无评点而字句增损，与俗刻迥殊，斯殆玉茗定本矣。爽然对玩，不能离手，偶有意会，辄濡毫疏注数言。冬釭夏簟，聊遣余闲，非必求合古人也。

《还魂记》宾白，间有集唐诗，其落场诗，则无不集唐者。元本不注诗人姓氏，予记忆所及，辄为注之。至于诗句中，多有更易字者，如"莫遣儿童触琼粉"，作"红粉"，"武陵何处访仙乡"，作"仙郎"，虽于本诗意刺谬，既义取断章，兹亦不复批摘也。

右二段，陈阿姊细书临川序后。空格七行内，自述评注之意，共二百四十字。碎金断玉，对之黯然。谈则书。

向见《牡丹亭》诸刻本，《诘病》一折，无落场诗，独陈阿姊评本有之，而他折字句亦多异同，靡不工者，洵属善本。每以下卷阙佚，无从购求为怏怏。适夫子游苕霅间，携归一本，与阿姊评本出一板所摹。予素不能饮酒，是日喜极，连倾八九瓷杯，不觉大醉。自晡时睡至次日，日射帐钩犹未醒。斗花赌茗，夫子尝举此为笑噱。于时南楼多暇，仿阿姊意，评注一二，悉缀贴小签，弗敢自信矣。积之累月，纸墨遂多。夫子过泥予，迁许可与姊评等埒，因合钞入苕溪所得本内，重加装潢，循环展览，笑与抃会，率尔题此。谈则又书。

同语二段则手钞之，复自题二段于后。后以评本示女甥，去此二页，折叠他书中，予弗知也。没后点检不得，思之辄增怅惘。今七夕晒书，忽从《庾子山集》第三本翻出，楮墨犹新，呋然独笑。又念同孤冢蘼香，奄冉十三寒暑，而则戢身女手之卷，亦已三度秋期矣。怅望星河，临风重读，不禁泪潸潸下也。吴山人记。

此夫子丁巳七月所题，计予是时，才七龄耳。今相距十五稔，二姊墓树成围，不审泉路相思，光阴何似。若夫青草春悲，白杨秋恨，人间离别，无古无今。兹辰风雨凄然，墙角绿萼梅一株，昨日始花，不禁怜惜，因向花前酹酒，呼陈姊、谈姊魂魄，亦能识梅边钱某，同是断肠人否也。细雨积花蕊上，点滴如泪。既落复生，盈盈照眼，感而书此。壬申晦日钱宜记。

夫子尝以《牡丹亭》引证风雅，人多传诵。谈姊钞本采入，不复标明，今加吴曰别之。予偶有质疑，间注数语，亦称钱曰，不欲以萧艾云云，乱二姊之蕙心兰语也。若序首所注，则无庸识别焉。宜又书。

或问吴山曰："《礼》，女未庙见而死，归葬于女氏之党，示未成妇也。子于陈未娶也，而评《牡丹亭》概称三妇何居？"曰："庙见而成妇，谓子妇也，非夫妇之谓也。女之称妇，自纳采时已定之，而纳征则竟成其名。故《纳采辞》曰：‘吾子有惠贶室某。’室者，妇人之称。纳征则曰：‘征者，成也。至是而夫妇可以成也。’《礼》，娶女有吉日，而女死，婿齐衰而吊，既葬而除之，夫死亦如之。女之可夫，犹婿之可妇矣。夫何伤于礼欤？”

或曰：“曲有格，字之多寡，声之阴、阳、去、上限之。或文义弗畅，衍为衬字，限字大书，衬字细书，俾观者了然，而歌者有所循，坊刻《牡丹亭记》往往如此。今于衬字，何概用大书也？”曰：“元人北曲多衬字，概用大书，南曲何独不然。衬字细书，自吴江沈伯英辈，始斤斤焉，古人不尔也。予尝闻歌《牡丹亭》者，‘袅晴丝，吹来闲庭院’，格本七字，而歌者以‘吹来’二字作衬。仅唱六字，具足情致。神明之道，存乎其人，况玉茗元本。本皆大书，无细书衬字也。”

或谓：“《牡丹亭》多落调出韵，才人何乃许耶？”曰：“古曲如《西厢》‘人值残春蒲郡东’、‘才高难入俗人机’，‘值’字‘俗’字作平则拗。《琵琶》支、虞、歌、麻诸韵互押，正不失为才人。若断断韵调而乏斐然之致，与歌工之乙尺四合无异，曷足贵乎？”曰：“子尝论评曲家，以西河大可氏《西厢》为最。今观毛评，亟称词例，《牡丹亭》韵调之失，何不明注之也？”吴山曰：“然，不尝论说时者乎？意义讹舛，大家宜辨。若一方名、一字画，偶有互异，必旁搜群籍，证析无已，此博物者事，非闺阁务矣。声律之学，韵谱具在，故陈未尝注，谈亦仿之。予将取所用音调、故实、方语、诗词曲并语有费说者，学西河论释例，别为书云。”

或问曰：“有明一代之曲，有工于《牡丹亭》者乎？”曰：“明之工南曲，犹元之工北曲也。元曲传者无不工，而独推《西厢记》为第一。明曲有工有不工，《牡丹亭》自在无双之目矣。”

或曰：“子论《牡丹亭》之工，可得闻乎？”吴山曰：“为曲者有四类：深入情思，文质互见，《琵琶》、《拜月》其上也；审音协律，雅尚本色，《荆钗》、《牧羊》其次也；吞剥坊言谰语，《白兔》、《杀狗》之流也；专事雕章逸辞，《昙花》、《玉合》之亚也。案头场上，交相为讥，下此无足观矣。《牡丹亭》之工，不可以是四者名之。其妙在神情之际，试观《记》中佳句，非唐诗即宋词，非宋词即元曲。然皆若若士之自造，不得指之为唐为宋为元也。宋人作词，以运化唐诗为难。元人作曲亦然。商女后庭，出自牧之；晓风残月，本于柳七。故凡为文者，有佳句可指，皆非工于文者也。”

或曰：“宾白何如？”曰：“嬉笑怒骂，皆有雅致。宛转关生，在一二字间。明戏本中故无此白，其冗处亦似元人，佳处虽元人弗逮也。”

或问：“坊刻《牡丹亭》本，《婚走》折，舟子又有‘秋菊春花’一歌；《淮警》、《御淮》二折，有‘箭坊’、‘锁城’二浑，何此本独无也？”曰：“舟子歌乃用唐李昌符婢仆诗，其一章云：‘春娘爱上酒家楼，不怕归迟总不忧。推道那家娘子卧，且留教住要梳头。’言外有春日载花、停船相待之意。二章云：‘不论秋菊与春花，个个能噇空腹茶。无事莫教频入库，一名闲物要些些。’则与舟子全无关合，当是临川初连用之，后于定本削去。至以‘贱房’为‘箭坊’，及‘外面锁住李全，里面锁住下官’诸语，皆了无意致，宜其并从芟柞也。”

或问：“《记》中杂用‘哎哟’、‘哎也’、‘哎呀’、‘咳呀’、‘咳也’、‘咳咽’诸字，同乎异乎？”曰：“字异而义略同，字同而呼之有轻重疾徐，则义各异。凡重呼之为厌辞，为恶辞，为不然之辞；轻呼之为幸辞，为娇羞之辞；疾呼之为惜辞，为惊讶辞；徐呼之为怯辞，为悲痛辞，为不能自支之辞。以此类推，神理毕见矣。”

或曰：“《牡丹亭》集唐诗，往往点窜一二字，以就己意，非其至也。”曰：“何伤也！孔孟之引诗，有更易字者矣。至《左传》所引，皆非诗人之旨，引诗者之旨也。"曰："落场诗皆集唐，何但注而不标也？"曰："既已无不集唐，故玉茗元本，不复标集唐字也。落场诗不注爨色，亦从元本。"

或云："若士集诗，腹笥乎？獭祭乎？"曰："不知也。虽然，难矣。陈于上卷未注三句，谈补之；谈于下卷亦未注一句，钱疏之。予涉猎于文，既厌翻检，而钱益睹《记》寡陋。唐人诗集，及《类苑》、《纪事》、《万首绝句》诸本，篇章重出，名氏互异，不一而足。钱偶有所注，注漏实多。它如'来鹄'或云'来鹏'，'崔鲁'一作'崔橹'，'谁能谭笑解重围'，皇甫冉句也，伪刻刘长卿。'微香冉冉泪涓涓'，李商隐诗也，谬为孙逖，不胜枚举，皆不复置辨，览者无深摭掎焉。"

或问："若士复罗念庵云，师言性，弟子言情。而《还魂记》用顾况'世间只有情难说'之句，其说可得闻乎？"曰："人受天地之中以生，所谓性也。性发为情而或过焉，则为欲。《书》曰'生民有欲'，是也。流连放荡，人所易溺。《宛丘》之诗，以歌舞为有情，情也而欲矣。故传曰：男女饮食，人之大欲存焉。至浮屠氏以知识爱恋为有情，晋人所云'未免有情'，类乎斯旨。而后之言情者，大率以男女爱恋当之矣。夫孔圣尝以好色比德，《诗》道性情，《国风》好色，儿女情长之说，未可非也。若士言情，以为情见于人伦，伦始于夫妇。丽娘一梦所感，而矢以为夫，之死靡忒，则亦情之正也。若其所谓因缘死生之故，则从乎浮屠者也。王季重论玉茗四梦：《紫钗》侠也，《邯郸》仙也，《南柯》佛也，《牡丹亭》情也。其知若士言情之旨矣。"宜按：洵有情兮，是千古言情之祖。陶元亮效张蔡为《闲情赋》，专写男女，虽属托谕，亦一征也。

或者曰："死者果可复生乎？"曰："可。死生一理也。圣贤之形，百年而萎，同乎凡民。而神常生于天地，其与民同生死者，不欲为怪以惑世也。佛老之徒，则有不死其形者矣。夫强死者尚能厉，况自我死之，自我生之，复生亦焉足异乎？予最爱陈女评《牡丹亭》题辞云：死可以生易，生可与死难。引而不发，其义无极。夫恒人之情，鲜不谓疾疹所感，沟渎自经，死则甚易；明冥永隔，夜台莫旦，生则甚难。不知圣贤之行法俟命，全而生之，全而归之，舍生取义，杀身成仁，一也。孔子曰：'朝闻道，夕死可矣！'又曰：'原始反终。'故知死生之说。死不闻道，则与百物同澌菴耳。古来殉道之人，皆能庙享百世。匹夫匹妇，凛乎如在。死耶生耶，实自主之。陈女兹评，黯与道合，不徒佛语涅槃，老言谷神也。"

或又曰："临川言理之所必无，情之所必有，理与情二乎？"曰："非也。若士言之而不欲尽也。情本乎性，性即理也。理贯天壤，弥六合者也。言理者莫如六经，理不可通者六经实多。无论玄鸟降生，牛羊腓字，其迹甚怪。即以梦言，如商赉良弼，周与九龄，孔子奠两楹，均非情感。《周礼》掌梦献梦，理解傅会，《左氏》所纪，益荒忽不伦已。然则世有通人，虽谓情所必无，理所必有，其可哉？"

或问："若士言'梦中之情，何必非真'，何谓也？"曰："梦即真也。人所谓真者，非真也，形骸也。虽然，梦与形骸未尝贰也。不观梦媾而精遗，梦击跃而手足动摇乎？形骇者真与梦同，而所受则异。不声而言，不动而为，不衣而衣，不食而食，不境而无所不之焉，梦之中又有梦，故曰：天下岂少梦中之人也。"尝与夫子论梦境，夫子曰："吾其问诸焦冥乎，眼睫一交，已别是一世界。"古德教人参睡着无梦时，便似鸿濛混沌也。予谓按囟则惊，拊心则魇，此处大可观梦。夫子颔之。又一日论梦，夫子曰："昼与夜，死生之道也。醒与梦，人鬼之道也。"予曰："其寐也绵绵延延，如微云之出岫。若不遽然，其寝也，千里一息，捷如下峡之船。何也？"夫子曰："阳见而阴伏，故出难而归速。"

或称评论传奇者，类作鄙俚之语，以谐俗目。今《牡丹亭》评本，文辞雅隽，恐观者不皆雅人。如卧听古乐也，曰是何轻量天下也？天下不皆雅人，亦不绝雅人，正使万俗人讥不足恨。恨万俗人赏，一雅人讥耳。

或曰："子所谓抄入'苕溪本'者，尝见之矣。陈评上卷，可得见乎？"吴山悄然而悲，喟然而应之。曰："癸丑之秋，予馆黄氏，怜火不戒，尽燔其书。陈之所评，久为灰尘，且所谓'苕溪本'者，今亦亡矣。"曰："何为其亡也？"曰："癸酉冬日，钱女将谋剞劂，录副本成。日暮微霰，烧烛焫酒，促予检校。漏下四十刻，寒气薄肤，微闻折竹声，钱谓此时必大雪矣。因共出，推窗见庭树枝条，积玉堆粉。予手把副本，临风狂叫，竟忘室中烛花爆落纸上，烟达帘外，回视烻烻然不可向迩，急挈酒瓮倾泼之，始熄。复簇炉火然灯，酒纵横流地上，漆几焦烂，烛台融锡，与残纸煨烬，团结不能解。因叹陈本既灾，而谈本复罹此厄。岂二女手泽，不欲留于人世，精灵自为之耶？抑有鬼物妒之耶？残釭欲灺，雪光易晓，相对凄然。久之，命奴子坎墙阴梅树旁，以生绡包烬团瘗之。至今留焦几，志予过焉。"李玉山曰："瘗烬团，留焦儿，皆雅事可传。"

或曰："女三为粲，美故难兼。徐淑、苏蕙，不闻继媺；韦丛、裴柔，亦止双绝。子聘三室，而秘思妍辞，后先相映，乐乎何遇之奇也？抑世皆传子评《牡丹亭》矣。一旦谓出三妇手，将无疑子为捉刀人乎？"吴山曰："疑者自疑，信者自信。予序已费辞，无为复也。且《诗》云：'人知其一，莫知其他。'其斯之谓矣。予初聘陈，曾未结褵，夭阏不遂。谈也三岁为妇，炊臼遽征。钱复清瘦善病，时时卧床，殆不起。予又好游，一年三百六十日，无几日在家相对，子以为乐乎？否也。"

右或问十七条，夫子每与座客谈论所及，记以示余。因次诸卷末，是日晚饭时，予偶言言情之书，都不及经济。夫子曰："不然。观《牡丹亭记》中，'骚扰淮扬'地方一语，即是深论天下形势。盖守江者必先守淮，自淮而东，以楚、泗、广陵为之表，则京口、秣陵，得以遮蔽。自淮而西，以寿庐、历阳为之表，则建康、姑熟，得襟带长江，以限南北，而长淮又所以蔽长江。自古天下裂为南北，其得失皆在于此。故金人南牧，必先骚扰其间。宋家策应，亦以淮扬为重镇，授杜公安抚也。非经济而何?"因顾谓儿子向荣曰:"凡读书一字一句,当深绎其意,类如此。"甲戌秋分日钱宜述。

甲戌冬暮刻《牡丹亭还魂记》成,儿子校雠伪字,献岁毕业。元夜月上,置净几于庭,装褫一册,供之上方。设杜小姐位,折红梅一枝,贮胆瓶中。然灯,陈酒果为奠。夫子忻然笑曰:"无乃太痴。观若士自题,则丽娘其假托之名也。且无其人,奚以奠为?"予曰:"虽然,大块之气,寄于灵者。一石也,物或凭之;一木也,神或依之。屈歌湘君,宋赋巫女,其初未必非假托也,后成丛祠。丽娘之有无,吾与子又安能定乎?"夫子曰:"汝言是也,吾过矣。"夜分就寝。未几,夫子闻予叹息声,披衣起,肘予曰:"醒醒。适梦与尔同至一园,仿佛如所谓红梅观者。亭前牡丹盛开,五色间错,无非异种。俄而一美人从亭后出,艳色眩人,花光尽为之夺。意中私揣,是得非杜丽娘乎?汝叩其名氏居处,皆不应。回身摘青梅一丸,捻之。尔又问若果杜丽娘乎?亦不应,衔笑而已。须臾大风起,吹牡丹花满空飞搅,余无所见。汝浩叹不已。"予遂惊寤,所述梦盖与予梦同。因共诧为奇异。夫子曰:"昔阮瞻论无鬼而鬼见,然则丽娘之果有其人也,应汝言矣。"听丽谯紞如打五鼓,向壁停灯未灭。予亦起呼小婢,簇火瀹茗。梳扫讫,亟索楮笔纪其事。时灯影微红,朝暾已射东牖,夫子曰:"与汝同梦,是非无因。丽娘故见此貌,得无欲流传人世耶?汝从李小姑学尤求白描法,盍想像图之。"予谓恐不神似,奈何?夫子乃强促握管写成,并次《记》中韵系以诗。诗云:"蹔遇天姿岂偶然,濡毫摹写当留仙。从今解识春风面,肠断罗浮晓梦边。"以示夫子,夫子曰:"似矣。"遂和诗云:"白描真色亦天然,欲问飞来何处仙。闲弄青梅无一语,恼人残梦落花边。"将属同志者咸和焉。钱宜识。

李玉山曰:"予应兄嫂教有和句云:'因梦为图事邈然,牡丹亭畔一逢仙。可知当日怀春意,犹在青青梅子边。'如鸲鹆学人言,不惟不工,亦不似也。"

或谓水墨人物，昉自李伯时，非也。晋卫协为列女图，吴道子尝摹之以勒石，则已是白描法矣。龙眠墨笔仕女，仿也。非昉也。予与吴氏三夫人为表妯娌，尝见其藏有韩冬郎偶见图四幅，不设丹青，而自然逸丽，比世所传宋画院陈居中摹崔丽人图，殆于过之。惜其不署姓名，或云是吴中尤求所临。今观钱夫人为杜丽娘写照，其姿神得之梦遇，而侧身敛态，运笔同居中法。手搓梅子，则取之偶见图第一幅也。昔人论管仲姬墨竹梅兰，无一笔无所本，盖如此。乙亥春日冯娴跋。

吴山四哥，聘陈嫂，娶谈嫂，皆蚤夭。予每读其所评《还魂记》，未尝不泫然流涕，以为斯人既没，文采足传。而谈嫂故隐之，私心欲为表章，以垂诸后。四哥故好游，谈嫂没十三年，朱弦未续。有劝之者，辄吟微之"取次花丛懒回顾，半缘修道半缘君"之句。母氏迫之，始复娶钱嫂。尝与予共事笔砚，酬花啸月之余，取二嫂评本参注之。又请于四哥，卖金钏雕板行世。予偶忆吴郡张元长氏《梅花草堂二谈》载：俞娘，行三，丽人也。年十七夭。当其病也，好观文史。一日见《还魂传》，黯然曰："书以达意，古来作者多不尽意而出。若生不可死，死不可生，皆非情之至，真达意之作矣。"研丹砂旁注，往往自写所见，出人意表。如《感梦》折注云："吾每喜睡，睡必有梦。梦则耳目未经涉，皆能及之。杜女故先吾着鞭耶。"如斯俊语，络绎连篇。其手迹遒媚可喜，某尝受册其母，请秘为草堂珍玩，母不许。急倩录一副本，将上汤先生，谢耳伯愿为邮，不果上。虞山钱受之近取《西厢》公案，参倒洞闻、汉月诸老宿，请俞娘本戏作《传灯录》甚急，某无以应也。由此观之，俞娘之注《牡丹亭》也，当时多知之者，其本竟湮没不传。夫自有临川此《记》，闺人评跋，不知凡几，大都如风花波月，飘泊无存。今三嫂之合评，独流布不朽，斯殆有幸有不幸耶。

然《二谈》所举俞娘俊语，以视三嫂评注，不翅瞠乎，则不存又何非幸耶？合评中诠疏文义，解脱名理，足使幽客启疑，枯禅生悟。恨古人不及见之，洵古人之不幸耳。钱嫂梦睹丽娘，纪事、写像、咏诗，又增一则公案。予亦乐为论而和之，并识其后，自幸青云之附云。玉山小姑李淑谨跋。

《牡丹亭》一书，经诸家改窜，以就声律，遂致元文剥落，一不幸也。又经陋人批点，全失作者情致，二不幸也。百余年来，诵此书者，如俞娘、小青，闺阁中多有解人。又有赋害杀娄东俞二娘者，惜其评论，皆不传于世。今得吴氏三夫人合评，使书中文情毕出，无纤毫遗憾，引而伸之，转在行墨之外，岂非是书之大幸耶？文章有神，其足以传后者，自有后人与之神会。设或陈夫人评本残缺，无谈夫人续之，续矣，而秘之箧笥，无钱夫人参评，又废首饰以梓行之，则世之人能诵而不能解，虽再阅百余年，此书犹在尘雾中也。今观刻成，而丽娘见形于梦，我故疑是作者化身矣。同里女弟顾姒题。

吴与予家为通门，吴山四叔，又父之执也。予故少小以叔事之，未尝避匿。忆六龄时侨寄京华四叔假舍焉，一日论《牡丹亭》剧，以陈、谈两夫人评语，引证禅理，举似大人，大人叹异不已。予时蒙稚，无所解，惟以生晚不获见两夫人为恨。大人与四叔持论，每不能相下。予又闻论《牡丹亭》时，大人云："肯綮在死生之际，《记》中《惊梦》《寻梦》《诊祟》《写真》《悼殇》五折，自生而之死，《魂游》《幽媾》《欢挠》《冥誓》《回生》五折，自死而之生。其中搜抉灵根，掀翻情窟，能使赫蹏为大块，隃麋为造化，不律为真宰，撰精魂而通变之。"语未毕，四叔大叫叹绝。忽忽二十年，予已作未亡人。今大人归里，将与孤屿筑稗畦草堂，为吟啸之地。四叔故好西方止观经，亦将归吴山草堂,同钱夫人作庞老行径。他时予或过夫人习静,重闻绪论,即许拈此剧,参悟前因否也。因读三夫人合评,感而书其后。同里女侄洪之则谨识。

甲戌长夏,晒书检得旧竹纸半幅,乃陈姊弥留时所作断句,口授妹书者。夫子云,陈没九年后得诸其妹婿,妹亦亡二年矣。竹纸斜裂,止存后半,犹有残阙,逸者盖多也,因锲夫子《还魂记》。或问上方空白,感其"昔时闲论《牡丹亭》"之句,附录于此,俾零膏剩馥,集香奁者犹得采摭焉。第一行"北风吹梦"四字,二行"却如残醉欲醒时"七字,是末句也。以后皆一行二十一字,一行七字相间,凡九首。三行下缺二字,其文云:"也曾枯坐阅金经,不断无明为有形。及到悬崖须□□,如何烦恼转婴宁。"按阙文疑是"撒手"二字。次云:"屧子裁罗二寸余,带儿折半裹犹疏。情知难向黄泉走,好借天风得步虚。"次云:"家近西湖性爱山,欲游娘却骂痴顽。湖光山色常如此,人到幽扃更不还。"次云:"簇蝶临花绣作衣,年年不著待于归。那知著向泉台去,花不生香蝶不飞。"次云:"尽检箱奁付妹收,独看明镜意迟留。算来此物须为殉,恐向人间复照愁。"次云:"爷娘莫为女伤情,姊嫁仍悲墓草生。何似女身犹未嫁,一棺寒雨傍先茔。"次云:"看依形欲与神离,小婢情多亦泪垂。金珥一双留作念,五年无日不相随。"次云:"口角涡斜痰满咽,涓涓清泪洒红绵。伤心赵嫂牵衾语,多半啼痕是隔年。"次云:"昔时闲论《牡丹亭》,残梦今知未易醒。自在一灵花月下,不须留影费丹青。"按谈姊《南楼集》,载补陈姊缺文一首,云:"北风吹梦欲何之,帘幕重重只自垂。一缕病魂消未得,却如残醉欲醒时。"予亦有补句云:"北风吹梦断还吹,一枕余寒心自疑。添得五更消渴甚,却如残醉欲醒时。"自顾形秽,难免续貂之诮矣。

重刊吴吴山三妇合评牡丹亭还魂记序

生人之情不一端，而惟发于儿女者为最真。白帝、皇娥之歌，《雎鸠》、《荇菜》之咏，缠绵菀结，已为后人言情之祖。唐杜少陵自比稷契，身遭离乱，而赠妇诗犹眷恋于"云鬟"、"玉臂"；韩昌黎风骨鲠峭，欲焚佛骨，而有"银烛未消窗送曙，金钗半醉座添春"之绮语；林和靖妻梅子鹤，淡与天游，而词犹有"越山青"一阕；宋范文正公刚直不阿，而词有"酒入愁肠，化作相思泪"；欧阳文忠理学名儒，而词有"水晶双枕，旁有堕钗横"；胡忠简疏击秦桧，万死投荒，而海南寄迹犹恋恋于黎倩，赠诗云："君恩许归此一醉，旁有黎颊生微涡。"古名臣大儒以情之大者，致君泽民；以情之小者，吟风弄月。凡以自适其情之真而不骫于正而已。夫情根于性，情真者性必真，情伪者性必伪。即小可见大，识表可测里。盖未有无情于儿女而能有情于君父者也。前明汤若士先生文章气节，为有明一代完人，尤善言儿女之情。《离骚》之美人香草，一唱三叹，殆有余思。所著《牡丹亭》四梦，旧已脍炙人口。其词理隐伏而遥深，其情思幽艳而曲致。先生自序云："梦中之情，何必非真？天下岂少梦中之人哉！"又云："生不可死，死不可以生，皆非情之至。必待荐枕而后成亲，挂冠而后为密者，皆形骸之论也。"呜呼，先生何其善于言情也耶！予更以是知先生言情，而不第言情也。昔冯氏子犹之论情曰："人生死于情者也，情不生死于人者也。人未生而情赋之以生，人既死而情不与之俱死。"持论精卓，可与共相发明。然作者难，识者亦不易，以此索解，每每叩槃扪烛，徒形扞格，而不料天地菁英之气，若在有无断续间，竟有时不钟于男子而钟于妇人。壬子侨寓京师，得吴吴山三妇合评《牡丹亭》本，其语亦庄亦隽，亦玄亦禅，虽作者著书本意未可遽窥，而旁通曲畅，超神诣微，随手拈来，觉诸子百家，皆我注脚，真有洪炉点雪、麻姑搔痒之妙。昔苏氏若兰以回文织锦得诗八百余首，自云："非我佳人，莫之能解。"先生此书，非三妇之妙悟，曷足以解之哉！于是叹先生《牡丹亭》之传，传以情也。三妇以评之者契之，情所同、契所独也。天下事无独有偶，理之不终阏者，抑亦情之不终晦耳。又闻前有娄江俞氏读曲而亡，曾有评本寄玉茗，其视三妇异耶？同耶？然见三妇评，如见俞评矣。予非知情者，然读"四梦"有年，《牡丹亭》尤所寝馈不释者。惟奥旨微言，要眇无朕，幻化靡恒。其视古今犹须臾，四海犹蚁穴。以生为梦，以死为醒，广大圆通，莫穷其际。探索既尽，如蔀斯丰；得三妇评，如疏症结，如脱桶底。愈以信先生之言情，真如天仙化人，不著一毫色相。其诸以梦中身说梦，现有情身而说法者耶？旧本渐就漶漫，恐久而失传，爰与室人韵芬谋典簪饰，重付剞劂，庶不泯作者及评者苦心。世之庸俗者流动曰："词曲耳，言情耳！"嗟乎！是乌知情之所以为情也耶！人苟由一情以推之，至于千万情。子有情于父，臣有情于君，将见太和翔洽，痛痒相关，四海如一家，则是言情之功，不较之高谈心性而实有可据者哉？世有知情者，当不河汉予言。同治九年，岁在庚午，七月既望，饮真外史孙桐生题于玉清仙馆。

《国学典藏》丛书已出书目

周易［明］来知德 集注
诗经［宋］朱熹 集传
尚书 曾运乾 注
周礼［清］方苞 集注
仪礼［汉］郑玄 注［清］张尔岐 句读
礼记［元］陈澔 注
论语·大学·中庸［宋］朱熹 集注
孟子［宋］朱熹 集注
左传［战国］左丘明 著［晋］杜预 注
孝经［唐］李隆基 注［宋］邢昺 疏
尔雅［晋］郭璞 注
说文解字［汉］许慎 撰

战国策［汉］刘向 辑录
［宋］鲍彪 注［元］吴师道 校注
国语［战国］左丘明 著
［三国吴］韦昭 注
史记菁华录［汉］司马迁 著
［清］姚苧田 节评
徐霞客游记［明］徐弘祖 著

孔子家语［三国魏］王肃 注
（日）太宰纯 增注
荀子［战国］荀况 著［唐］杨倞 注
近思录［宋］朱熹 吕祖谦 编
［宋］叶采［清］茅星来等 注
传习录［明］王阳明 撰
（日）佐藤一斋 注评
老子［汉］河上公 注［汉］严遵 指归
［三国魏］王弼 注
庄子［清］王先谦 集解
列子［晋］张湛 注［唐］卢重玄 解
［唐］殷敬顺［宋］陈景元 释文
孙子［春秋］孙武 著［汉］曹操 等注

墨子［清］毕沅 校注
韩非子［清］王先慎 集解
吕氏春秋［汉］高诱 注［清］毕沅 校
管子［唐］房玄龄 注［明］刘绩 补注
淮南子［汉］刘安 著［汉］许慎 注
金刚经［后秦］鸠摩罗什 译 丁福保 笺注
维摩诘经［后秦］僧肇等 注
楞伽经［南朝宋］求那跋陀罗 译
［宋］释正受 集注
坛经［唐］惠能 著 丁福保 笺注
世说新语［南朝宋］刘义庆 著
［南朝梁］刘孝标 注
山海经［晋］郭璞 注［清］郝懿行 笺疏
颜氏家训［北齐］颜之推 著
［清］赵曦明 注［清］卢文弨 补注
三字经·百家姓·千字文
［宋］王应麟等 著
龙文鞭影［明］萧良有等 编撰
幼学故事琼林［明］程登吉 原编
［清］邹圣脉 增补
梦溪笔谈［宋］沈括 著
容斋随笔［宋］洪迈 著
困学纪闻［宋］王应麟 著
［清］阎若璩 等注

楚辞［汉］刘向 辑
［汉］王逸 注［宋］洪兴祖 补注
曹植集［三国魏］曹植 著
［清］朱绪曾 考异［清］丁晏 铨评
陶渊明全集［晋］陶渊明 著
［清］陶澍 集注
王维诗集［唐］王维 著［清］赵殿成 笺注
杜甫诗集［唐］杜甫 著［清］钱谦益 笺注
李贺诗集［唐］李贺 著［清］王琦等 评注

李商隐诗集［唐］李商隐 著
［清］朱鹤龄 笺注
杜牧诗集［唐］杜牧 著［清］冯集梧 注
李煜词集（附李璟词集、冯延巳词集）
［南唐］李煜 著
柳永词集［宋］柳永 著
晏殊词集·晏幾道词集
［宋］晏殊 晏幾道 著
苏轼词集［宋］苏轼 著［宋］傅幹 注
黄庭坚词集·秦观词集
［宋］黄庭坚 著［宋］秦观 著
李清照诗词集［宋］李清照 著
辛弃疾词集［宋］辛弃疾 著
纳兰性德词集［清］纳兰性德 著
六朝文絜［清］许梿 评选
［清］黎经诰 笺注
古文辞类纂［清］姚鼐 纂集
乐府诗集［宋］郭茂倩 编撰
玉台新咏［南朝陈］徐陵 编
［清］吴兆宜 注［清］程琰 删补
古诗源 ［清］沈德潜 选评
千家诗 ［宋］谢枋得 编
［清］王相 注 ［清］黎恂 注
瀛奎律髓［元］方回 选评
花间集 ［后蜀］赵崇祚 集
［明］汤显祖 评
绝妙好词［宋］周密 选辑
［清］项絪 笺 ［清］查为仁 厉鹗 笺

词综［清］朱彝尊 汪森 编
花庵词选［宋］黄昇 选编
阳春白雪［元］杨朝英 选编
唐宋八大家文钞［清］张伯行 选编
宋诗精华录［清］陈衍 评选
古文观止［清］吴楚材 吴调侯 选注
唐诗三百首［清］蘅塘退士 编选
［清］陈婉俊 补注
宋词三百首［清］朱祖谋 编选
文心雕龙［南朝梁］刘勰 著
［清］黄叔琳 注 纪昀 评
李详 补注 刘咸炘 阐说
诗品［南朝梁］钟嵘 著
古直 笺 许文雨 讲疏
人间词话·王国维词集 王国维 著

戏曲系列

西厢记［元］王实甫 著
［清］金圣叹 评点
牡丹亭［明］汤显祖 著
［清］陈同 谈则 钱宜 合评
长生殿［清］洪昇 著 ［清］吴人 评点
桃花扇［清］孔尚任 著
［清］云亭山人 评点

小说系列

封神演义［明］许仲琳 编 ［明］钟惺 评
儒林外史［清］吴敬梓 著
［清］卧闲草堂等 评

部分将出书目

公羊传	水经注	古诗笺	清诗别裁集
穀梁传	史通	李白全集	博物志
史记	日知录	孟浩然诗集	温庭筠诗集
汉书	文史通义	白居易诗集	聊斋志异
后汉书	心经	唐诗别裁集	
三国志	文选	明诗别裁集	